삼류자객

몽월 新무협 판타지 소설
FANTASTIC ORIENTAL HEROES

삼류자객 2

몽월 新무협 판타지 소설

초판 1쇄 찍은 날 § 2008년 2월 19일
초판 1쇄 펴낸 날 § 2008년 2월 29일

지은이 § 몽월
펴낸이 § 서경석

편집장 § 문혜영
편집책임 § 이재권

펴낸곳 § 도서출판 청어람
등록번호 § 제1081-1-89호
등록일자 § 1999. 5. 31
어람번호 § 제2-1427호

주소 § 경기도 부천시 원미구 심곡1동 350-1 남성B/D 3F (우) 420-011
전화 § 032-656-4452 팩스 § 032-656-4453
http://www.chungeoram.com
E-mail § eoram99@chollian.net

ⓒ 몽월, 2008

ISBN 978-89-251-1197-1 04810
ISBN 978-89-251-1195-7 (세트)

三流刺客

삼류자객

2

몽월 新무협 판타지 소설
FANTASTIC ORIENTAL HEROES

도서출판 청어람

目次

第一章
용문(龍門)들의 출현

느닷없이 들려오는 소리에 언가 무사가 고개를 돌렸다.

한 사내가 죽립을 깊숙이 눌러쓴 채 입가에 건포를 씹으며 다가오고 있었다.

언가 무사의 두 눈이 광채를 발했다.

앞가슴에 붉은 황소 머리 문양이 새겨진 것을 보면 악가의 무사임이 분명했는데 유유자적 혼자서 이런 곳에 나타났다는 것은 철저한 자신감의 발로이리라.

"그냥 가라."

함부로 공대하지 마라. 잘못된 공대는 자칫 자신을 비하하는 자충수가 된다. 찍어 누르듯 단호히 하대로 나갈 때 상대의 반응은 수동적일 수밖에 없다.

이름하여 대공무시(待恭無視), 다섯 번째 방훈이다.

언가 무사의 눈빛이 흔들렸다. 말투는 물론 입가에 물린 건포는 자신 정도는 전혀 신경 쓰지 않는다는 여유가 분명했다.

하지만 그냥 물러설 수는 없었다.

언가와 악가는 칠대가문 중 한곳이다. 자신의 어깨에 사문의 명예가 달렸다. 사문의 명예를 생각한다면 설혹 단칼에 목이 잘린다고 해도 그냥은 물러설 수가 없었다.

언가 무사가 주먹을 불끈 쥐었다.

두 눈에 전의를 태우며 말했다.

"애써 차지한 것, 그냥 내줄 수는 없소이다."

막종오의 이마가 찡그러졌다.

어지간한 놈이라면 자신의 기세에 충분히 압도되어 물러났을 텐데 역시 명문가의 제자답게 달랐다. 막종오는 속으로 패 죽일 놈이라고 욕설을 퍼부으며 입가에는 넉넉한 미소를 지었다.

"하나뿐인 목숨을 별로 소중하게 여기지 않는군. 좋다. 죽고 싶다면 죽여줘야지."

그러면서 오른손이 품속으로 들어갔다.

마치 앞가슴이 가려워 긁는 것과 다르지 않는 행동이었다. 그런데 주먹을 굳세게 쥐고 막종오를 노려보고 있던 언가 무사가 갑자기 휘청거렸다. 마치 술에 취한 사람처럼 중심을 잡지 못하고 자꾸 비틀거렸다.

"네, 네 이놈, 지금 무슨 수작을 부렸느냐?"

막종오가 누런 이를 드러내며 웃었다.

"흐흐, 꼭 내 입으로 말을 해야겠느냐?

일곱 살 때던가. 흑화초가 쌓인 창고 안에서 잠이 든 적이 있었다. 그런데 무려 사흘 동안 잠에 떨어졌고, 그것도 부친이 발견하여 깨우지 않았다면 잠 속에서 헤어나지 못했을 것이다. 이후 흑화초에서 사람의 정신을 잃게 하는 미혼 성분이 있다는 것을 간파하고 추출에 열을 올렸고, 마침내 성공한 것이다.

"아… 악문이 언제부터 하오문의 잡배 집단으로 변했단 말이냐? 너 같은 쓰레기는 단권에 그… 냥."

언가 무사가 주먹을 들어 올리다 말고 휘청했다.

중심을 잡지 못하므로 공격을 하지 못했고, 의지와 달리 자꾸 몸이 흔들거렸다.

"치… 치사한 놈."

언가 무사는 몸의 중심을 바로 세우고 막종오를 공격하기 위해 애썼지만 소용이 없었다.

막종오가 천천히 다가갔다.

"다… 다가오지 마랏."

부우웅!

언가 무사가 주먹을 휘둘렀지만 텅 빈 허공을 칠 뿐이었다.

오히려 그 바람에 중심을 잃고 넘어졌다가 벌떡 일어났다.

슥!

막종오는 옆구리에 차고 있던 칼을 뽑으려다 이내 손잡이에서 오른손을 떼었다.

굳이 칼까지 뽑아 휘두를 필요성을 느끼지 못한 것이다.

부우웅!

언가 무사는 시야가 흔들리기 때문에 거리를 맞추지 못했다. 그런데도 마구 주먹을 휘둘렀고, 막종오의 머리가 허우적거리는 언가 무사의 턱을 정면으로 박아버렸다.

빠아악!

단두포가 터진 것이다.

정확하게 박기만 하면 거대한 불곰도 한 방에 기절시킬 수 있는 웅방 최대의 절기 중 하나인 단두포.

털썩!

언가 무사는 곧바로 큰대 자로 뻗어버렸다.

우두둑!

목을 가볍게 한 바퀴 돌린 후 막종오는 천천히 마부석으로 올라갔다. 오른손으로 채찍을 들고 왼손으로 말고삐를 쥔 다음 힘차게 당겼다.

"가잣!"

막종오는 느긋하게 마차를 몰았다.

마차 안으로부터 연향 냄새가 짙게 흘러나오는 것이 북궁설이 타고 있음을 말해주고 있었다.

막종오는 마차를 몰고 피 냄새가 진동하는 숲을 빠져나왔다. 막종오는 품에서 다시 건포 한 개를 꺼내 씹었다.

질경질경!

나지막이 콧노래까지 불러가며 마차를 몰아갔다.

하지만 즐거움도 잠시뿐이었다. 채 오 리도 가기 전에 마차를 멈춰 세워야 했다.

'어랏, 저 인간은?'

마차가 가는 산길 한가운데를 붉은 가사를 걸친 승려가 가로막고 있었다.

관제묘에서부터 맡아왔던 향냄새가 풍겨졌다. 길을 가로막고 있는 인물은 관제묘에서부터 북궁설을 태운 마차를 끌고 온 장본인이자 조금 전 악가에서 보았던 혈불이었다.

"아미타불! 본가의 무사로 위장을 하다니, 너는 누구냐?"

혈불은 막종오의 앞가슴에 그려진 황소를 보며 눈을 크게 떴다.

잠시 당황하던 표정을 짓던 막종오의 얼굴이 어느새 평온을 찾았다. 그리고 조용한 시선으로 혈불을 주시했다. 막종오의 눈살이 찌푸려졌는데 지금까지 보아온 누구보다도 강한 기운이 느껴졌기 때문이다.

"누군데 본가의 복장을 하고 있느냐고 물었다."

막종오는 마땅히 대꾸할 말이 떠오르지 않았다. 지금까지 수많은 위기에서도 능수능란하게 상대를 속였고 완벽한 고수의 모습으로 상대를 압박했지만 지금은 도무지 해법이 떠오르지 않았다.

막종오가 여전히 대꾸를 하지 않고 잔잔한 눈빛으로 내려다보자 혈불이 발끈하며 소리쳤다.

"이런 쳐 죽일 놈이 감히 본불이 묻는데 일언반구도 없다니, 죽고 싶으냐?"

문득 막종오가 입술을 지그시 물었다.

악가의 복장을 했고 칠문이 쟁탈을 벌이고 있는 마차를 확보한 이상 자신이 어떤 행동, 무슨 거짓말을 해도 먹히지 않을 것이다.

그렇다고 아무런 시도도 해보지 않고 물러날 수는 없었다.

"스님은 누구신데 소생의 마차를 막으시오?"

막종오는 엄숙하게 입을 열었다.

혈불의 두 눈이 가늘게 찢어졌다.

"본불은 악가의 호법이자 반구각주라고 한다. 목숨을 구하고 싶다면 그 마차를 놓고 꺼져라."

혈불은 금방이라도 달려들 것처럼 잔뜩 기세를 돋우며 노려보았다.

막종오의 손은 극비리에 바쁘게 움직였다. 미혼향을 부지런히 날리고 있는 것이다. 때맞춰 바람이 자신 쪽에서 혈불쪽으로 불고 있었기 때문에 상황도 자기 쪽에 유리했다.

그러면서 눈치를 채지 못하도록 말을 걸었다.

"소생의 의복이 하도 남루하여 숲 속에 죽은 시신의 의복 중 한 벌을 본의 아니게 실례했소이다. 한데 그들이 모두 악가의 무사였나 보구려? 당장 벗지요."

"큭큭! 그 말을 본불더러 믿으란 얘긴데, 아무튼 알았으니 마차를 놓고 썩 꺼져라."

막종오의 눈빛이 흔들렸다.

쉴 사이 없이 은밀히 투향을 하고 있는데도 혈불은 어떤 반응도 보이지 않고 있었다. 상대는 미혼향 정도로는 어떻게 해볼 수 없는 백독불침의 몸을 갖고 있는 것이 틀림없었다.

상대는 생각보다 더욱 뛰어난 인물이었다.

막종오의 눈알이 쉴 사이 없이 좌우로 움직였다. 상대는 미혼향도 먹히지 않는 절정의 고수다. 자신의 능력으로는 결코 마차를 지킬 수 없을 것이다.

하지만 손에 넣은 마차를 그냥 내놓을 수는 없었다.

막종오의 두 눈이 조금씩 타오르기 시작했다. 길고 짧은 것은 대봐야 안다. 무조건 무공이 높다고 해서 이기는 것도 아니고 자신보다 뛰어난 사람을 죽인 적도 있었기 때문에 막종오는 크게 숨을 들이쉬며 용기를 내었다.

척!

막종오는 마부석에서 내려섰다.

두어 걸음 앞으로 나아가 혈불과 맞섰다. 자신도 모르게 가슴이 뛰고 위축되었지만 크게 호흡을 하며 어깨를 쫙 폈다.

"그냥은 못 주겠소."

"흘흘! 그래서 한판 뜨자는 것이냐?"

"존장임을 감안하여 삼 초를 양보해 드리겠소이다. 어디, 실컷 공격해 보시오."

혈불이 인상을 썼다.

"너 지금 노납에게 삼 초를 양보하겠다고 했느냐?"

"부족하다면 오 초를 양보할 수도 있소."

혈불의 두 눈이 커다랗게 찢어졌다.

무척 분노한 얼굴이었는데 그것도 잠시뿐, 어느새 얼굴은 평온을 되찾았다.

"크크큭! 어린 놈이 제법이구나. 상대의 감정을 자극하여 흥분하도록 만들려 하다니."

조금 전의 분노는 씻은 듯 사라지고 혈불의 입가에는 잔잔한 미소가 떠올랐다.

그런 혈불을 보며 막종오의 눈이 떨렸다.

'도대체 먹히는 게 없구만.'

지금까지의 경험에 비춰 그 정도로 모욕을 주면 대부분 상대는 이성을 잃고 날뛰었다.

그런데 전혀 감정의 흔들림이 없다는 것은 이미 외부의 어떤 자극적인 비아냥거림이나 조롱에도 전혀 흔들리지 않는

평상심을 얻었다는 뜻이다.

격장지계도 먹히지 않는 이상 방법은 하나뿐이었다.

슈아악!

막종오는 혈불을 향해 날아갔다. 왼손에 들고 있는 옆구리에 차고 있던 칼 대신 품에 등 뒤 옷 속에 감춰둔 검을 뽑아 있는 힘을 다해 혈불을 내려쳤다.

십이작타검법 제삼식 공월타작(矼月打斫).

검기가 둥그런 문양을 만들며 혈불의 머리 위로 떨어졌다. 언뜻 보면 둥근 달을 닮았는데 혈불이 껄껄 웃었다.

"좋은 검이구나."

혈불의 오른 주먹이 곧게 뻗어 나왔다.

꽈앙!

검기와 주먹이 부딪치자 거센 폭음이 터졌고, 막종오가 뒷걸음질치며 밀려났다.

꿀꺽!

단 일 초를 겨뤘는데 목구멍에서 뜨거운 비린내가 치밀어 올랐다.

비록 일 초의 겨룸이었지만 혈불의 무공은 무시무시했다. 하지만 막종오는 전혀 내색하지 않고 다시 달려들며 빗발치듯 검을 후려쳤다.

추우생멸(秋雨生滅), 가을비가 내리면 삶과 죽음이 나눠진다는 십이작타검법 제사식.

콰쾅!

“후욱!”

이번에는 신음을 흘렸고, 막종오의 안색이 창백하게 변했다. 그러나 막종오는 다시 달려들었다.

“구… 사… 일… 광!”

한줄기 빛에 아홉의 생명이 떨어진다는 십이작타검법 제오식이 펼쳐졌다.

콰아아아!

혈불의 눈이 멈칫했다.

검의 위력이 확연이 달라졌음을 간파한 것이다. 하지만 이내 가벼운 미소를 짓고 양 주먹을 번개처럼 내뻗었다.

슈슈슈!

콰콰쾅!

막종오의 검기가 산산이 부서져 나갔다.

극성에 이르면 일 초에 아홉 개의 검기를 펼쳐야 하는데 고작 네 개밖에 되지 않았고, 무지막지한 혈불의 주먹에 검기는 안개처럼 깨져 흩어졌다.

“크으윽!”

검기를 깨뜨린 권기가 그대로 앞가슴을 격타하자 막종오는 뒤로 주르륵 밀려났다. 주저앉지 않는 것이 다행일 만큼 아랫도리가 심하게 흔들려 왔다.

화아아!

하지만 막종오는 용수철마냥 튕겨 날아갔다. 질 때 지더라도 지금은 몰아붙여야 한다는 것이 지금까지의 싸움에서 얻은 교훈이었다.

일타오피(一打五斃), 한 번에 다섯 명을 때려죽인다는 십이작타검 제육식이 펼쳐졌다.

콰앙!

거친 폭음이 터지며 달려든 속도만큼이나 뒤로 튕겨 나왔다. 막종오는 허공에서 한 바퀴 돌아서 재차 혈불의 앞가슴을 노리고 검을 쑤셔갔다.

"놈!"

혈불의 눈에서 살기가 폭사하더니 콰아! 하는 굉음과 더불어 쌍권이 연거푸 검기에 꽂혔다.

퍼퍽!

"크후훅!"

막종오의 입에서 피가 분수처럼 쏟아져 나왔고, 강한 반탄력에 앞가슴의 의복이 찢어지며 피가 튀었다. 권기가 예리한 칼날처럼 앞가슴을 베어버린 것이다.

쿠쿵!

막종오의 입과 앞가슴에서 붉은 피가 물처럼 흘러내렸다.

예상은 했지만 너무나 큰 차이가 났다.

막종오는 후퇴하기로 마음먹었다. 싸워 이길 수 없을 때는 물러나는 것이 상책이다. 살아만 있다면 언제든지 실패를 만

회할 기회는 있다. 손에 넣은 북궁설을 다시 내줘야 한다는
것이 아깝긴 했지만 어쩔 수 없었다.

일단 자신부터 살고 봐야 했다.

쐐액!

그때 막종오를 향해 혈불이 달려들었다.

완전히 숨통을 끊어버리겠다는 의지였다.

펑!

그런데 바로 그 순간, 막종오의 오른손이 품속을 들어갔다
나오더니 눈앞에 자욱한 안개가 끼었다.

"억!"

혈불의 다급한 외침이 들려왔다.

인향탄(閼香彈)이었다. 가문에서 대대로 내려오는 연막탄
이다. 하지만 보통의 연막탄과는 달리 강력한 최루 성분이 담
겨 있어 제아무리 뛰어난 고수일지라도 한 모금만 마시면 눈
물을 짜며 정신을 못 차린다.

"캐캑!"

심상치 않다는 것을 깨닫고 잽싸게 호흡을 멈췄지만 이미
두 모금을 마신 뒤였다. 눈물콧물이 범벅이 되었고, 도저히
눈을 뜰 수가 없었다. 신속히 빠져나오려고 해도 눈을 뜰 수
가 없어 방향을 분간할 수가 없었다. 막종오를 죽이는 것보다
빨리 인향탄 사정권 밖으로 빠져나가는 것이 급선무였다.

"으웩… 캐캑!"

겨우 밖으로 빠져나온 혈불의 몰골은 가관이었다. 콧물과 눈물이 범벅이 되었고 제대로 걸음을 걷지 못했다.

"으화으화!"

숨을 크게 들이쉬며 몸속에 들어간 인향탄의 연기를 뿜어내며 이를 부드득 갈았다.

"네놈을 살려두면 본불이 사람이 아니다."

혈불은 두 주먹을 불끈 쥐고 연기가 흩어지기만을 기다렸다. 때마침 바람이 불어왔고, 자욱했던 인향탄의 연기는 삽시간에 숲 속으로 자취를 감췄다.

혈불의 눈이 커졌다.

의당 있어야 할 막종오가 그림자도 보이지 않은 것이다. 주위를 빠르게 휘둘러 봤지만 어디로 사라졌는지 흔적도 없다. 마차만 한쪽에 덩그러니 놓여 있었다.

뿌드득!

혈불은 이를 갈았다. 강호 횡도 수십 년 만에 오늘 같은 치욕은 처음 당한 것이다.

"이놈, 만나기만 해봐라. 갈가리 찢어 죽여주마."

혈불은 살벌한 욕설을 내뱉고 마부석에 올라 마차를 끌고 숲 속으로 사라졌다.

"크으!"

마차가 사라지자 근처에 있던 회양나무가 흔들거렸다. 그러더니 회양나무와 똑같은 색으로 변한 막종오가 모습을 드러냈다.

칠망단(七網丹)!

이 역시 가문 대대로 내려온 위장환이다. 인체에 해가 없는 염초에서 추출한 것으로 칠망단은 모두 일곱 가지의 색을 지니고 있다. 온길(溫桔)을 많이 먹으면 눈과 피부가 노랗게 변하는 것처럼 칠망단은 인체에 해가 없는 염초로 만들어졌다. 그때그때 자신이 처한 주위의 색깔에 맞는 알약을 복용하면 순식간에 신체는 물론 의복까지 근처의 지형지물과 동일한 색으로 변한다. 대략 이각가량 지나면 색은 다시 원래대로 돌아온다.

혈불이 사라진 곳을 쳐다보며 막종오는 지그시 이를 물었다.

혈불의 무공은 상상을 초월했다. 한 번씩 주먹과 부딪칠 때마다 뇌까지 흔들렸으며 온 내장이 파도치듯 진탕되었다. 자신의 능력으로는 도저히 상대가 될 수 없었다.

혈불은 악씨세가의 인물이었다. 북궁설은 다시 악씨세가로 끌려 들어간 것이다. 일단 북궁설이 어디에 있는지 알았으니 앞으로 기회는 얼마든지 있다고 자위하며 앞가슴을 내려다보았다.

피부가 걸레조각처럼 너덜거리며 갈비뼈가 보였다. 혈불의 권기는 어떤 예리한 칼보다 날카로웠고, 삽시간에 가슴을 깊숙하게 베어버린 것이다. 악씨세가의 인물인데도 권을 쓰는 것을 보면 처음부터 그곳에서 성장한 인물은 아닌 듯했다.

상처가 깊어 서둘러 치료하지 않으면 위험해 빠질 수도 있었으므로 막종오는 산을 내려가기 시작했다. 내상도 심해 걸음을 걸을 때마다 속이 거칠게 울렁거렸다.

시간이 흐르면서 녹색으로 변했던 몸과 의복이 점차 원래의 모습으로 돌아왔다.

"웨엑!"

반 각 가까이 산을 내려가다 피를 토했다.

뿐만 아니라 과다 출혈로 인해 심한 현기증이 일어났다. 산을 무사히 내려갈 수 있을지 장담할 수 없을 만큼 몸 상태는 악화되기 시작했다. 잽싸게 품에서 백초거독환 한 알을 꺼내 복용했지만 내상이 깊어 호전되는 기미가 보이지 않았다.

하는 수 없이 막종오는 잠시 자리를 잡고 앉아 휴식을 취했다. 운기조식을 취할까 했지만 그것은 무척 위험한 행동이었다. 지금 산에는 내로라하는 칠문의 무사들이 북궁설을 쫓아 곳곳에서 움직이고 있었다.

잠시 휴식을 취한 막종오는 다시 몸을 일으켜 산을 내려가기 시작했다. 하나 앞가슴의 고통은 말할 것도 없고 현기증도 더욱 심해졌다.

"크왁!"

또다시 피를 한 모금 토하고 내려가던 막종오의 두 눈이 빛을 발했다.

팟!

좌측 소나무 사이로 멀리 한 채의 모옥이 보였다. 막종오가 돌연 방향을 바꿔 모옥을 향해 걸어갔다. 산속의 집이라면 보나마나 사냥을 하거나 약초를 캐서 생계를 유지해 갈 것이다. 운이 좋으면 적령초를 얻을지도 모른다. 적령초는 현기증을 없애주고 피를 보충해 주는 약초였다.

모옥은 낡고 작았다. 하지만 조그만 댓돌 위에 낡은 가죽신발 한 켤레가 놓여 있는 것으로 보아 주인이 있음을 알 수 있었다.

"주인장 계시오?"

목소리를 낮춰 불렀다.

"주인장."

두 번째 부르고 나서야 안으로부터 문이 덜컹 하며 열렸다. 집주인은 육십가량 되어 보이는 노인이었는데 엎드려 밖을 보다 막종오의 상처를 보고 깜짝 놀라는 표정을 지었다.

"상처를 치료하려고 그러는데 혹시 적령초 있으시오?"

흔하지는 않지만 그렇다고 아주 귀한 약초는 아니었다. 약초를 캐는 사람이라면 충분히 상비약으로 한두 뿌리 정도는 놔뒀을 것이라는 게 막종오의 생각이었다.

흑의노인이 몸을 일으켜 밖으로 나왔다.

신발을 신고 마당으로 내려온 흑의노인이 막종오의 앞가슴 상처를 보더니 이맛살을 찌푸렸다.

“아이구야, 갈비뼈가 다 보이지 않는가?”

“적령초 있으면 조금만 나눠 주십시오.”

“물론 약초를 캐서 생계를 잇는 집이니 적령초가 없지는 않네만 어디서 그런 깊은 상처를 입었나? 병기에 베인 것 같지는 않고.”

그러면서 흑의노인이 모옥 뒤로 걸어갔다.

사라지는 흑의노인을 보며 막종오의 눈이 이채를 발했다. 노인은 단번에 병기에 베인 상처가 아니라는 것을 알아보았다.

‘숨은 기인이라도 된단 말인가.’

하지만 주름살이 가득했고 걸음걸이 어디에서도 무공을 배운 흔적은 엿보이지 않았다.

집 뒤로 돌아갔던 흑의노인이 다시 나타났는데 손에 마른 잎사귀 세 개가 달린 약초 한 뿌리를 들고 있었다. 그것이 바로 적령초였다.

“어서 들게.”

흑의노인은 전혀 아까워하지 않고 내밀었다.

“감사하오이다.”

막종오는 적령초를 받아 곧장 입 안에 넣고 우걱우걱 씹어 삼켰다. 토하고 싶을 만큼 썼지만 꾹 참고 삼켰다.

“조금 전 약초를 캐서 내려오다 보니 무인들이 싸우는 것 같던데 젊은이였나?”

막종오는 부인하지 않았다.

"예."

"괜찮다면 운기조식을 하지 그러는가?"

막종오는 섣불리 시도할 수가 없었다. 솔직히 노인을 믿을 수 없었기 때문이다.

"헛헛! 아무리 이 늙은이를 믿어달라고 해도 자네 맘은 그럴 수 없겠지. 하지만 세상을 살다 보면 가끔은 미친 척하고 한번쯤 상대를 믿어보는 것도 괜찮다네."

흑의노인은 잔잔한 미소를 지었다.

막종오는 결심했다. 어차피 운기조식은 해야 하고 달리 선택의 여지가 없었다.

"감사합니다."

막종오가 마당에 가부좌를 틀려고 하자 흑의노인이 말렸다.

"이왕이면 따뜻한 방 안에서 하지 그러나. 그게 훨씬 효과도 빠르고 좋을 텐데. 윗목에 금창약도 있으니 앞가슴 상처에 바르고."

막종오는 잠시 망설이다 이왕 신세를 지는 김에 화끈하게 지기로 마음먹고 방 안으로 거침없이 들어갔다.

탁!

문이 닫히자 흑의노인의 입가에 가득하던 미소가 걷혔다. 흑의노인은 날카로운 눈으로 닫힌 방문을 쳐다보았다.

‘놀라운 아이다.’

흑의노인의 입술을 비집고 탄성이 흘러나왔다.

‘지금까지 노부가 보아온 어떤 아이보다 훌륭한 골격을 지니고 있구나.’

갑자기 가슴이 뛰었다. 그것은 어떤 흥분과 설렘이었는데 자신도 모르게 손에 땀까지 배었다.

흑의노인은 막종오가 운기조식을 마치고 나올 때까지 마당 한쪽에 우두커니 서 있었다. 흑의노인의 시선이 맞은편 높은 봉우리를 힐끔 쳐다보았다. 보통 사람은 절대 들을 수 없지만 흑의노인의 귀에는 싸우는 소리가 들려오고 있었다. 그것도 무척 강한 고수들의 싸움인 듯 은은한 뇌성이 들리고 지축이 흔들렸다.

“바람이 불어오는구나, 피바람이.”

흑의노인의 입술을 비집고 나직한 중얼거림이 흘러나왔다.

잠시 후 방문이 열리며 막종오가 모습을 드러냈다. 들어갈 때보다는 많이 나아진 모습이었다.

“감사합니다. 노인장의 도움에 진심으로 감사드립니다.”

막종오가 포권지례를 취했다.

“그럼 소생은 이만.”

막종오가 돌아서려 하자 흑의노인이 입을 열어 말했다.

“잠시 기혈만 다스려졌을 뿐 몸 상태는 아직도 위험을 벗어나지 못했을 걸세."

막종오는 대답하지 않았다.

흑의노인 말처럼 자신의 몸은 응급 처방만 된 상태였다.

"어떤가? 이왕 내게 신세를 졌으니 아예 며칠 더 지내면서 완전히 상처가 나으면 가지 그러나?"

그러잖아도 몸 상태가 마음에 걸렸다. 지금 이곳 용화산 일대는 북궁설을 찾으려는 악씨세가의 무사들과 그녀를 빼앗으려는 강호의 고수들이 운집해 있었다. 정상적인 몸이라고 해도 모두 상대하기 불가능에 가까운 상대들인데 부상을 입은 지금은 더 말할 나위가 없었다.

"그럼 염치 불구하고 며칠만 묵겠습니다."

흑의노인이 미소를 지었다.

"잘 결정했네. 푹 쉬면서 몸을 추스르는 데 집중하게."

그날부터 막종오는 흑의노인과 동거를 시작했다. 흑의노인은 함부로 움직이지 못하도록 했다. 밥을 지을 때도 손을 덜어주기 위해 부엌을 찾아갔지만 들어오지 못하게 가로막았다. 따뜻한 방에 누워 상처를 치료하라는 것이 노인의 변(辯)이었다. 하는 수 없이 막종오는 따뜻한 아랫목에서 운기조식과 금창약으로 외상을 번갈아 다스려 가며 상처 치료에 전념했다. 그렇게 사흘이 지나자 외상은 물론 내상도 몰라보게 호전되었다.

"훔쳐 입은 것인가? 그 옷 말일세."

흑의노인이 앞가슴에 붉은 황소 문양이 선명한 자신의 의복을 가리키며 말했다.

막종오가 눈을 크게 떴다. 어떻게 아느냐는 의미였는데, 노인이 별것 아니라는 듯 조용히 말했다.

"악씨들은 칼을 쓰는데 자네 옆구리에 걸린 것은 검이 아닌가? 그것은 변장을 위해 옷을 훔쳐 입었다는 의미 아니겠는가?"

훔쳐 입은 것이 아니라 필요에 의해 직접 그리고 흉내를 낸 것이었지만 노인의 안목은 무척 예리했다.

"자네 사문을 물어봐도 되겠나?"

막종오는 대답하지 않았다.

그 대신 가벼운 미소를 지었는데, 그것은 대답하기 곤란하니 묻지 말아달라는 뜻이었다.

막종오가 지은 미소의 의미를 알아차린 듯 흑의노인이 담담한 표정으로 말했다.

"알겠네. 괜히 물었군."

흑의노인의 두 눈은 단 한시도 가만있지 않았다. 틈만 나면 막종오의 전신을 조사하듯 훑었다.

막종오의 이미가 찡그려졌다. 막종오가 뭘 그렇게 기분 나쁘게 쳐다보냐고 투덜대려는데 흑의노인이 먼저 입을 열어 물었다.

"이름을 물어봐도 되겠는가?"

"막종오라고 합니다."

흑의노인이 나직이 막종오라는 이름을 되뇌었다. 아마 자신의 기억 속에 막씨 성을 가진 중원의 집단이나 거물이 있는지 생각해 내려는 것이 분명했다. 하지만 아무리 생각해도 기억에 남을 만한 사람은 없었다.

흑의노인이 정색을 하며 말했다.

"이보게."

흑의노인이 두 눈을 빛냈다.

"자네에게 말이야, 한 가지 괜찮은 기예를 가르쳐 주고 싶은데 배울 마음이 있는가?"

막종오의 눈이 좁혀졌다.

흑의노인이 계속 말했다.

"전혀 부담 같은 건 가질 것 없네. 아무런 조건 없이 그냥 가르쳐 주는 것일세."

흑의노인이 무림인이라는 것은 이미 알아차렸다. 뿐만 아니라 보통이 넘는다는 것도 직감했다. 그런데 자신의 절기를 대가없이 물려주겠다고 하자 특유의 의심이 발동했다.

경험에 비춰 세상에 공짜는 없다. 교묘하게 공짜인 척했다가 나중 꼭 물고 늘어지는 것이 인생살이였다.

막종오의 표정이 시답지 않아 보이자 흑의노인은 정색을 하고 말했다.

"거듭 말하지만 노부의 잔재주 몇 가지 배웠다고 해서 사부로 모실 것도 없고 내 말을 따를 이유는 더욱 없네. 그냥 자네에게 내가 지닌 변변찮은 몇 가지 재주를 가르쳐 주고 싶어서 그러는 걸세."

막종오가 다시 웃었다.

"그래도 이유가 있을 것 아닙니까?"

"물론 있지. 한마디로 자네의 근골이 탐이 나서 그러네. 신하는 자신을 알아주는 주군을 위해 목숨을 바치듯 스승은 자신의 기예를 빛내줄 제자를 위해 모든 것을 던지네. 장담하건대 자네야말로 노부의 기예를 완숙하게 재현해 낼 재목이라고 확신하네."

그 말은 그동안 자신 말고 다른 사람에게도 전수를 했다는 의미였다. 그런데도 자신을 탐낸다는 것은 전수한 사람에게서 만족할 만한 효과를 거두지 못했다는 의미이기도 했다.

그것은 흑의노인의 기예가 그만큼 어렵다는 뜻이기도 했으므로 막종오는 이마를 찌푸렸다. 바보가 아닌 이상 자신의 기예를 형편없다고 말할 사람은 없다. 자신도 남 앞에서는 응방의 재주야말로 그 어떤 자객 집단도 따를 수 없다고 호언한다.

어쨌든 어떤 재주를 갖고 있기에 아무나 자신의 기예를 소화해 내지 못한다고 큰소리치는지 궁금했다.

"궁금한가 보군. 어떤 무공인지."

"솔직히!"

흑의노인은 그럴 줄 알았다는 듯 씨익 웃더니 주위를 휘둘러보았다.

그러더니 문을 열고 밖으로 나갔고, 막종오는 뒤를 따랐다.

흑의노인은 마당 한쪽에 있는 커다란 바위를 향해 다가갔다. 막종오 또한 흑의노인을 따라 바위 곁에 섰다.

"잘 보게."

흑의노인이 왼손을 들어 올렸다.

흑의노인의 소맷자락이 빳빳해졌다. 그것은 손에 엄청난 내력이 집중되고 있을 때 나타나는 현상이었다.

무미건조한 표정으로 쳐다보던 막종오의 눈이 정색했다. 소맷자락의 부풀림이 범상치 않았기 때문이다.

꿀꺽!

막종오는 마른침을 삼켰다.

흑의노인이 오른손으로 서서히 바위를 베었다. 칼로 두부를 자르듯 느릿하게 눌렀는데 놀랍게도 바위가 베어지고 있었다.

싸악!

한 자 두께의 바위가 칼에 잘린 것처럼 깨끗하게 떨어져 나갔다.

툭!

막종오의 눈이 커졌다. 생전 듣도 보도 못한 기괴한 광경이었기 때문이다.

“어떤가? 다시 보겠나?”

흑의노인은 다시 오른손으로 바위를 베었다. 빠르지도 않게 천천히 칼질하듯 손을 잡아당겼다.

싹둑!

툭!

바위는 너무도 쉽게 잘려 나갔고 표면 또한 매끈했다.

손으로 바위를 자르는 흑의노인의 기예는 확실히 충격적이었다. 더구나 빨리 내려치는 것도 아니고 천천히 칼질하듯 베었는데 바위가 잘린 것이다.

강하고 빠르게 베는 건 어렵지 않다. 그러나 지금처럼 느리게 베는 것은 정말 어려운 경지였다.

“패왕수(覇王手)라고 부른다네.”

막종오가 눈을 깜박거렸다. 전혀 들어보지 못했다는 뜻이었다. 하지만 패왕수는 강호에서 한 절대고인의 상징이었다. 그러나 막종오는 그런 사실을 전혀 알지 못했다. 눈앞의 흑의노인이 강호에서 차지하고 있는 위치가 얼마나 절대적이고 완벽한지.

꿀꺽!

막종오가 또다시 마른침을 삼켰다.

흑의노인의 솜씨는 확실히 놀라웠고, 아무리 살펴봐도 오른손은 아무런 이상이 없었다.

막종오의 눈앞으로 여러 가지 무공이 떠올랐다.

십이작타검을 비롯해 묘보와 고단살, 단두포.

모두 가문 대대로 내려온 절기였다. 또한 사람의 정신을 흐리게 하는 미혼향에서부터 위장약 칠망단 등, 여러 가지 잡기(雜技)는 응방이라는 상구제일의 자객 가문을 유지하고 있는 뼈대들이었다. 명기(名技)라고 할 수는 없지만 오랫동안 사용되면서 갈고닦여져 어지간한 무림인들은 거뜬히 처리할 만큼 강해졌다.

그러나 조금 전 겪었듯 혈불처럼 절정의 인물에게 가문의 잡기는 전혀 먹히지 않는다. 그래서 지금까지 강호인을 상대로 하는 고가의 청부는 가급적 사양했다. 거액의 돈이 탐나지 않은 것은 아니었지만 실패할 확률이 높았기 때문이다. 그러다 보니 수백 년이 흘렀지만 아직까지 응방이라는 이름은 상구에서나 회자될 뿐 강호에는 전혀 알려지지 않고 있었다.

하지만 정말로 큰돈을 벌기 위해서는 절정의 인물들을 상대로 청부를 받아야 한다고 생각했지만 가문의 기예로는 요원했다.

"소생더러 제자가 되란 말이오?"

흑의노인이 고개를 내저었다.

"아닐세. 전혀 그렇지 않네. 그냥 노부의 잔재주 몇 가지만 배우면 되네."

막종오의 눈이 빛났다.

또다시 세상에 공짜는 없다는 사실이 눈앞에 떠올랐다. 어

려서부터 워낙 공짜를 좋아해 덥석 받아먹었다가 독이 된 경
우를 적지 않게 경험한 자신이다.

히죽!

막종오가 장난 그만 하라는 듯 웃음을 지었다.

"성의는 고맙지만 사양하겠습니다."

"관심없다는 얘긴가?"

막종오가 빙그레 웃었다.

"예!"

"혹시 내가 어떤 이유를 내세워 자네를 불편하게 만들까
거절하나 본데 진짜 공짜일세. 아무런 조건 없이 그냥 가르쳐
주겠네."

"다시 말씀드리지만 별생각없습니다. 죄송하군요."

흑의노인의 얼굴에 무척 아쉬운 빛이 떠올랐다.

막종오가 흑의노인을 보며 말했다.

"아무튼 도움을 주셔서 감사드립니다. 오늘 일은 결코 잊
지 않겠습니다."

막종오가 돌아섰다.

흑의노인의 얼굴에 다급한 기색이 떠올랐다.

패왕수를 제대로 소화할 수 있는 재목을 찾아 수십 년을 종
횡했다. 하지만 하늘은 그런 재목을 보내주지 않았고, 끝내
후사 보기를 포기했다. 그러다 문득 얼마 전 절친한 지기의
제자에게 패왕수를 가르쳐 주었다. 만족스러운 자질은 아니

었지만 그만한 인물도 드물었고, 어차피 몸에 안고 죽느니 친
구의 제자에게 남겨주는 것도 괜찮은 일이겠다 싶어 그렇게
한 것이다.

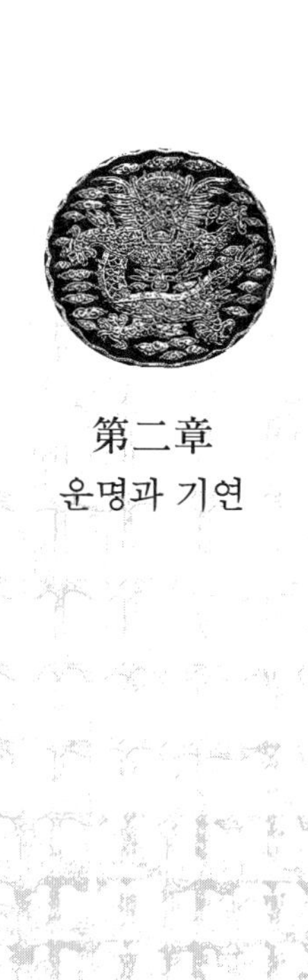

第二章
운명과 기연

　그런데 오늘 패왕수를 소화하기에 더할 나위 없는 재목을
만난 것이다. 거듭 말하지만 세상에서 자신의 절기를 완벽하
게 소화해 낼 수 있는 후인을 만나는 것이야말로 스승에게는
더할 나위 없는 기쁨이자 영광이다. 아무리 노력해도 뜻대로
맺지 못하는 것이 사제지간의 인연이다. 자신도 이루지 못한
패왕수의 최고 절학까지 충분히 소화할 만한 완벽한 골격이
지금 눈앞에 있었다.

　"이보게."

　사립문을 나서는 막종오를 불러 세웠다.

　기회는 한 번뿐이다. 여기서 그를 놓치면 영원히 기회는 없다. 친구의 제자가 자신의 절기를 강호에 드러내겠지만 어쩌면 자신의 명예에 적지 않은 흠을 남길 가능성이 컸다. 그만큼 패왕수는 어렵고 난해하기 때문에 가르쳐 주고서도 마음이 편치 않았다.

"세상에 공짜는 있네. 지금이 그런 경우이지."

어느새 막종오 앞을 가로 막아섰다.

"단 며칠만이라도 이곳에서 더 묵고 가게. 덜 나은 상처가 완전히 나을 때까지만이라도 말일세. 어떤 구속이나 조건도 없고 그냥 편하게 쉬면서 내가 가르쳐 주는 잔재주 몇 가지만 배워주게. 그냥 눈으로 대충 기억만 해줘도 상관없네."

막종오가 씁쓸한 표정을 지었다.

"싫다는 데 자꾸 왜 이러십니까, 영감님?"

"그렇게도 싫은가?"

"싫다기보다는 별로 관심이 없습니다."

"야, 임마!"

갑자기 흑의노인이 버럭 소릴 질렀다.

어찌나 목소리가 컸던지 막종오는 깜짝 놀랐고, 흑의노인이 부리부리한 눈으로 소리쳤다.

"이런 싸가지없는 놈이 있나? 어른이 그만큼 매달리고 사정했으면 못이긴 체 들어줘야지!"

놀란 표정으로 눈을 부릅뜨고 있는 막종오를 보며 흑의노인이 계속 소리쳐 말했다.

"어린 놈의 자식이 왜 이렇게 버르장머리가 없어! 넌 어미 아비도 없느냐? 넌 죽어도 내 집에서 한 발자국도 못 나간다!"

막종오의 인상이 와락 찌푸려졌다.

"지금 소생을 협박하시는 겁니까?"

"오냐. 한 발자국만 나갔다가는 죽을 줄 알아라."

막종오가 매서운 눈으로 흑의노인을 쳐다보았다.

피식!

어처구니없다는 듯 실소를 지으며 말했다.

"맘대로 하십시오."

막종오가 걸어갔다.

흑의노인이 소리쳤다.

"뭐 하는 짓이냐? 죽일 테면 죽여보라는 것이냐?"

막종오는 아무 말도 않고 걸어갔다.

척!

흑의노인이 앞을 가로막았다.

막종오가 나직이 말했다.

"왜 이러십니까? 비켜주십시오."

"못 간다."

"소생, 그렇게 한가한 사람 아닙니다. 비키시죠."

"난 분명히 말했다. 내 허락 없이 한 발자국만 나갔다가는 죽이겠다고."

막종오는 고개를 내리깔고 앞으로 걸어갔다.

흑의노인이 소리쳤다.

"좋다! 그럼 내가 못 죽일 줄 아느냐?"

그러면서 오른손을 쳐들었다.

그러나 막종오는 전혀 겁먹지 않고 흑의노인을 피해 지나가려고 했다.

스윽!

흑의노인이 옆으로 이동해 앞길을 막으며 말했다.

"진짜 죽인다!"

막종오는 여전히 대답을 않고 좌측으로 비켜 지나가려고 했다. 그러자 흑의노인 또다시 가로막으며 소리쳤다.

"죽인다!"

오른손을 쳐들고 내려칠 듯 위협했다.

그래도 막종오는 눈빛 하나 깜박이지 않고 우측으로 비켜 지나가기 위해 걸음을 옮겼다.

막종오가 전혀 겁을 먹거나 두려워하는 기색을 보이지 않자 흑의노인의 얼굴에 다급한 기색이 서렸다.

털썩!

앞을 막고 있던 흑의노인이 느닷없이 땅에 주저앉았다.

막종오가 깜짝 놀라며 쳐다보았다.

"지금 뭐 하는 겁니까?"

"가려거든 날 죽이고 가거라. 그렇지 않으면 절대 못 간다."

흑의노인이 막종오를 올려다보았는데 정말로 자신을 죽이고 가라는 듯 애절한 눈빛을 보내고 있었다.

"왜 이러십니까? 일어나십시오."

"죽여라."

"영감님!"

막종오가 어이가 없다는 듯 실소를 지었고, 흑의노인이 힘주어 말했다.

"사흘만 묵고 가거라. 딱 사흘이다."

흑의노인이 금방이라도 울 것 같았다.

막종오는 무척 난감한 표정을 지었다. 자신보다 몇 배는 나이를 더 먹은 노인이 주저앉아 애원하는 모습이란 차마 눈 뜨고 볼 수가 없었다.

막종오가 입술을 물었다.

"좋습니다. 몸도 아직 완전하지도 않고 하니 딱 사흘만 더 묵고 가겠습니다."

"고맙네. 정말 고맙네."

흑의노인이 벌떡 일어나더니 막종오의 양손을 덥석 쥐었다.

"이 은혜, 잊지 않을 걸세. 진짜 눈물 나도록 기쁘네."

금방이라도 울 듯하던 흑의노인의 얼굴이 환해졌다.

막종오는 다시 걸음을 옮겨 모옥 마루에 걸터앉았다.

흑의노인은 시간이 없다고 판단한 듯 마당 가운데 섰다.

"그냥 한번 봐주기만 하게."

그러면서 두 다리를 약간 벌리고 묘한 기수식을 갖췄다. 언뜻 뒤가 마려운 사람이 걸을 때 짓는 불편한 자세였는데 잠시 그렇게 서 있던 흑의노인이 왼손을 쭉 뻗었다.

그런데 아무런 소리도 나오지 않았다.

쿵!

그런데 놀라운 일이 벌어졌다. 바람 소리도 들리지 않았고 손바닥에서 장력이 쏟아져 나간 것 같지도 않았는데 십여 장 밖에 있던 바위가 정확이 두 조각이 되어 갈라졌다.

화악!

시큰둥한 얼굴로 지켜보던 막종오의 눈이 커졌다.

스으으!

이번에는 오른손을 뻗었는데 아주 느렸다.

그런데 또다시 막종오의 눈이 커졌다. 이번에는 삼십 장 밖의 거대한 노송이 칼로 베인 듯 중간 부분이 잘려 쓰러졌기 때문이다.

장력으로 바위나 나무를 파괴하는 것은 어려운 일이 아니었다. 문제는 거리였다. 무려 삼십 장 밖의 아름드리 소나무를 칼로 자르듯 매끈하게 두 토막 낸다는 것은 충격적인 일이었다. 더구나 아무런 파공음도 없다는 것은 흑의노인의 솜씨가 이미 어떤 경지를 넘어섰다는 뜻이었으므로 막종오는 숨을 들이마셨다.

막종오가 관심을 보이자 흑의노인의 입가에 미소가 떠올랐다. 일단 관심을 끄는 데 성공한 것이다.

흑의노인의 양손이 조금씩 빨라지며 상하좌우로 움직이기 시작했다.

파파팍!

그에 따라 삼십여 장 정도 떨어진 곳에 있는 커다란 바위에 손바닥 자국이 나타나기 시작했다. 손바닥 자국은 깊이 세 치 정도로 찍혔는데 돌가루가 떨어지지 않고 그대로 바위가 밀려들어 가며 생겨났다. 마치 진흙에 손자국을 찍는 것 같았다.

파편이나 돌가루 하나 없이 바위에 자국을 남기기란 그 어떤 기예보다 어려운 것이었다.

스윽!

앉아서 구경하던 막종오가 자리에서 일어났다. 두 눈에서 강렬한 빛을 쏟아내며 흑의노인의 동작을 보았다. 한참 손바닥을 전후좌우로 뻗어내던 흑의노인의 동작이 멈췄다.

뚝!

흑의노인이 크게 호흡을 하며 자세를 풀었다.

"어떠냐? 볼 만했느냐?"

막종오는 대답을 하지 않고 마당가에 있는 바위로 다가갔다. 바위에는 수십 개의 손바닥이 정확히 세 치 깊이로 찍혀 있었다. 화강암으로 된 바위에, 그것도 삼십여 장의 거리에서 이토록 깊숙한 손자국을 남긴다는 것은 실로 놀라운 일이었다.

뒤를 따라온 흑의노인은 막종오가 바위에 찍힌 손바닥 자국을 매만지며 깊은 관심을 보이자 흐뭇한 미소를 지었다. 확실히 자신의 패왕수에 관심을 갖고 있다고 단언했다.

‘으음!’

막종오의 표정은 여전히 진지했다.

거리가 멀수록 손바닥을 통해 나가는 내기는 흩어지고 약해진다. 그래서 무공이 약한 사람일수록 가까운 거리를 두고 싸우지만 고수일수록 좀 더 많은 거리를 두고 싸운다. 거리를 두어도 자신의 공격이 충분히 상대에게 타격을 입히기 때문이다. 하지만 삼십여 장이나 떨어져 이런 자국을 남겼다면 사람의 목숨쯤은 순식간에 파괴되고 말 위력이었다.

막종오가 돌아섰다. 숨은 고인이라는 것을 짐작했지만 차원을 달리했다. 엄청난 고수라는 것을 직감한 것이었다.

그런데 막종오의 표정은 놀랍게도 시큰둥했다. 별것 아니라는 듯 뚜벅뚜벅 마당을 걸어가 다시 마루에 걸터앉았다. 순간 흑의노인 궁상의 얼굴에 가득하던 자신감이 순식간에 사라졌다. 막종오의 표정에서 심상치 않음을 발견한 것이다.

사실 막종오의 주의를 끌기 위해 최선을 다했다. 온 힘을 다해 자신의 패왕수를 시전해 보인 것이다. 그런데 엄청나게 놀라고 충격을 받으리라는 예상과 달리 막종오의 낯빛은 덤

덤했다.

"그것이 전부요?"

"그… 그렇단다. 그런데 표정이 별로 밝아 보이지 않는구나. 노부의 무공이 마음에 들지 않아서 그러느냐?"

궁상이 조심스럽게 물었다.

막종오가 고개를 저었다.

"그렇지는 않습니다. 다만……."

"다만?"

"상당히 복잡하군요. 전 복잡한 것은 딱 질색이거든요."

궁상의 눈이 커졌고, 막종오의 얘기는 계속되었다.

"열일곱 번째 손동작을 다시 한 번 보여주시겠습니까?"

"여… 열일곱 번째?"

궁상의 눈이 더욱 커졌다.

"왼손을 뒤집어 뻗을 때 정확한 각도를 다시 한 번 보고 싶습니다."

"그… 그래, 보여주마."

궁상은 지체 않고 열일곱 번째 손동작을 시전했다.

처음에는 왼손 끝이 땅을 향한 채 나오다 한 바퀴 회전하며 앞에서는 똑바로 뻗는다. 즉, 회오리치듯 손을 뻗어내는 것이다.

휘익!

궁상의 왼손이 회오리처럼 회전하며 뻗어 나와 전면 바위에 또다시 손자국을 깊숙이 남겼다.

막종오가 고개를 끄덕였다. 이제 확실히 알았다는 뜻이었
다.

"또 물어볼 것은 없느냐?"

"예!"

궁상이 심각한 표정으로 물었다.

"물어볼 것이 없다는 것은 이미 노부의 손동작 모두를 기
억했다는 얘기냐?"

"예!"

궁상의 입이 쩌억 벌려졌다.

"그게 정말이냐?"

"예!"

궁상의 표정이 굳어졌다.

천하에는 수많은 장법이 있다. 하지만 그 어떤 장법도 패왕
수만큼 복잡하지 않았다. 검법이든 장법이든 복잡하다는 것
은 그만큼 위력이 뛰어나다는 것이다. 위력이 떨어진 무공일
수록 형세는 단순하다. 그래서 고강한 무예일수록 배우기가
어렵고 제 위력을 제대로 드러내지 못한 경우가 허다했다. 자
질이 뛰어난 제자를 얻으려는 것 또한 그런 이유 때문이다.
천하제일장법이라 할 만했지만 너무도 난해하고 그래서 훌륭
한 제자를 찾기 위해 수십 년 동안 강호를 뒤진 것이다.

도저히 믿을 수가 없었기 때문에 궁상은 더듬거리며 말했다.

“그럼 노부가 취했던 동작을 한번 시전해 볼 수 있겠느냐?”

“그러죠.”

막종오가 마루에서 일어나 마당으로 내려왔다.

마당 중간에 서더니 천천히 호흡을 가다듬기 시작했고, 궁상의 두 눈은 활화산처럼 빛나기 시작했다.

“허험!”

잠시 헛기침을 두어 번 내뱉은 막종오가 궁상과 똑같이 뒤가 마려운 기수식을 갖췄다. 그러더니 양손을 허공에 대고 휘젓기 시작했다. 비록 내공이 주입된 손놀림은 아니었지만 상당히 빨랐고 궁상의 것과 닮아 있었다.

화악!

궁상의 눈이 부릅떠졌다.

차이는 조금 있지만 형은 거의 완벽하게 닮았다.

쉭!

쉬쉬쉭!

막종오는 더욱 빠르게 손을 움직여 갔다. 표정은 진지했고 일수 일수에 정성을 담았다. 그걸 보던 궁상의 입은 아예 닫힐 생각을 하지 않았다.

‘무… 물건이다!’

궁상의 입술이 떨렸다. 그리고 무슨 수를 써서라도 기어코 패왕수를 가르쳐 주고야 말겠다고 다짐했다.

막종오가 마지막 동작을 격렬하게 마치고 길게 호흡을 내쉬었다. 적지 않게 힘이 들었던 듯 이마에 땀방울이 맺혀 있었다. 막종오는 천천히 처음의 돌아가며 자세를 풀었다.

그리곤 어떠냐는 듯 궁상을 돌아보았다.

"대충 기억나는 대로 재현해 봤는데 마음에 드셨는지 모르겠습니다."

궁상은 아무 말도 하지 않았다.

잠시 멀뚱한 눈빛으로 막종오를 쳐다보더니 불쑥 말했다.

"한 번 더 해보거라."

막종오의 눈살이 찌푸려졌다.

궁상이 황급히 말했다.

"다시 한 번만 더 해보거라. 조금 더 천천히."

잠시 못마땅한 표정을 짓던 막종오가 하는 수 없다는 듯 시큰둥하게 대꾸했다.

"그러죠, 뭐."

막종오가 소매춤으로 이마의 땀을 닦더니 또다시 엉거주춤한 자세를 취했다.

몹시 뒤가 마려운 듯한 사람의 자세를 취하더니 '얍!' 하는 기합 소리와 함께 왼손을 앞으로 쭉 뻗었다. 이윽고 오른손을 뒤따라 내뻗더니 신속히 몸을 좌측으로 틀며 연거푸 쌍장을 뻗었다.

획!

휘이익!

막종오의 행동에는 막힘이 없었다. 모든 동작을 줄줄이 꿰고 있는 사람처럼 전후좌우로 미끄러지듯 움직이며 전방으로 손을 뻗었는데 그때마다 지켜보던 궁상의 눈은 더욱 커졌다.

파ー 파파파!

막종오의 동작은 거침이 없었다.

좁지 않은 마당을 누비며 궁상이 취했던 동작과 크게 다르지 않는 여러 가지 형세를 완벽하게 재현해 보였다.

따뜻한 봄바람처럼 부드러웠다가 폭포수처럼 매섭게 쏟아냈고, 너울너울 파도치듯 춤을 추다 기합과 함께 격렬히 뻗어내기를 반복했다.

"휘유!"

힘이 들었던 듯 거친 숨을 다스리며 막종오가 손을 거두었다.

그러면서 어떠하냐는 듯 우두커니 서 있는 궁상을 쳐다보았다. 그러나 궁상은 칭찬이나 대답 대신 나직한 목소리로 말했다.

"내가 왜 널 그토록 붙잡으려고 했는지 아느냐?"

막종오는 대략 알 수 있었지만 일부러 말하지 않았다. 괜히 자신의 능력을 스스로 말한다는 것이 왠지 오만해 보일 것 같았기 때문이다.

"얼마 전 이 늙은이와 매우 절친한 한 친구 제자가 찾아왔다. 물론 노부가 불렀지. 죽기 전에 노부의 절기를 그 아이에게 남겨줄 심산으로 말이다."

궁상의 목소리가 조용히 울려 퍼졌다.

"그 아이는 친구가 천하를 이 잡듯이 십 년을 뒤져 찾아낸 아이다. 그러니 얼마만큼 자질 면에서 뛰어나겠느냐? 아닌 게 아니라, 그 친구 집에 놀러 가서 보면 하나를 가르치면 세 개, 네 개를 알아차리는 영특함은 소름이 끼쳤다. 그런 아이도 노부의 패왕수를 얼른 이해하지 못했다. 무려 스무 번 가까이 시범을 보이고서야 겨우 기억만 했을 뿐이다. 그런데 넌 보다시피 딱 한 번 시범을 보였을 뿐인데 거의 구 할을 그대로 재현했다. 이러니 노부가 널 붙잡지 않겠느냐?"

히죽!

막종오가 누런 이를 드러내며 웃었다.

세상에 칭찬받아 싫어할 사람이 어디 있겠는가. 은근히 어깨에 힘도 들어갔고 괜히 목을 좌우로 비틀며 한 바퀴 소리 내며 돌렸다.

"약속했듯이 오늘부터 사흘만 이곳에 머물며 몇 가지 미숙한 동작까지 완벽히 소화하기 바란다."

그날부터 막종오는 궁상의 모옥에 머물며 상처 치료와 패왕수 수련을 겸했다. 궁상은 막종오의 동작이 조금 어긋난 부분이 있으면 그 자리에서 지적을 하고 자신이 직접 시범을 보이며 익히기 수월하도록 지도했다.

막종오의 동작은 갈수록 부드러워졌다.

처음에는 정확한 동작을 얻기 위해 수로(手路)과 형세(形勢)에 치우쳤다. 그러나 이튿날부터는 초식과 초식의 연결동작의 매끄러움에 신경을 썼고, 마지막 세 번째 날에는 처음부터 끝까지 완숙한 동작을 얻는 데 집중했다.

슈슈슈슈!

마당에는 수많은 발자국이 도장처럼 찍혀 있었고, 막종오의 양손은 기기묘묘한 형태로 전후좌우로 뻗어나가기를 반복했다.

궁상은 지난 사흘 동안 막종오의 곁을 떠나지 않았다. 그의 연습 과정을 눈여겨보며 쉴 사이 없이 감탄과 경악을 터뜨렸다.

'실로 무서운 아이다.'

무공은 힘이다. 그 힘을 어떻게 폭발시키느냐는 철저히 몸이 좌우한다. 그래서 근력과 골격이 좋은 아이를 제자로 삼기 위해 명인(名人)과 명문(名門)들은 사활을 건다. 후사가 뛰어날수록 그 사문은 빛날 수밖에 없기 때문이다.

인간의 능력은 모두 다르다. 그래서 같은 위력의 무공을 열 사람에게 전수했을 때 결과는 천차만별이다. 원래보다 뛰어난 위력을 펼쳐 보이는 자가 있는 반면 원래보다 훨씬 못 미치는 보잘것없는 솜씨를 보이는 자도 있다.

노력에도 한계가 있고 철저히 몸이 결과를 좌우하는 것이 무예이다. 그런 면에서 막종오의 자질은 가히 단연 군계일학이라 할 만했다.

피곤했던 듯 막종오는 저녁을 먹자마자 곯아떨어졌다. 좁은 방 안에 큰대 자로 뻗어 코까지 골며 자는 막종오를 궁상은 가만 내려다보았다.

얼굴은 그 사람의 삶을 말한다. 어린 나이인데도 이마의 중앙을 가로지르는 주름살과 눈꼬리가 사납게 치켜 올라간 것이 이미 세상 풍파를 겪을 만큼 겪은 얼굴이다. 지난 사흘 동안 말투나 행동거지를 보건대 결코 뼈대있는 명문과는 거리가 먼 아이다. 때로는 신경질적이고 거친 말투에서 삶을 몸부림치며 살아왔음이 느껴졌다.

'잡초구나.'

잡초는 밟힐지언정 절대 죽지 않는다. 잠시 발길에 밟혀 줄기는 부서지고 꺾여 없어지지만 뿌리는 죽지 않고 반드시 이듬해에 싹을 틔우고 만다. 막종오에게서 그런 잡초의 모습이 넘실거리고 있었다.

툭!

문득 막종오가 옆으로 드러눕자 품에서 서너 개의 병이 우르르 쏟아져 나왔다. 궁상은 잠시 쏟아진 세 개의 병을 바라보다 주워 들었다.

붉은 옥병이었는데 안에는 손톱 정도 크기의 알약이 들어 있었다.

스륵!

마개를 열어 코에 가까이 대고 냄새를 맡았다.

흐흐흠!

몇 번 코를 벌름거리던 궁상의 안색이 굳었다.

"이건!"

병 속에 든 알약을 자세히 들여다보고 몇 번 더 냄새를 맡아보더니 확신하듯 말했다.

'분명한 오광환이다.'

궁상의 안색이 굳었다.

오광환이 어떤 약인지 잘 알고 있었다.

더욱 중요한 것은 오광환을 제조할 수 있는 사람이 강호에서 손가락으로 꼽는다는 것이었다. 과거 독의 제문(帝門)이라는 당문에서조차도 오광환만큼은 만들지 못한다고 전해질 정도였다. 궁상은 생과 사의 양면을 갖고 있는 극독을 지니고 있는 막종오의 정체가 더욱 궁금해졌다.

잠시 오광환이 든 병을 쳐다보던 궁상이 이번에는 좀 더 큰 병을 주워 들었다. 그 안에는 흰 가루약이 가득 들어 있었다.

궁상은 마개를 열고 입구에 코를 대어 냄새를 맡았다.

갸웃!

아무런 냄새도 나지 않았다.

의약품 같으면 어떤 냄새가 흘러나오는데 전혀 무취했으므로 잠시 뚫어져라 쳐다보던 궁상이 이번에는 마지막 병을 주워 들었다.

세 번째 병은 일곱 가지의 색깔을 지닌 여러 알약이 가득 들어 있었다.

흐흠!

마개를 열고 코를 벌름거려 봤지만 역시 아무런 냄새도 흘러나오지 않았다. 하지만 용도는 알 수 없었으나 대략 짐작은 되었다. 필시 하오문의 잡배들이나 흑도의 인물들이 즐겨 사용하는 음약(陰藥)의 일종일 것이라고 생각했다.

'도대체!'

갈수록 막종오의 정체가 궁금해진다. 마음 같아서는 당장 깨워 물어보고 싶었지만 이내 고개를 내저었다. 이런 아이들은 자기 스스로 마음이 일어나야 뭐든 행하고 움직인다. 강제로 어떤 뜻을 관철시키려고 하면 더욱 닫히고 감춰 버리는 특성을 갖고 있다.

스슷!

궁상은 다시 세 가지 약병을 품속에 집어넣어 줬다. 만약 바닥에 떨어진 채로 놔뒀다가는 자신이 몰래 품을 뒤진 것으로 오해받을 수도 있기 때문이었다.

막종오는 완전히 곯아떨어져 있었다. 그것은 그만큼 전력을 다해 해왕수를 익혔다는 뜻이다. 워낙 복잡하고 난해한 무

공이기 때문에 단시일 내에 어떤 성과를 거두기는 어려울 것
이다. 그러나 막종오의 자질을 볼 때 머잖아 엄청난 위력의
패왕수가 강호에 그 모습을 드러낼 것이라고 확신하자 가슴
이 두근거렸다.

벌컥!

궁상은 문을 열고 밖으로 나왔다. 하늘에는 먹구름이 짙게
깔려 있어 사방은 더욱 캄캄했다.

패왕수(覇王手).

말 그대로 천하를 제패할 손이라는 뜻이다. 사부도 패왕수
를 연성할 만한 자질을 갖춘 재목을 찾기 위해 수십 년을 뒤
지다 결국 자신을 찾아냈다. 비록 만족스런 자질은 아니지만
패왕수에 먹칠은 않겠다 싶어 데려다 가르쳤다고 했다. 그만
큼 어려운 것이 패왕수였다.

그런데 자신보다 수배 뛰어난 자질의 막종오를 만났다. 죽
음이 얼마 남지 않은 연륜이다. 그런데 다행히도 자신의 자랑
거리를 전해줄 수 있는 후예를 만났으니 이보다 즐겁고 행복
한 일은 없을 것이다. 처음으로 자신이야말로 이 세상에서 가
장 행복한 사람이라고 확신했다.

"헛헛!"

자신도 모르게 웃음이 터져 나왔다.

다음날 아침 궁상이 눈을 떴을 때 막종오는 짐을 꾸리며 떠
날 준비를 하고 있었다. 짐이라고 해봤자 검 한 자루와 악씨

세가의 혈우 문장이 새겨진 지저분한 흑의가 전부였지만 조 그만 동경 앞에서 옷매무새를 다듬었다.

"아침은 먹고 가야 하지 않겠느냐?"

막종오가 동경을 보고 머리를 다듬으며 대꾸했다.

"생각없습니다."

"아침을 잘 먹어야 건강하느니라."

"상관없습니다."

이마를 덮은 머리카락 한 올을 좌측으로 멋지게 꺾어 올려 붙인 다음 옆구리에 검을 찼다.

투툭!

그리고 자신을 쳐다보고 있는 궁상을 보며 엄숙한 표정으 로 말했다.

"감사합니다. 노인장 덕분에 몸이 거의 나았습니다. 나중 시간이 나면 한번 찾아뵙겠습니다."

찾아뵙겠다는 것이야말로 입에 발린 거짓말이다. 찾아뵙 겠다고 해놓고 찾아온 인간은 거의 없었다.

덜컹!

막종오가 나가자 궁상이 뒤를 따랐다.

"나오실 것까지 없습니다. 그럼."

무뚝뚝하게 던지듯 한마디 내뱉고 막종오는 사립문을 향 해 걸어갔다.

"조심하거라."

　어젯밤까지만 해도 떠나는 막종오에게 해줄 말이 많았었다. 그런데 막상 그가 떠나려 하자 그 많던 말들이 쏙 들어가 버리고 도무지 생각이 나지 않았다. 하지만 기분은 좋았다. 이별이 이렇게 기쁘기는 처음이었다.

　궁상과 헤어진 막종오는 곧바로 악씨세가를 향해 방향을 바꾸었다. 혈불에게 북궁설이 탄 마차를 빼앗겼으니 필시 그곳에 있을 것이기 때문이었다.
　뚝!
　한참 산길을 걸어가던 막종오의 발걸음이 멈췄다.
　주위로 십여 구의 시체가 널브러져 있었는데 죽은 지 이삼 일 정도밖에 되지 않은 것 같았다.
　'대단한 권이다.'
　시체들은 갈비뼈는 물론 머리통까지 깨져 있었다. 주먹에 맞은 것과 돌이나 쇠망치에 맞은 상처는 다른데 눈앞의 시체들은 강한 권에 절명했다.
　시체들의 몸 상태를 보아하니 고도로 훈련된 고수들이었다. 이런 절정의 인물들을 무자비하게 때려죽일 만한 권의 고수를 떠올리는 순간 눈앞에 혈불의 모습이 어른거렸다. 그건 곧 이들 또한 북궁설을 노렸다가 혈불에게 맞아 죽었다는 뜻이다.
　막종오는 다시 걸음을 옮겼다. 간간이 숲 속에서 시체들이 발견되었고, 모두 신체 곳곳이 부서져 있었다. 모두가 혈불에게 당했음을 반증했다.

두 개의 산봉우리를 넘자 붉은 파도가 출렁이듯 바람에 흔들리는 혈죽림이 나타났고, 그 한가운데 한 채의 커다란 장원이 있었다. 막종오는 처음 들어갔던 북쪽의 혈죽림을 향해 다가갔다.

잠시 후 혈죽림 앞에 선 막종오는 품에서 표향섭정액을 꺼내 또다시 얼굴과 손 등에 발랐다.

이윽고 바스락거리는 발자국 소리를 죽이기 위해 묘보를 극성으로 펼쳐 신속히 대나무 사이를 빠져나갔다.

담장 앞에 이른 막종오는 거침없이 담을 뛰어넘었다. 처음이 아니었기 때문에 훨씬 부담감이 적었다. 곧바로 이후백팔사경을 시전하기 시작했다.

가장 먼저 혈불의 위치부터 파악하기 위해서였다.

코끝에 냄새가 잡혔다. 그런데 처음에 왔을 때는 반구각이라는 곳에서 그의 모습을 발견할 수 있었는데 이번에는 정반대쪽에서 혈불의 냄새가 날아왔다.

막종오는 반구각을 포기하고 일단 냄새가 나는 곳을 향해 움직였다.

두어 차례 악씨세가의 무사들이 지나갔지만 막종오의 존재를 전혀 의식하지 못했다.

척!

이윽고 막종오는 단층짜리 목조 건물 앞에 걸음을 세웠다. 혈불 고유의 냄새가 그곳에서 흘러나왔는데, 막종오의 눈살이 찌푸려졌다. 코끝으로 강한 약냄새가 진동했기 때문이다.

'의각이다.'

여러 가지 약제 냄새가 코를 찌르는 것이 환자를 치료하는 의각이 분명했다.

삐이걱!

그때 의각 문이 열리고 한 명의 사내가 계단을 내려왔다. 그런데 한쪽 다리가 부러진 듯 칭칭 붕대를 동여맨 채 목발을 짚고 조심스럽게 내려왔다.

'저놈으로 정했다'

막종오의 입가에 희미한 미소가 스쳤다.

사내는 절뚝거리며 정원 사이로 난 길로 접어들어 막종오가 숨어 있는 곳 가까이 다가오고 있었다.

화악!

막종오는 벼락같이 달려들며 마혈과 아혈을 동시에 제압했다.

아무리 악씨세가의 무사라고 해도 한쪽 다리가 부러졌고 양쪽에 목발을 짚고 있는 상태에서 반항하기란 불가능했다. 더구나 집 안에서 적의 기습을 받으리라고는 꿈에도 생각하지 못했을 것이다.

쓰러진 사내의 두 눈이 휘둥그레졌다.

아혈이 제압당해 말은 못하고 있지만 누구냐는 듯 눈을 깜박거리고 있었다.

막종오가 나직한 목소리로 말했다.

"내가 묻는 말에 눈으로 깜박하며 대답하거라. 만약 질문을 했는데 대답을 하지 않을 때에는 그냥 죽는다."

깜빡깜빡!

사내는 알았다는 듯 두 번 눈을 감았다 떴다.

"너도 북천당 소속이냐?"

악씨세가의 조직 편재 중 유일하게 알고 있는 곳이 북천당이었고, 사내의 의복이 전에 만난 적이 있는 북천당 소속의 무사들과 같았기 때문이다.

그런데 다행히 사내는 눈을 깜빡거리며 그렇다고 대답했다.

"저 안에 그놈 있느냐? 붉은 가사를 걸친 그자 말이다. 혈불인지 옥불인지 하는 인간 말이다."

깜빡깜빡!

사내는 그렇다고 눈을 두어 번 깜빡거렸다

"저 안에서 그놈은 뭐 하느냐? 설마 다치기라도 했단 말이냐?"

사내는 또다시 눈을 깜빡거렸다.

막종오는 놀라 다시 물었다.

"그놈이 다쳤단 말이냐?"

사내는 또다시 눈을 깜빡거렸다.

믿을 수가 없었다. 자신이 겪은 혈불의 무공은 가히 경천동지할 만했다. 일권 일권이 쇠망치 같았고, 자신의 능력으로는 도저히 넘을 수 없을 만큼 지고무상했다.

좀 더 자세히 묻고 싶어 아혈을 풀어줄까 했지만 놈이 갑자기 소리라도 질러 버리면 만사는 끝장이다. 그래서 조금 답답하긴 하지만 계속 이 방법을 사용하기로 했다.

"누구와 싸웠는데 그가 다쳤단 말이냐?"

사내로부터 아무런 반응이 없었다. 그것은 모른다는 의미였다.

일단 혈불이 다쳐 누웠다면 북궁설의 신상에도 적지 않은 변화가 발생했을 것이 분명했다.

탁!

수혈을 짚어 사내를 잠들게 했다. 앞으로 반 시진가량은 꼼짝도 않고 잠에 빠져 있을 것이다. 막종오는 자신이 직접 안으로 잠입하여 상황을 살펴보기로 했다.

스윽!

품에서 고망액 한 개를 꺼내 몸에 뿌리기 시작했다.

촤아아!

냄새를 제거하기 위함이었다. 어차피 악씨세가의 복장으로 변장한 만큼 어느 누구도 쉽게 의심하거나 알아보지는 못할 것이다. 하지만 혈불 같은 고수의 후각까지 속이기란 쉽지 않았다. 잠시 후 막종오는 자신의 의복을 가까이 대고 코를 벌름거렸다. 옷에서는 아무런 냄새도 흘러나오지 않았다.

막종오는 의각을 향해 들어갔다. 왼손으로 오른쪽 아랫배를 지그시 누르고 인상을 쓴 것이 영락없이 배가 아파 의각을 찾아온 사람 같았다.

멈칫!

의각의 계단을 막 오르려는데 두 명의 사내가 나타났다. 한눈에 환자임을 알아볼 수 있을 만큼 두 사람의 낯빛은 창백했는데 잔뜩 인상을 쓰고 있었다.

막종오는 더욱 아픈 척 인상을 와락 구겼고, 그런 자신을 두 사내 또한 동병상련의 시선으로 쳐다보며 지나쳤다. 막종오는 잽싸게 의각 안으로 들어섰다. 쭉 뻗은 복도와 좌우로 많은 방문이 있었는데 아마 환자를 수용하는 방 같았다.

코를 벌름거리며 혈불의 냄새가 나는 곳을 향해 걸어갔다. 혈불의 냄새는 복도 끝에서 흘러나왔고, 막종오는 망설임없이 다가갔다. 복도 끝에는 창문이 달려 있어 햇볕이 들어왔고, 환자 차림의 두 사내가 창가에 쭈그리고 앉아 볕을 쬐고 있었다.

막종오는 아랫배를 더욱 움켜쥐고 무척 아픈 환자처럼 인상까지 찌푸리며 그들 곁으로 파고들었다. 햇볕을 쬐고 있는 환자 누구도 막종오에게 관심을 주지 않았다.

막종오는 잠시 심호흡을 하며 혈불이 치료를 받고 있는 방문을 보며 이후백팔사경을 끌어올렸다.

문이 굳게 닫혀 안으로부터는 아무런 소리도 흘러나오지 않았다. 하나 막종오의 귓가로는 또렷한 음성이 들려왔다. 뿐만 아니라 각자 굴곡이 심하고 들숨과 날숨의 차이가 천차만별인 여러 가지 숨소리를 보아 적지 않은 사람들이 있는 듯했다.

"모두 몇 명이었습니까?"

늙수레한 목소리가 울려 퍼졌다.

"열… 두 명이었소. 모두 복면을 했고 검을 사용하더구려. 그토록 사나운 검은 난생… 처음 겪었소. 실로 놀라웠… 소이다."

막종오의 눈이 빛을 뿌렸다.

혈불의 목소리였다. 그런데 심하게 떨리고 있는 것을 보마 많이 다친 듯했다.

"대혈불의 몸에 이토록 깊은 상처를 남길 수 있는 고수들이 있다는 게 믿어지지가 않습니다."

또 다른 목소리가 입을 열었고, 혈불이 다시 말했다.

"아무튼 환사로 하여금 놈들을 추적토록 했으니 머잖아 그들의 정체가 밝혀질 것이오."

막종오의 표정이 굳어졌다.

그들의 대화를 분석하건대 혈불이 북궁설의 마차를 정체불명의 열두 사내에게 빼앗겼다는 내용이었다.

그것은 믿을 수 없는 소식이었다.

누구보다도 혈불과 직접 겨루었기 때문에 그의 실력에 대해 잘 알고 있다. 혈불이야말로 천외천이라 할 만큼 강력한 인물이었는데 그런 고수에게 부상을 입히고 마차를 탈취해갔다면 상대는 도대체 어떤 사람들이란 말인가.

"그만들 가보시오. 피곤해서 잠시 쉬어야겠소."

"그럽시다. 쉬시도록 나갑시다."

"몸조리 잘하십시오."

잠시 후 방문이 열리고 일곱 명의 사람이 문밖으로 나왔다.

하나같이 옆구리에 가느다란 칼을 차고 있었는데 가히 태산을 압도할 만한 기세를 풍겼다. 막종오는 그들이야말로 악씨세가의 중추들이라고 짐작했다.

힐끔!

그들은 햇볕을 쬐고 있는 환자들을 쳐다본 후 복도를 걸어서 사라졌다.

이후백팔사경을 더욱 끌어올려 혈불의 동태를 살폈다. 조용한 숨소리가 들려오는 것이 잠에 빠진 것 같았다.

잠시 혈불의 동태를 더 살피다 더 이상 어떤 반응이 없음을 확인한 막종오는 조용히 복도를 빠져나와 처음 사내를 제압했던 정원으로 돌아왔다. 사내는 수혈이 제압되어 여전히 깊은 잠에 빠져 있었다.

탁!

수혈을 때리자 사내가 파르르 두어 차례 떨더니 눈을 떴다.

눈앞에 막종오가 내려다보고 있자 사내는 또다시 악몽을 꾼 듯 움찔했다.

막종오가 사내를 묵묵한 시선으로 내려다보며 잠시 골똘히 생각하는 듯하더니 사내의 오른팔 곡지혈을 누른 후 마혈을 풀어주었다. 마혈이 풀려 몸의 움직임은 자유로웠지만 반면 오른손이 제압되어 검은 펼칠 수가 없었다.

오른손을 제압해 무공을 사용하지 못하게 한 대신 마혈이 풀렸으므로 왼손으로 글씨를 써서 질문에 대답할 수 있도록 만든 것이다.

"혈불을 잘 아느냐?"

사사삭!

사내가 땅바닥에 빠르게 글씨를 써 내려갔다.

본가의 우호법 말입니까?

막종오는 혈불이 악씨세가의 우호법이라는 것을 알았다.

"그자가 북궁설이란 여인을 태운 마차를 빼앗겼다는데 그 사실을 아느냐?"

사내는 부지런히 왼손으로 글씨를 썼다.

상부에서 일어난 일이어서 자세히는 모릅니다. 다만 요즘 본가는 최고의 경계 상태인 일급 비상령이 내려져 있습니다.

막종오는 고개를 끄덕였다.

말단 무사가 상층부에서 극비리에 벌어진 일을 자세히 안다는 것은 무리였다.

무슨 이유로 북궁설을 납치해 왔는지 등에 관해 물으려다 막종오는 그만두었다. 사내는 자세한 내막에 대해 전혀 모르고 있는 것 같았기 때문이다.

잠시 사내를 쳐다보던 막종오가 다시 수혈을 짚어 잠속에 빠뜨린 후 악씨세가를 빠져나왔다.

혈죽림을 벗어 나온 막종오는 조그만 양지녘 언덕에 주저앉아 붉은 죽림을 병풍 삼아 웅크리고 있는 악씨세가를 내려다보았다.

북궁설의 행적을 완벽하게 놓쳤다. 혈불에게서 마차를 탈취해 간 사내들의 정체에 대해 티끌만 한 단서도 없으며 아무리 이후백팔사경이 뛰어나다고 해도 백지 상태에서 북궁설을 추적하는 것은 무리였다. 막종오는 언덕에 앉아 잠시 생각에 잠겼다. 새로 시작해야 하는데 어디서부터 실마리를 풀어야 할지 선뜻 떠오르는 묘책이 없었다.

팟!

갑자기 막종오의 두 눈이 광채를 발했다.

'그렇다. 바로 그것이다!'

뭔가 머리에 떠오른 듯 막종오는 곧바로 용화산을 향해 몸을 날렸다.

반 시진쯤 지나 막종오의 신형은 자신이 혈불과 만났던 장소에 나타나 있었다.

칠 일 가까이 지났는데도 당시 혈불과 자신이 싸웠던 흔적이 곳곳에 남아 있었다.

'자국이 있다!'

희미하지만 꺾인 풀 위로 마차 바퀴 자국이 찍혀 있었다. 막종오는 풀 위로 희미하게 드러나 있는 마차 바퀴의 흔적을 따라 이동하기 시작했다. 마차는 예상대로 악씨세가가 있는 동쪽을 향해 이동하고 있었다. 예리한 눈빛으로 지면을 응시하며 이동하던 막종오의 걸음이 돌연 멈췄다.

멈칫!

전방을 쳐다보던 막종오의 두 눈이 영활한 빛을 뿌렸다.

나무와 숲이 우거진 산이 느닷없이 황무지로 변해 있었기 때문이다. 숲과 나무는 한 그루도 보이지 않고 자욱한 돌무더기와 흙더미가 마구 나뒹굴고 파헤쳐져 있었다.

'설마!'

막종오의 눈이 더욱 빛을 뿌리며 마구 파헤쳐진 황무지를 향해 걸어갔다.

막종오의 눈이 부릅떠졌다. 그것은 자연적으로 이뤄진 황무지가 아니라 얼마 전까지 숲과 나무가 우거진 곳이었음을 알 수 있었다. 그 증거로 흙속에서 꺾이고 부러진 나무와 풀

뿌리가 가득했다.

막종오는 이곳에서 혈불과 열두 명의 정체불명의 검수가 마차를 놓고 혈투를 벌였음을 짐작했다. 그리고 워낙 싸움이 강렬하여 산이 그만 황무지로 변해 버린 것이 분명했다.

산의 지형을 바꿔 버릴 만큼 혈불과 열두 명의 검수의 싸움은 처절했던 것이다.

곳곳에 시체가 나뒹굴고 있었다.

백의를 걸쳤는데 온몸이 짓이겨 놓은 듯 파괴되어 있는 것으로 보아 혈불의 권에 맞아 죽었음을 알 수 있었다. 백의인들의 시신은 모두 일곱 구였고, 하나같이 형체를 알아볼 수 없을 만큼 무자비하게 부서져 있었다.

혈불의 말에 의하면 열두 명이라고 했으므로 결국 다섯 명만 살아 돌아간 것이다.

막종오는 추적의 단서를 찾아 조사에 나섰다. 시체의 몸에 난 상처와 그들이 걸치고 있는 백의가 어떤 천으로 만들어진 것인지 세세하게 조사에 착수했다. 대개 걸치고 있는 의복은 그 지역에서 생산된 면포(綿布)로 맞춰 입기 때문에 출신 지역을 대략 알 수 있었다.

스윽!

뿐만 아니라 시신들의 팔목과 목을 막대기로 젖혀 살폈다. 팔목과 목에 장신구를 착용하고 있지는 않는지 조사하고 있는 것이다. 장신구만 갖고서도 죽은 사람의 출신을 금방 알아낼 수 있었다. 하지만 그들의 팔목과 목에는 아무런 장신구도 달려 있지 않았다. 의복도 그렇고 장신구도 하고 있지 않아 어떤 특별한 점을 찾아낼 수가 없었다.

멈칫!

세 번째 시신을 향해 걸어가려던 막종오의 발걸음이 도중에 멈췄다.

땅바닥에 신발 한 짝이 나뒹굴고 있었다. 그리고 고개를 들어 자신이 조사했던 두 구의 시신을 쳐다보았는데 모두 같은 종류의 신발을 신고 있었다. 그러고 보니 왜 신발에 대한 조사를 하지 않았는지 자신도 깜짝 놀라며 그 자리에 쭈그리고 앉았다.

신발은 단화였다. 발목의 복숭아뼈까지 올라온 목이 짧은 단화였는데 가죽이 아주 가볍고 부드러웠다.

'궐피(蹶皮)다!'

코에 대고 냄새까지 맡아본 막종오는 궐피로 된 신발이라는 것을 알아보았다. 궐피로 된 신발은 녹피(鹿皮)나 우피(牛皮)와 달리 흔하지 않았다.

투툭!

막종오는 신발에 묻은 흙을 털어 지체없이 품속에 집어넣었다. 신발이야말로 어쩌면 마차를 혈불에게서 탈취해 간 백의인들의 정체를 밝히는 중요한 단서가 될 것 같다는 예감이 들었기 때문이다.

“너는 누구냐?”

막종오가 품에 신발을 넣고 몸을 세울 때 느닷없는 호통이 터져 나왔다.

막종오는 깜짝 놀라며 뒤를 돌아보았다.

다섯 명의 무사가 우뚝 서 있었다. 앞가슴에 금방이라도 저돌적으로 돌진할 것 같은 핏빛의 황소 문양이 유난히 시선을 끌었다. 다섯 사내는 모두 악씨세가의 무사들이었다.

“어!”

막종오가 돌아서자 그의 앞가슴에 그려진 붉은 혈우 문양을 발견한 사내들이 깜짝 놀라며 말했다.

“본가의 무사 아냐? 너, 소속이 어디야?”

“여기서 뭐 해? 여긴 특별 금지구역으로 누구도 들어올 수 없는 곳인데.”

악씨세가에서는 이곳을 마차를 빼앗아간 백의인들의 정체를 알아낼 수 있는 곳으로 단정하고 사건 현장을 엄중히 지키고 있는 것이 분명했다.

막종오의 눈이 재빠르게 돌아갔다.

“북천당 소속인데요?”

악씨세가의 기관 중 자신이 알고 있는 유일한 기관이었다. 그래서 북천당이라고 거침없이 말하자 다섯 사내가 고개를 갸우뚱했다.

“그런데 왜 처음 보지?”

막종오는 내심 아차 했다.

눈앞의 사내들이 북천당 소속일 줄은 전혀 몰랐다. 물론 알았다고 해도 그가 아는 유일한 악씨세가의 기관인 만큼 어쩔 수 없이 그곳을 댔을 것이다.

"나도 선배님들을 처음 보는데요."

이렇게 된 이상 정체가 발각될 때 되더라도 끝까지 밀고 나가야 한다는 것이 지금까지의 경험이었다.

그래서 일단 자신보다 나이가 들어 보였으므로 거침없이 선배님이라는 호칭을 써서 친근감을 유발시켰다.

그런데 선배님이라는 호칭에 다섯 사내의 시선이 잠깐 부드러워졌다가 다시 냉랭해졌다. 막종오는 아무래도 일이 뜻대로 풀릴 것 같지 않다는 예감이 들었다.

그때 머리가 벗겨진 맨 우측의 대머리사내가 입을 열어 말했다.

"왜 옆구리에 검을 차고 있느냐?"

막종오의 안색이 변했다. 이번에야말고 빼도 박도 못하게 되어버린 것이다. 모든 일이 끝난 것으로 단정하고 구입했던 칼을 도중에 버리고 검을 휴대했는데 그만 완벽한 꼬투리가 되어버렸다.

"카악!"

막종오는 신경질적으로 가래침을 뱉었다. 검이야말로 자신이 악씨세가의 무사가 아니라는 가장 확실한 증거였기 때문이다. 막종오가 아무런 대꾸를 않자 다섯 사내의 표정이 딱딱해졌다.

"이제 보니 가짜로구나. 감히 본가 무사의 행세를 하다니 속히 정체를 말해라!"

악소천은 습관적으로 품속에서 건포를 꺼내 입에 넣고 질겅질겅 씹었다.

"잠시 악씨의 복장을 할 일이 있어 변장을 했으니 이해하시오."

강호에서 소속 집단이나 사문을 사칭하는 것이야말로 가장 큰 범죄 중 하나이다. 만약 그러한 범죄를 저지르다 들키거나 붙잡히면 죽음을 피할 수 없다. 그런데 그런 엄청난 죄를 짓고서도 미안한 표정 하나 없이 대충 넘어가려는 막종오를 그들이 가만둘 리 없었다.

"저런 뻔뻔한 놈, 그게 지금 말이 된다고 내뱉고 있는 것이냐? 뭣들 하느냐? 당장 저놈을 잡아라!"

대머리가 우두머리인 듯 나머지 네 사람에게 명령을 내렸다.

네 사람이 신속히 다가와 막종오 앞을 가로막고 섰다.

第三章

회귀

입으로는 열심히 건포를 씹고 있지만 막종오의 두 눈은 쉴 사이 없이 앞을 가로막고 있는 네 사내를 살피고 있었다. 떡 버티고 선 네 사람의 기세가 범상치 않았다. 더구나 이런 중요한 사건 현장을 지키는데 하류무사들을 보내지는 않았을 것이다.

꿀꺽!

씹던 건포를 소리 내어 삼킨 막종오가 느릿하게 입을 열었다.

"다시 한 번 말하지만 나쁜 뜻은 없소. 그러니 한 번만 봐주면 안 되겠소?"

"저런 쳐 죽일 놈을 봤나? 무릎을 꿇고 싹싹 빌어도 살려줄까 말까 할 만큼 중차대한 죄를 지어놓고 천연덕스럽게 봐달라니! 뭣들 하느냐? 저놈을 당장 잡아 무릎을 꿇려라!"

"예, 조장님!"

네 사내가 힘차게 대답을 하고 막종오를 향해 달려들었다.

쉭!

촤아아아!

'우웃!'

일제히 칼을 뽑아 베고 찔러 들어왔는데 그 동작이 실로 빠르고 깔끔하기 그지없었다.

막종오는 자신도 모르게 뒤로 물러나며 신음을 삼켰다. 발도를 하고 공격을 하는 동작들이 너무나 부드럽고 막힘이 없었다.

'과연!'

역시 칠대무가의 무사들은 뭐가 달라도 다르다는 생각을 하며 검을 뽑아 또다시 찔러 들어오는 세 사내의 칼에 맞섰다.

채채챙!

불꽃이 피어나며 막종오가 뒤로 한 걸음 물러났다. 상대의 실력을 알아보기 위해 일부러 부딪쳤는데 팔꿈치가 저려오는 것이 예상대로 강했다.

휙!

"이놈, 어서 무릎을 꿇어라!"

네 사내가 정면과 좌우에서 협공해 들어왔다.

막종오는 묘보로 소리없이 우측으로 이동하여 좌측에서 찔러오는 칼과 정면에서 오는 칼을 무력화시킨 다음 오른쪽에서 찔러 들어오는 칼을 힘껏 내려쳤다.

퍼억!

둔탁한 소리가 들리며 두 사람이 한 걸음씩 뒤로 물러섰다.

슉!

슈슉!

흔들리는 틈을 주지 않고 세 사람이 동시에 품 자형으로 파고들었다.

막종오는 뒤로 물러나며 연거푸 삼 검을 휘둘렀다.

촤촤촤악!

십이작타검 제일식 광사두우에서 이식 추혼나백과 삼식 공월타작까지 연이어 펼친 것이다.

퍼퍼퍼!

서로가 쏟아낸 도기와 검기가 정면으로 부딪치며 주위로 자욱한 흙먼지가 피어올랐다. 엄청난 반탄강기가 몸 안으로 밀려들어 왔지만 막종오는 물러서지 않았다. 곧바로 검식을 바꾸어 좌측으로 밀려난 사내의 앞가슴을 힘차게 그었다.

촤악!

추우생멸. 십이작타검 제사식이 펼쳐진 것이다.

“윽!”

사내가 대각선으로 떨어지는 막종오의 검을 완전히 피하지 못하고 아랫배 쪽에 검상을 당하면서 신음을 흘렸다. 그러나 막종오 역시 온전하지는 못했다. 사내를 공격하는 그 틈을 놓치지 않고 우측의 두 사내가 옆구리와 허벅지를 베어왔고, 신속히 묘보로 이동했지만 옆구리가 뜨끔했다.

“큭!”

그나마 허벅지를 다치지 않은 것이 다행이었다. 다수와 싸울 때일수록 발놀림이 원활해야 하는데 허벅지를 다쳤다면 당장 보법을 펼치는 데 장애가 발생할 것이고, 그것은 걷잡을 수 없는 위기를 부른다.

막종오는 더욱 격렬하게 덤벼들었다.

“구사일광! 일타오피!”

한 마리 늑대가 집단을 이룬 늑대들을 향해 달려드는 형국과 같은 파상적인 공격이었다.

콰콰콰!

막종오의 검에서는 매서운 검기가 폭죽 터지듯 했다. 하지만 시간이 흐를수록 막종오는 밀리기 시작했다. 그것은 개개인의 무공과도 차이가 있었지만 수적인 열세가 절대적이었다.

학학!

막종오의 입에서 거친 숨이 뿜어져 나왔다.

막종오는 이미 대여섯 군데 가벼운 자상을 입고 있었다.

한편, 싸움을 지켜보고 있던 대머리의 이마가 잔뜩 찌푸려져 있었다.

북천당은 악씨세가가 자랑하는 최일선의 전투 기관이다. 모두 열두 개 조로 이루어져 있고, 조당 열다섯 명으로 이루어져 있으며, 앞선 순위일수록 강하다. 자신은 구조의 조장이자 조원들 중에서 가장 강한 네 명을 뽑아 데려왔다. 한데 벌써 삼십여 초가 지났는데도 넷이서 막종오를 무릎 꿇리지 못하자 상당히 놀란 것이다.

한편 대머리의 놀라움과는 반대로 막종오는 죽을 맛이었다. 온몸이 천 근같이 무거워졌고 들고 있는 검이 쇠몽둥이 같았다. 마침내 체력의 한계가 온 것이다. 이 상태로 나가면 잡힐 것은 불을 보듯 뻔했으므로 서둘러 대책을 강구해야 했다.

"도리지고! 비광피박!"

막종오가 연속해서 십이작타검 칠식과 팔식을 연달아 펼쳤다. 두 초식의 위력에 잠시 주춤하던 사내들이 위력이 소멸되자 다시 덤벼들었다.

"간닷! 각오해랏!"

막종오의 느려진 몸놀림에서 약세를 읽은 네 사내는 더욱 힘을 내어 몰아쳤다.

슈왁!

취리리릭!

네 개의 칼이 동시에 떨어져 내렸다.

막종오는 이를 악물고 자신의 몸을 네 등분할 듯 떨어지는 칼을 향해 맞섰다.

챙!

파팍!

세 개의 칼을 막아낸 검기가 네 번째 사내의 도기 앞에서는 견디지 못하고 힘없이 쪼개지며 왼쪽 어깨에 일 검을 맞았다.

빡!

"우훅!"

막종오가 쓰러질 듯 휘청거렸다.

"호호호!"

"이놈, 죽을 준비는 됐지?"

막종오의 눈이 좁혀졌다.

난생처음이었다. 지금까지 수많은 싸움을 치렀고 죽을 고비를 수차례 넘겼지만 오늘과 같이 제대로 된 정통 무인들과 백주에 제대로 맞선 대결은 처음이었다. 특히 자타가 인정하는 강호칠대무가 중 한곳의 무사들과 그것도 네 명의 합공 아래 사십 초 가까이를 버텼다는 것은 자신의 실력이 과거와는 비교도 안 될 만큼 늘었다는 것이었으므로 위기지만 은연중 기뻤다.

'어쨌든 피해야 한다!'

더 이상은 무리였다.

실패할지언정 절대 잡히거나 죽어서는 안 된다는 것이 부친의 가르침이다.

펑!

갑자기 양측의 중간에 거대한 흰색 연기가 피어올랐다. 지체없이 인향탄을 터뜨린 것이다. 인향탄을 마신 사내들이 콜록거리며 허우적대었다.

"이건 또 뭐야?"

"우이 쌍! 으왜액"

눈을 비비면 비빌수록 인향탄은 더욱 자극이 심해지고 고통을 준다. 그것을 알 리 없는 사내들은 따가운 눈을 비볐고 더욱 고통에 몸부림쳤다.

"아이고!"

"나 좀 살려줘! 크카왁!"

연기 속에서 사내들이 아우성을 쳤다.

그 틈에 막종오는 품에서 칠망단이 든 약병을 꺼내 검은색 알약을 삼켰다. 잠시 후, 반 각도 채 지나지 않은 짧은 시간에 막종오의 신체는 물론 의복까지 근처 바위 색과 똑같이 변하기 시작했고, 지체없이 조그만 바위로 틈 사이로 엎드렸다.

자세히 살피지 않으면 바위의 일부분으로 보일 만큼 위장은 완벽했다.

강호에는 놀라운 한 가지 은신 방법이 있다. 잠영술로 불리는 기예로서 내공이 화경에 이른 사람이 주위 물체 속에 자신을 녹여 숨기는 것이다. 그러나 잠영술도 펼친 사람보다 더 뛰어난 고수의 눈은 속이지 못한다.

하지만 칠망단은 잠영술과 전혀 달랐다.

냄새는 물론 완벽하게 주위와 동화시킴으로써 도저히 구별할 수가 없다.

잠시 후 연기가 사라지고 모든 것이 드러났다. 인향탄을 마신 네 사내는 눈물콧물을 흘리며 이를 갈고 있었다. 막종오를 잡아 죽이고 말겠다는 듯 살기를 담고 주위를 휘둘러봤지만 보이는 것은 아무것도 없었다.

"뭣들 하느냐? 멀리 가지 못했을 것이다! 어서 놈을 쫓아라!"

대머리가 소리치자 사내들은 일제히 사방으로 몸을 날려갔다.

꿈틀!

모두가 사라지자 바위로 변해 엎드려 있던 막종오는 몸을 일으켰다. 잠시 사라지는 사내들을 쳐다본 막종오는 반대쪽을 향해 신속이 이동했다. 용와산은 악씨세가의 권역이기 때문에 안전한 곳이 될 수가 없었다. 일단 기주로 돌아가 주린 배를 채우고 추적의 실마리를 찾을 생각이었다.

우내식은 점원 생활 십오 년 만에 이토록 큰 사람은 처음이었다. 차라리 불곰이라고 해도 좋을 만큼 사내의 덩치는 우람

했다. 머리통도 컸고 손도 컸으며 신발도 보통 사람보다 두 배는 컸다. 주문을 하는 목소리 또한 귀가 먹먹할 정도로 컸다.

"여기 만두 이십 인분 가져오너라!"

만향루 점소이 우내식의 두 눈이 부릅떠졌다.

"지… 지금 이십 인분을 대령하라 했사옵니까?"

"그래, 이십 인분."

우내식의 벌려진 입이 다물어질 줄 몰랐다. 뿐만 아니라 주위 사람들까지 밥을 먹다 모두 고개를 쳐들고 왕거만을 쳐다보았다.

"뭘 해, 이 자식아! 빨리 가져와!"

"예… 예! 금방 대령합죠!"

우내식은 돌아서며 가슴을 쓸어내렸다. 십오 년 점원 생활 중 한 사람이 가장 많은 만두를 먹은 기억은 오 년 전 원단에 찾아왔던 가봉생이란 노인이었다. 당시 가봉생이란 노인은 비쩍 마른 체격인데도 만두 십삼 인분을 시켜 먹었기 때문에 아직까지 기억을 하고 있는 것이다. 그런데 오늘 마침내 혼자서 만두 이십 인분을 시킨 사람이 등장하고야 말았다.

만향루에서 가장 큰 접시에 만두를 산더미처럼 쌓았지만 고작 칠 인분밖에 담을 수 없었다. 그래서 하는 수 없이 산봉우리처럼 만두로 탑을 쌓은 세 개의 접시를 우내식과 주인, 그리고 주방장까지 합해서 낑낑거리며 왕거만의 탁자 위에 올려놓았다.

"대령했사옵니다."

왕거만은 잠시 눈앞에 쌓인 만두탑을 쳐다보더니 양손에
한 개씩 들고 입 안에 넣기 시작했다. 그런데 하나씩 넣고 씹
는 것이 아니라 무려 다섯 개를 한입에 넣고 씹지도 않고 곧
바로 삼키고 있었다.

꿀꺽!

꾸울꺽!

왕거만의 만두 삼키는 소리가 조용한 객점을 울렸다.

그것은 먹는다기보다는 그냥 쏟아 붓는다는 표현이 어울
렸다.

쏙!

꿀꺽!

쏙!

꿀꺽!

객점 안의 모든 사람들이 식사를 하다 말고 일제히 왕거만
을 쳐다보고 있었다.

세 개의 접시를 가득 채우고 있던 만두는 빠르게 사라졌고,
채 일각도 되기 전에 만두 이십 인분이 왕거만의 뱃속으로 들
어갔다.

꺼어억!

천둥이 치는 것 같은 트림을 하고 왕거만이 손짓으로 저 멀
리 떨어져 자신을 쳐다보고 있는 우내식을 불렀다.

우내식은 혹시라도 추가로 만두를 주문할까 봐 잔뜩 긴장
하여 다가왔다.

"부르셨습니까, 손님?"

끄억!

한 번 더 트림을 한 왕거만이 품속에서 곱게 접은 종이 한
장을 꺼내 탁자 위에 펼쳤다.

촤라락!

펼쳐진 종이를 본 점원이 눈살을 와락 찌푸렸다.

종이에는 한 여인의 모습이 그려져 있었는데 두 번 다시 보
기 싫을 만큼 추했다.

"너 혹시 이분 본 적 있느냐?"

잠시 초상화 속의 여인을 슬픔 가득한 시선으로 내려다보
던 왕거만이 고개를 쳐들고 물었다. 그때까지 못생긴 얼굴 때
문에 잔뜩 인상을 쓰고 있던 우내식이 잽싸게 활짝 웃으며 대
답했다.

"아… 아니오."

왕거만이 내민 초상화 속의 여인은 북궁설이었다.

북궁설은 찾기 위해 자신이 직접 강호로 뛰어든 것이었다.

"쯧쯧! 여자는 뭐니 뭐니 해도 얼굴이 생명인데 저렇게 엉
망으로 생겨갖고서야 원."

그때 왕거만의 탁자 오른쪽으로부터 비아냥대는 목소리가
들려왔다.

획!

왕거만의 고개가 소리가 들려오는 곳을 향해 빠르게 돌아갔다.

오른쪽으로 탁자 하나 건너 무인으로 보이는 두 명의 사내가 죽엽청을 마시고 있었는데 꽤 술을 많이 마신 듯 얼굴이 벌겠다.

"저런 여자는 마차에 가득 실어다 줘도 난 싫어."

"그걸 말이라고 하는가? 자고로 못생긴 여자들은 길거리에 나돌아 다녀서도 안 된다고 생각하는 사람이 날세."

왕거만이 자리에서 일어났다.

잔뜩 굳은 표정으로 두 사내에게 다가간 왕거만이 으르렁거리듯 말했다.

"너희 두 사람, 지금 우리 아가씨더러 한 얘기냐?"

"이보쇼, 형씨, 우리 같은 남자끼리 까놓고 얘기합시다. 저게 여자 얼굴이오?"

우측 사내가 아직도 왕거만이 앉아 있는 탁자에 펼쳐져 있는 초상화 속의 북궁설을 보며 왼손으로 손가락질을 했다.

"이런 상노무시키가!"

탁!

왕거만이 북궁설의 초상화를 가리킨 사내의 집게손가락을 덥석 낚아 잡더니 그대로 분질러 버렸다.

우드득!

우측 사내가 비명을 질렀다.

"크아아악!"

왕거만이 분노한 표정으로 말했다.

"다시 말해봐라. 우리 아가씨가 어떻다고?"

우측 사내는 꺾여 버린 집게손가락을 움직여 보려 애썼지만 꼼짝도 하지 않았고, 지켜보던 좌측 사내가 염려스런 표정으로 물었다.

"완전히 부러진 거야?"

홱!

우측 사내가 돌연 고개를 번쩍 쳐들더니 살기를 내뿜었다.

"넌 오늘 무조건 죽었다."

사내는 앉은 자세에서 차고 있던 검을 뽑아 그대로 왕거만의 심장을 찔렀다. 단번에 죽이고야 말겠다는 표독한 공격이었다.

쉭!

따악!

찔러오는 우측 사내의 검을 왕거만이 맨손으로 그냥 거머쥐었다.

"아!"

"맙소사!"

객점 안 여기저기서 놀라는 소리가 터져 나왔다. 예리하기 그지없는 검신을 맨손으로 잡았으니 그 결과는 생각만 해도 끔찍했기 때문이다.

우측 사내 또한 입가에 미소를 지었다.

우측 사내는 검을 틀었다. 검신을 거머쥔 왕거만의 손을 더욱 상처내기 위한 계산이었다.

뚝!

그런데 검이 꼼짝을 하지 않았다. 아무리 손잡이에 힘을 주고 틀어보려 했지만 딱딱한 바위에 박힌 듯 옴짝달싹도 하지 않았다.

"이익!"

더욱 힘을 주어봤지만 여전히 요지부동이었고, 툭 하는 소리가 들리더니 급기야 자신의 검이 두 조각으로 부러지고 말았다.

"허어억!"

우측 사내뿐만 아니라 지켜보던 모든 사람들이 경악의 신음을 내뱉었다. 살갗이 찢어지고 커다란 상처가 났을 것이라고 여겼던 왕거만의 오른손은 아무렇지도 않았다.

반 토막이 된 검을 쥔 우측 사내는 얼굴이 하얗게 떠 아무런 말도 하지 못했다.

"죽엇!"

그때 좌측 사내가 왕거만의 복부를 향해 검을 기습적으로 찔러왔다.

탁!

그러나 좌측 사내의 검 또한 왕거만의 오른손에 잡혔고, 힘을 주자 이내 부러지고 말았다.

뚜욱!

화악!

좌측 사내의 눈 역시 찢어져라 커졌다.

맨손으로 검을 잡아 부러뜨린다는 말은 금시초문이었다. 왕왕 무림의 절정고수들이 강한 경기를 이용해 검이나 쇠붙이를 부러뜨린다는 얘긴 들었지만 직접 손으로 잡아 두 조각 낸다는 건 듣지도 보지도 못한 것이었다.

"다시 말해봐라. 우리 아가씨가 어떻다고?"

두 사내의 안색은 잿빛으로 변해 있었다.

하지만 아주 잠깐 동안의 반응이었을 뿐 오랜 삶의 경험을 통해 이제 어떤 행동을 해야 한다는 것을 두 사람은 잘 알고 있었다.

쿠쿵!

두 사람은 미련없이 바닥에 무릎을 꿇고 가급적 지을 수 있는 최대한의 슬픈 표정을 지으며 말했다.

"살려주십시오. 우리가 잠시 미쳤나 봅니다."

"그렇습니다. 술이 취해 미인과 추녀를 재는 눈이 무뎌졌습니다. 살려만 주신다면 평생 그 은혜를 가슴에 담고 살겠습니다."

두 사람은 금방이라도 눈물을 떨어뜨릴 것 같았다.

　돌변한 두 사람의 태도에 놀란 사람은 객점 안 사람들이었다. 아무리 다급한 처지가 되었다고는 하지만 어떻게 사람이 저토록 순식간에 변할 수 있는지에 대해 충격과 놀라움을 금치 못하는 표정들이었다.

　"저 아가씨는 정말 예쁩니다."

　"아아! 확실히 쥑입니다."

　두 사내는 앞 다투어 자신들의 말을 번복하기 시작했다.

　"여태껏 저토록 우아하고 사내의 애간장을 녹일 만큼 절륜한 미색을 갖춘 분은 보지 못했습니다."

　"볼수록 황홀하군요."

　왕거만의 표정이 많이 누그러졌다.

　금방이라도 찢어 죽일 듯하던 기세가 두 사내의 거듭된 아부에 많이 풀린 것이다.

　"우리 아가씨는 정말 아름다우시다. 아마 천하에서 우리 아가씨보다 뛰어난 미인은 없을 것이다."

　두 사내가 큰 소리로 화답했다.

　"믿습니다!"

　"확신합니다!"

　왕거만이 어깨에 힘을 주고 무릎을 꿇고 있는 두 사내를 향해 훈계하듯 말했다.

　"인간은 누구나 실수를 한다. 특별히 봐줄 테니 다음부터는 조심하거라."

"진정으로 감사드립니다."

"한없는 자비에 그저 고개가 절로 숙여질 뿐입니다."

왕거만은 천천히 몸을 돌려 자신의 자리로 돌아가 초상화를 곱게 접어 품속에 다시 갈무리했다.

이윽고 점소이에게 식사 값을 지불하고 객점을 벗어났다.

죽을 고비에서 살아난 두 사내는 왕거만이 떠나고도 한참 동안 넋이 빠져 있었다. 부러진 채 바닥에 나뒹굴고 있는 자신들의 검을 보며 중얼거렸다.

'인간이 아니다.'

살아 있다는 것이 이토록 기쁘고 즐거워 보긴 오늘이 처음이었다.

두 사내는 한동안 망연자실한 표정으로 움직일 줄을 몰랐다.

객점을 벗어난 왕거만은 저잣거리로 들어섰다. 왕거만이 기주에 나타난 것은 점쟁이 말을 듣고서였다. 막상 북궁설을 찾겠다고 야반도주하듯 창원을 떠나왔지만 앞길이 막막했다. 어디로 갔는지, 누가 끌고 갔는지 아무런 단서도 없는 마당에 어떻게 해야 할지 대책이 서질 않았다.

그래서 고민하던 끝에 길가에서 점을 쳐주는 늙은 점쟁이를 찾아갔다. 점쟁이라는 사람들은 보통 사람들이 지니지 못한 놀라운 재능을 갖고 있었다. 특히 미래의 상황을 예언하는 특이한 능력을 갖고 있다고 어려서부터 굳게 믿고 있는 왕거만으로서는 그들에게서 북궁설의 행방을 묻는 것만이 최선이었다.

무려 은자 세 냥을 주고 북궁설의 행방을 물은 결과 점쟁이는 동쪽으로 가면 귀인을 만날 것이라고 말해주었다.

귀인(貴人).

자신에게 귀인이 누구겠는가. 그것은 물어볼 필요도 없이 북궁설이었다. 그래서 그날 이후 오로지 동쪽을 향해 걷고 또 걸어 이곳 기주에 도착한 것이었다.

멈칫!

저잣거리를 지나는 여인들을 세세히 살피던 왕거만의 시선이 어느 한곳에 멈추었다.

그곳은 맞은편에 있는 구상루라는 객점이었는데 지금 그곳에서 한 흑의사내가 이를 쑤시며 걸어나오고 있었다.

화악!

왕거만의 눈이 커졌다. 고기로 된 요리를 푸짐하게 먹은 듯 포만감 가득한 얼굴로 이를 쑤시며 객점을 걸어나오고 있는 흑의사내는 분명 그자였다.

자신의 고환을 물어뜯고 북궁설을 납치해 간 그 흑의사내가 틀림없었다. 비록 어두컴컴한 복도에서 일어난 싸움이었지만 똑똑히 놈의 얼굴을 기억하고 있었다.

불끈!

왕거만의 주먹이 거세게 말렸다.

북궁설을 납치해 간 놈을 찾았으니 이제 놈을 잡아 주리를 틀면 행방은 쉽게 알 수 있다는 생각에 가슴 밑바닥으로부터 뜨거운 기운이 솟아올랐다.

흑의사내는 무척 배가 부른 듯 약간 허리를 뒤로 젖힌 채 이를 쑤시며 어기적거리며 인파 사이를 걷고 있었다.

왕거만은 살금살금 흑의사내를 향해 접근해 갔다. 사람이 많은 저잣거리에서 놓치기라도 하면 쉽게 찾기 어렵다. 단 번에 멱살을 틀어쥐어야 했으므로 소리없이 접근해 들어갔다.

한편 구상루에서 배를 채우고 나온 막종오는 기분이 무척 좋았다. 오랜만에 좋아하는 용왕채를 배불리 먹어서도 그렇지만 북궁설을 추적할 수 있는 단서를 확보했다는 것이 그를 더욱 기쁘게 했다.

"쩝쩝!"

이빨을 쑤시던 이쑤시개를 길가에 던지고 품속에 손을 집어넣었다.

품속에서 나온 것은 혈불과 백의인들이 싸웠던 사건 현장에서 가져온 신발이었다. 다시 한 번 신발을 꼼꼼하게 살핀 후 품속 깊이 넣었다. 신발이야말로 북궁설의 행방을 찾을 수 있는 유일한 물건이었다.

"흠흠!"

찌푸린 이마를 펴고 밝은 표정으로 걸음을 옮기던 막종오가 돌연 코를 벌름거렸다.

'흐흠!'

이상한 냄새가 파고들었으므로 이후백팔사경을 더욱 끌어올렸다.

'이 냄새는?'

한 번쯤 맡아본 냄새였다. 약간 시큼하면서 구린내 비슷한 악취였는데 분명 어디선가 맡아본 기억이 있다고 코는 말하고 있었다. 그러면서 가슴이 찌르르 뜨거워지는 것이 불길한 냄새임을 예고하고 있었다.

아무리 머리를 쥐어짜 냄새를 맡았던 장소와 장본인을 떠올리려고 해도 선뜻 기억나지 않았다. 사람이든 짐승이든 절대 같은 냄새를 풍기지는 않는다. 미세하지만 틀림없이 차이를 갖고 있었다. 그건 지금 코를 자극하고 있는 냄새가 자신과 한 번은 만났던 사람의 체취라는 것을 강하게 암시하고 있었다.

냄새가 뒤쪽에서 흘러왔으므로 막종오는 몸을 돌렸다.

화악!

하마터면 비명을 지를 뻔했다.

일 장도 채 되지 않은 거리에 왕거만이 서 있었다. 금방이라도 자신을 향해 돌진할 것 같은 험악한 기세에 막종오는 더이상 생각하고 자시고 할 필요가 없었다.

후닥닥!

막종오는 부리나케 사람들 사이를 비집고 도주하기 시작했다.

왕거만이 큰 소리로 외치며 뒤를 쫓아왔다.

"서! 안 서!"

하필 그날 밤 북궁설을 납치하러 갈 때 썼던 인피면구를 쓰고 있었던 것이 결정적인 실수였다.

묘보를 극성으로 펼쳐 북적이는 사람들 사이를 미꾸라지처럼 빠져나갔고, 왕거만 또한 필사적으로 뒤를 쫓아왔다.

"서라니까! 혼내지 않을 테니까 일단 서봐!"

막종오는 터져 나오는 웃음을 가까스로 참았다. 그런 사탕발림에 걸음을 멈출 자객이 어디 있단 말인가.

퍼퍼퍽!

"아이고!"

"커헉!"

왕거만과 부딪친 사람들이 나가떨어지며 비명을 질렀다.

덩치에 어울리지 않게 왕거만의 보법은 쾌속했다. 그러나 불행 중 다행인 것은 그가 덩치가 크다는 것이었고, 그래서 자꾸 지나가는 행인들과 충돌을 했으며, 그로 인해 조금씩 속도가 떨어지면서 막종오와의 거리가 멀어지고 있었다.

휘이이!

막종오는 오로지 사람 많은 곳만을 골라 뛰어들었다. 도망자에게 가장 안전한 곳이 인파가 북적이는 저잣거리라는 것은 오랜 경험으로 잘 알고 있었다.

"멈춰랏! 우리 아가씨 어디 있느냐?!"

왕거만의 모습은 보이지 않고 그가 내지른 소리만이 들려왔다.

인파를 헤치고 달리던 막종오는 잽싸게 좌측 골목으로 뛰어들어 담벼락에 달라붙었다.

숨이 턱까지 차 올라왔지만 꾹 눌러 참고 기다렸다. 잠시 후 지축을 울리는 굉음이 들리며 왕거만이 저잣거리를 따라 바람처럼 올라 사라졌다.

"학… 하학!"

그제야 막종오는 크게 호흡을 하며 우선 인피면구부터 갈아 썼다. 항상 품속에 서너 장의 인피면구를 갖고 다니는데 삼십대 초반가량의 사내 얼굴로 된 인피면구를 뒤집어쓰고 천천히 다시 거리로 나섰다.

멈칫!

왕거만이 사라진 쪽을 쳐다보던 막종오는 깜짝 놀랐다.

왕거만이 속았다는 것을 깨달은 듯 다시 내려오고 있었기 때문이다.

쿵쿵거리며 다가오는데 입가에 거품이 물려 있는 것이 무시무시하기 이를 데 없었다.

"개새끼, 찢어 죽일 놈."

온갖 욕을 해대며 막종오 앞에서 걸음을 멈추더니 좌우를 휘둘러보았다. 막종오가 바로 옆에 서 있는데도 얼굴이 달랐기 때문에 알아보지 못했다.

"이 쥐새끼 같은 놈이 어디로 갔지? 내가 오늘 널 못 잡으면 사람이 아니라 개다."

휙!

그러면서 조금 전 막종오가 숨었던 골목으로 뛰어들어 사라졌다.

사라지는 왕거만을 보며 막종오의 고개가 갸웃해졌다. 어떻게 그가 이곳에 나타났는지 이해가 되지 않았다.

자신의 뒤를 추적해 왔다는 것은 절대 말이 안 된다. 쫓는 것보다 쫓김을 당하지 않는 자객이야말로 뛰어나다고 부친은 강조했다. 사람이 남기는 흔적 중 가장 확실한 것이 발자국이다. 그래서 고민 끝에 조상들은 묘보를 만들어낸 것이다. 속도나 빠름에서는 내로라하지는 못하지만 결코 발자국을 남기지 않는 것이 묘보이기 때문이었다.

막종오에게 왕거만이 이곳 기주에 나타난 것은 풀리지 않는 수수께끼였다.

연신 고개를 갸웃거리며 왕거만이 사라진 골목을 쳐다보던 막종오가 천천히 저잣거리를 따라 내려갔다. 인파를 헤치고 빠르게 내려가던 막종오의 걸음이 한곳에서 멈췄다.

그곳은 신발을 만드는 피타전이었는데 상당히 규모가 컸고, 진열대에 온갖 신발들이 가득 진열되어 있었다. 주인은 육십가량 되는 노인이었는데 한쪽에서 계속 신발을 만들면서 손님을 받았다.

"어서 오시구려!"

신발을 만들고 있던 노인이 막종오가 들어서자 하던 일을 멈추고 자리에서 일어났다.

"어떤 신발을 원하시오?"

막종오는 진열된 신발을 대충 훑어보았다. 그러나 어디에도 궐피로 된 신발은 없었다.

스윽!

품에서 신발을 꺼내 노인에게 내 밀었다.

"이 신발을 알아보겠습니까?"

신발을 건네받은 노인이 대뜸 말했다.

"이건 금모신궐의 가죽으로 된 신발 아니오?"

노인은 한눈에 가죽의 종류를 알아보았다.

금모신궐(金毛呻鼴)은 평범한 쥐가 아니다. 전신에 황금빛 털을 가진 토끼만 한 쥐다. 가죽이 부드럽고 질겨 고급 단화와 장화를 만드는 데 주로 사용된다.

"노인장, 혹시 그 신발이 어디서 많이 만들어지는지 알고 계십니까?"

노인은 신발 전문가답게 눈살을 찌푸리며 자세히 살폈다. 박음질 하나하나까지 꼼꼼하게 살피더니 뭔가 알았다는 듯 고개를 끄덕거렸다.

“정식 명칭은 금모피혜라고 부르오. 워낙 고가의 신발이기 때문에 일반 사람들은 신지 못하지요.”

“그 신발을 만드는 사람을 아십니까?”

“만든 사람은 모르고 단지 금모신궐이 호북의 무창 일대에서 많이 잡힌다는 것은 알고 있소이다. 그래서 예로부터 그쪽에 금모피혜의 제조술이 발달해 있지요.”

막종오의 눈이 빛을 뿌렸다.

신발의 출처가 밝혀진 것이다.

“호북의 무창 일대가 확실합니까?”

노인이 자신있게 고개를 끄덕였다.

“이 장사 육십 년이오. 틀림없소이다.”

“고맙습니다.”

막종오는 가볍게 목례를 하고 피타전을 물러 나왔다. 그리고 곧바로 인근 차부로 달려가 마차를 빌려 호북을 향해 달리기 시작했다.

*   *   *

그곳은 자금성에 견줄 만한 놀라운 규모였다. 하늘을 찌를 듯 우뚝 선 수백 채의 고루거각이 대해처럼 펼쳐졌고, 장원 곳곳의 도로는 흑안석으로 포장되어 바람이 불어도 먼지 한 올 피어오르지 않았다. 길을 걸어가는 무사들 또한 걸음에 절도가 있었고 자신보다 직위가 높은 사람을 만나면 깍듯하게 예를 취해 위계질서가 엄혹하다는 것을 말해주었다.

사마세가(司馬世家).

우내칠대무가의 일문(一門)으로 수백 년 동안 중원을 호령해 온 대표적인 무가이다.

"으음!"

두 구의 시신을 보는 사마홍의 안색은 펴질 줄 몰랐다.

그들은 바로 용와산에서 죽은 백산금과 이칠적, 암호명 홍접과 귀견이었다. 이들은 지난 수년 동안 악씨세가에 잠입하여 크고 작은 수많은 정보를 빼돌려 사마세가의 전력증강에 크게 이바지한 인물들이었다.

"두 사람의 몸에 난 상처는 악씨세가의 도법을 비롯해 언가권과 하후세가의 검입니다. 결국 우리뿐만이 아니라 칠대세가 중 무려 세 곳이 뛰어들었다는 것은 북궁설이란 여인의 정체에 심각한 비밀이 있음이 더욱 분명해졌습니다."

목우량이 두 사람의 몸에 난 상처를 보며 말했다.

사마홍이 깊은 시선으로 두 사람의 시신을 내려다보더니 조용히 말했다.

"두 사람 모두 본가를 위해 최후까지 희생했다. 아랫사람에게 본이 될 수 있도록 후하게 장례를 치러주도록."

"그렇게 하겠습니다."

목우량에게 지시를 내려놓고 사마홍은 지하실 밖으로 걸

음을 옮겼다. 밖으로 걸어나온 사마홍은 길게 숨을 몰아쉬며
발길을 옮겼다.

아무리 생각해도 눈앞에 또렷하게 잡히는 것이 없다. 귀룡
대인을 죽인 것은 틀림없이 사마세가로 흘러들어 가는 단금
한철을 단절시키기 위한 음모다.

그런데 흉수에 대한 아무런 정보도 아직까지 얻지 못한 데
다 악씨세가를 비롯한 다른 명문에서 왜 북궁설이란 여인을
데려가려고 치열한 싸움을 벌였는지에 대해서도 전혀 알아낸
바가 없다.

홍접과 귀견에게 일말의 희망을 걸었는데 오히려 안전하
게 침투한 두 사람만 희생시킨 채 아무런 소득도 얻지 못하는
최악의 결과를 낳고 말았다. 귀룡대인의 죽음도 그렇고 북궁
설이라는 여인에 대해서도 아무것도 알아내지 못했다.

사마홍이 착잡한 기분으로 전각 한 채를 돌아서자 조그만
연못이 나타났다.

용거담(龍居潭)이다. 사마세가에 내려오는 전설에 의하면
이곳에 용이 살았다고 한다. 용거담 주위로 가지를 늘어뜨린
수양버들이 빼곡했고, 발자국 소리에 먹이를 주기 위해 주인
이 오는 줄 알고 물속의 고기들이 일제히 수면 위로 모습을
드러냈다.

척!

갑자기 용거담을 따라 걷던 사마홍의 발걸음이 세워졌다.

　저만치 용거담을 바라보며 단신의 백의노인이 서 있었다. 채 오 척도 되지 않은 아주 작은 키였는데 수염이 앞가슴을 덮고 하복부까지 내려와 있었다. 선풍도골의 백의노인을 발견한 사마홍의 안색이 갑자기 환해지더니 빠른 걸음으로 다가갔다.

　"언제 오셨어요, 천수사(天首士)?"

　백의노인이 돌아보았다. 아랫배까지 내려온 수염이 바람에 나부꼈는데 사마홍을 발견한 백의노인의 입가에 자상한 미소가 떠올랐다.

　천수사(天首士). 천기를 헤아리고 세상의 이치를 주무른다는 사마세가의 군사이다. 작달막한 키 때문에 천왜사로도 불리며 발군의 지혜와 병략으로 천하를 주무른다.

　천수사는 반년 전에 묘강으로 부친의 심부름을 떠났었다.

　"어제 돌아왔습니다. 그렇잖아도 지금 아가씨를 뵙기 위해 백화각으로 가려던 참이었습니다."

　천수사의 얼굴에 미소가 짙어졌다.

　여자이지만 야망이 크고 열 남자 부럽지 않을 만큼 배짱 좋은 사마홍을 어려서부터 귀여워했고 주목했다. 여인의 몸으로 사마세가의 최고 절기인 칠절미류를 완벽하게 이해하고 체득하여 더욱 미래를 기대하고 있었다.

　"무슨 일 있으십니까? 아가씨의 표정이 밝지 못하군요."

　천수사가 자신과 나란히 서서 연못을 내려다보는 사마홍

을 돌아보며 물었다.

사마홍이 크게 한숨을 내쉬자 천수사의 미소가 더욱 짙어
졌다.

"헛헛! 땅 꺼지겠습니다. 항상 즐겁기만 하시던 아가씨께
서 무슨 걱정이 있어 그렇게 한숨을 내쉽니까? 혹시 북궁설이
란 여인 때문입니까?"

사마홍이 깜짝 놀라며 돌아보았다.

"알고 계셨어요?"

"어젯밤에 돌아오자마자 총관으로부터 대략 전해 들었습
니다. 악씨세가에서 북궁설이란 아이를 납치해 갔다더군요."

"그들도 빼앗겼어요. 물론 빼앗아간 자들의 정체는 아직
오리무중이구요."

"헛헛."

천수사가 가벼운 미소를 지었다.

사마홍이 그런 천수사를 뚫어져라 쳐다보았다. 어떤 속 시
원한 해결책을 내놓기를 기다리는 시선이었다.

"가장 먼저 악씨세가가 북궁설이란 아이를 납치했다고 하
셨지요?"

"그래요. 그러고 나서 하후세가와 진주언가가 달려들었어
요."

천수사의 눈이 가늘어졌다.

그러나 좁혀진 두 눈에서는 형언할 수 없는 예리한 빛이 번

득거렸다. 그러더니 돌연 가만히 웃음을 지었다.

"왜 웃죠?"

"재미있군요."

"뭐가 재미있다는 건가요?"

사마홍이 천수사를 빤히 쳐다보았다.

천수사가 잠시 연못을 내려다보며 뭔가 생각하는 듯하더니 고개를 쳐들고 돌아보며 말했다.

"가장 먼저 악씨세가에서 그 아이를 데려갔다고 했지요?"

"그래요. 그래서 우리도 뭔가 심상치 않다는 것을 느끼고 움직이기 시작한 것이죠."

천수사가 또다시 웃었다.

사마홍은 천수사가 웃는 이유를 알 수 없었기 때문에 눈살을 가볍게 찌푸렸다.

"왜 움직이셨습니까? 악씨세가에서 여자 한 명쯤 납치해 가는 것이 뭐 중요한 일이라고 예의 주시하며 끼어들었느냐는 말씀입니다."

"이상하잖아요. 잘생기지도 못한 계집인데다 더욱이 강호에 소문이 나지도 않은 계집을 그런 대 무가에서 극비리에 납치해 간다는 것이 상식적으로 이해가 되지 않잖아요?"

"그래서 필시 뭔가 있다고 생각하셨군요?"

"그렇지 않나요? 군사는 그런 생각이 들지 않아요?"

이해할 수 없다는 듯 사마홍이 쳐다보았고, 천수사는 여전히 웃음을 지었다.

"다른 곳도 마찬가지일 것입니다. 하후세가나 진주언가 모두 우리와 같은 생각이었을 것입니다."

사마홍의 눈이 빛났다.

"그들 또한 그 이유를 알아서 끼어든 것이 아니라 뭔가 있을 것이라고 지레짐작하고 덤벼든 것이란 말입니까?"

천수사가 고개를 끄덕였다.

"경쟁 관계에 있는 가문에서 어떤 일을 벌이는데 가만히 지켜만 보고 있을 가문이 어디 있습니까?"

사마홍은 아무 대답도 하지 못했다.

천수사가 자신의 생각을 정확히 꿰뚫었기 때문이다. 사실 악씨세가에서 북궁설을 납치해 가는 이유를 알고서 빼앗으려고 한 것은 아니었다. 악씨세가에서 비밀리에 데려가면 필시 뭔가 있을 것이라고 판단하고 탈취를 시도한 것이었다.

"하면 탈취하기 위해 아등바등할 필요가 없다는 건가요?"

"불이 활활 타오를 때는 어지간한 물로는 꺼지지 않습니다. 최소한 어느 정도 수그러들 때를 기다렸다가 물을 뿌려야 신속하게 진화가 되지요."

여전히 천수사의 말뜻을 알아차리지 못한 사마홍의 눈이 빛났다.

천수사가 계속 말했다.

"우리가 아니어도 다른 가문에서 북궁설이란 아이를 빼앗기 위해 혈안이 되어 있었습니다. 다시 말해, 지금 어느 가문이 그녀를 소유했다고 해서 완전히 자신들의 것으로 만들지 못한다는 것입니다. 필시 다른 가문에 의해 또다시 탈취당하고 말 것입니다.”

“그래서 당분간은 서로 뺏고 빼앗길 테니 끼어들지 말고 가만히 지켜만 보라는 말씀이군요?”

사마홍의 안색이 그제야 밝아졌다.

“그렇습니다. 대신 그들 간에 벌이는 싸움을 예의 주시만 하십시오. 북궁설이란 계집은 당분간은 누구의 차지도 되지 않은 채 서로 뺏고 빼앗기는 상태가 계속될 것입니다.”

당분간은 구경만 하라는 뜻이었다.

사마홍의 눈이 빛났다. 과연 아버지가 신임하는 당대제일의 책사다운 생각이었다.

“지금 아가씨께서 관심을 가져야 할 일은 귀룡대인 사건입니다. 어쩌면 본가 입장에서는 북궁설을 놓고 벌이는 다른 명문들의 싸움보다는 귀룡대인의 죽음이 더욱 중요할지 모릅니다.”

사마홍이 의혹의 표정을 지었다.

“무슨?”

“북궁설은 공동의 표적이지만 귀룡대인은 누군가 본가를 정면으로 표적 삼고 있다는 뜻 아니겠습니까?”

사마홍의 표정이 굳어졌다.

어느 정도 짐작은 하고 있었지만 천수사의 입을 통해 흘러나오자 더욱 위기감이 느껴졌다.

"귀룡대인을 죽인 자객을 찾아내는 것이 급선무입니다. 그자만 잡으면 배후는 쉽게 드러날 테니까요."

사마홍이 나직이 한숨을 내쉬었다.

그걸 보며 천수사가 물었다.

"왜 또 한숨이십니까?"

"그렇잖아도 지난 몇 달 동안 귀룡대인을 죽인 자객의 뒤를 추적했지만 뚜렷한 성과를 얻지 못했거든요."

그러면서 칠채염방을 감시하고 있는데 아직까지 어떤 의심의 흔적을 찾아내지 못하고 있다고 말했다.

"고작 몇 달 지켜보고 그러십니까? 자객들이란 부류는 워낙 은밀하기 때문에 쉽게 어떤 정체를 드러내지 않습니다. 이백 년 전 당대제일의 자객으로 명성을 날렸던 일월(日月)의 마누라는 죽는 그날까지도 남편이 최고의 자객이란 사실을 몰랐다 합니다. 자객이라는 사람들이 그렇습니다. 일류든 삼류든 쉽게 정체를 흘리면 자객이랄 수 없지요."

백화각으로 돌아온 사마홍은 목우량을 불렀다.

그리고 칠채염방에 대한 감시를 다시 강화시킬 것을 주문했다.

한편, 천수사는 여전히 연못가에서 꼼짝도 않고 서 있었다. 시선은 물속을 노니는 물고기들에게 고정되어 있었지만 머릿속에는 전혀 다른 생각이 가득 차 있는 듯 이맛살을 찌푸리고 있었다.

"귀룡대인, 단금한철, 자객, 청부자."

천수사의 입술이 열리며 나직이 중얼거렸다.

아무리 생각해도 모든 것이 철저히 사마세가를 노린 작업이었다. 강호에서 사마세가를 가장 껄끄럽게 생각하는 집단은 어디일까에 천수사의 생각에 미쳤다.

강호칠문.

그들은 때로는 협조자로, 때로는 치열한 경쟁자로 수백 년을 그렇게 지내 왔다. 크고 작은 서로 간의 충돌은 있었지만 모두 아랫것들의 사소한 부딪침이었기 때문에 큰 문제로 비화되지는 않았다. 하지만 이번처럼 귀룡대인을 죽여 사마세가로 들어오는 단금한철을 완전히 끊었다는 것은 누군가 사마세가를 죽이기 위한 본격 작업에 착수했다고 봐야 했다.

'자객을 잡아야 한다!'

모든 열쇠는 귀룡대인을 죽인 자객에게 있었다.

보고에 의하면 귀룡대인을 죽인 자객은 호위무사들을 미혼향으로 무력화시켰다고 했다. 그것은 뛰어난 정통 자객이 아님을 알 수 있었는데, 천수사가 심각하게 생각하는 것은 바로 여기에 있었다. 강호에는 수많은 자객과 집단이 있다. 그야말로 증거 하나 남기지 않고 쥐도 새도 모르게 해치워 버릴 수 있는 능력있는 자객들이 지천인 것이다. 그런데도 청부자는 그들을 동원하지 않고 미혼향 따위나 사용하는 삼류를 동원했다.

천수사는 어렴풋이 그 이유를 읽어내고 있었다.

사마세가 정도면 내로라하는 자객과 집단에 대한 정보는 정확히 꿰고 있다. 흉수가 사용한 검법이나 다른 여타 무예만 보고서도 그자의 신분을 알아낼 수가 있는 것이다. 그런데 미혼향 따위를 쓰는 삼류들에 대한 정보는 전혀 아는 바가 없다. 흉수는 바로 이 점을 노리고 삼류를 동원한 것이 분명했다.

'실로 놀라운 자다!'

등골이 벼락을 맞은 듯 뜨거워졌다. 그것은 무서운 적수를 만났을 때 나타나는 자신만의 반응이었다. 아직까지 누구에게 두려움 따위를 느껴본 적이 없는 자신이었다. 그런데 삼류 자객을 동원해 귀룡대인을 죽여 사마세가로 하여금 추적의 끈을 완전히 단절시켜 버린 청부자의 계산은 실로 소름 끼치도록 완벽했다.

'으음!'

천수사는 본능적으로 위기의식을 느꼈다. 이 정도의 두뇌를 가진 자라면 함부로 상대할 수 없는 놀라운 인물임이 분명했다.

第四章
황학루의 일몰

마차는 이번에도 사흘 만에 멈췄다. 지난 사흘 동안 혈불에게서 마차를 탈취한 백의인들은 한마디 말도 건네지 않았고 자신들끼리 주고받지도 않았다. 때가 되면 마차 휘장이 걷히고 음식이 들어왔는데 혈불에게 끌려갈 때는 오로지 건포였지만 백의인들은 만두를 비롯해 김이 모락모락 나는 뜨거운 음식까지 고루 넣어주었다. 그러는 것을 보면 인근 객점에서 자신이 먹을 음식을 사오는 듯했다.

혈불과 달리 백의인들은 마혈만 제압했고 식사 때만 잠시 풀어주었다.

북궁설은 가만히 마차에 누워 여러 가지 생각에 잠겼다. 그

중에서 가장 기억 속을 채우는 것은 혈불과 백의인들의 싸움
이었다.

그것은 실로 용호상박이라고 할 만큼 엄청났다.

마차의 휘장 밖으로 내다봤는데 푸른 숲이 일시에 황무지
로 변할 만큼 그들의 싸움은 처절하고 가공했다. 특히 열두
사람을 상대하는 혈불의 주먹은 무시무시했다. 일권 일권을
뻗을 때마다 천둥소리가 울렸고, 백의인들은 맥을 못 췄다.
그러나 백의인들 또한 쉽게 물러나지 않았고, 결국 수적 열세
를 만회하지 못하고 혈불이 물러나면서 자신의 운명은 이들
의 손으로 넘어간 것이다.

촤악!

마차 휘장이 걷히고 강렬한 햇살이 밀려들어 왔다.

한 명의 백의인이 서 있었는데 햇빛을 등지고 있어 얼굴은
알아볼 수는 없었다. 그가 손을 뻗어 마혈을 풀어주었다.

"내리시지요."

이들 또한 자신에게 무척 친절했다. 자신의 의사에 반해 마
음대로 납치하고 끌고 다니긴 하지만 막돼먹은 행동은 하지
않았다.

북궁설은 천천히 자리에서 일어났다.

밝은 햇살에 눈이 부셔 잠시 몇 번 깜빡거리다 천천히 마차
밖으로 내려섰다.

바닥에는 흰 모래가 깔려 있어 발을 딛자 푹 빠졌다.

북궁설은 주위를 돌아보았다. 놀랍게도 마차는 갈대와 모래밭이 길게 펼쳐진 강가에 있었다.

잔잔한 강물이 햇빛을 받아 반짝거렸고 멀리서 어부들이 그물질을 하고 있는 평화스런 모습이 눈에 들어왔다. 비록 잡혀 있는 몸이지만 시원한 강바람을 맞자 가슴이 탁 트이는 듯했다.

흠칫!

좌측으로 고개를 돌리던 북궁설이 깜짝 놀라는 표정을 지었다.

강은 좌측으로 급하게 휘어져 있었는데 그곳에 한 척의 거대한 범선이 정박해 있었다.

"가시지요."

백의인들이 앞장을 섰다.

혈불과의 결투로 찢어지고 상처 난 몸 그대로 백의인들은 움직였다. 두 사람이 앞장을 섰고 세 사람이 뒤를 따랐다.

북궁설은 그들이 가는 대로 천천히 걸음을 옮겼다. 잠시 후 갈대를 헤치고 나아가자 갈대밭 사이에 조그만 나룻배 한 척이 정박해 있었다. 아마 자신을 범선으로 태우고 갈 배인 듯 나룻배에는 자신을 데려온 자들과 동일한 백의를 걸친 늙은 사공이 키를 잡고 서 있었다.

다섯 사람이 모습을 드러내자 사공은 가벼운 목례로 예를 취했다.

“오르십시오.”

북궁설은 잠시 망설였다.

왠지 배에 오르면 영원히 돌아오지 못할 것 같은 예감이 들었다. 백의인들은 숨소리 하나 크게 내지 않고 모두 시선을 북궁설에게 고정시켰다.

문득 북궁설이 고개를 좌측으로 돌렸다.

다섯 중 가장 나이가 많아 보이는 백의인으로 대략 사십 초반쯤으로 구레나룻이 나 있었는데 몹시 단호한 인상을 풍겼다. 북궁설은 왠지 사내가 이들을 이끄는 수장 같았으므로 나직이 물었다.

“댁들은 누군가요? 날 어디로 데려가는 거죠?”

결코 대답해 주지 않으리라는 것을 알면서도 물었다. 그렇게라도 하지 않으면 끌려가는 자신이 너무 무기력해 보일 것 같았기 때문이다. 돌아보면 지금까지 적들에게 너무 고분고분했다는 생각이 들면서 서서히 짜증이 일었는데 그것은 자신을 향한 분노였다.

예상대로 구레나룻을 한 중년인은 대답 대신 배에 오를 것을 재촉했다.

“속히 오르시지요.”

북궁설의 목소리가 차가워졌다.

“누구냐고 물었어요!”

대답해 주지 않으면 결코 배에 오르지 않겠다는 듯 단호한 음성이었다. 하지만 자신의 저항이 아무런 위협도 되지 못한다는 것을 알고 있다. 이들이 마음만 먹으면 얼마든지 힘으로 자신을 배에 태울 수 있다는 것 역시. 하지만 북궁설은 결코 호락호락 이들의 의지대로 움직이기 싫었다.

워낙 북궁설이 단호히 나가서일까, 구레나룻의 사내는 잠시 당황한 빛을 보였다.

"댁들의 정체가 뭐죠? 저 배는 어디로 가는 거죠?"

잠시 당황한 빛을 보였던 구레나룻의 중년인이 이내 평정을 되찾으며 나직이 말했다.

"차차 알게 되실 것입니다. 그러니 어서 배에 오르시지요."

목소리에 힘이 실렸다.

이번에도 오르지 않으면 강제로 태우겠다는 경고였다.

북궁설은 구레나룻의 중년인을 매섭게 쏘아보다 마지못한 듯 배에 올랐다. 북궁설이 배에 오르자 사공이 노를 젓기 시작했다.

삐이걱! 삐걱!

사공이 두어 번 노를 저었을 뿐인데 배는 어느새 갈대밭을 빠져나와 범선을 향해 다가가기 시작했다.

사공의 노 젓는 솜씨는 무척 능숙했다. 그것은 오랫동안 배와 생활하지 않고서는 보여줄 수 없는 탁월한 수준이었다.

배는 순식간에 강 중심에 떠 있는 범선에 도착했고, 미리 대기하고 있었던 듯 범선 위로부터 사다리가 내려왔다.

좌르르르!

"오르십시오."

구레나룻의 중년인이 또다시 입을 열어 말했다.

북궁설은 잠시 내려온 사다리를 쳐다본 후 가볍게 한숨을 내쉬고 사다리를 오르기 시작했다. 백의인들은 북궁설이 좀 더 편히 오르도록 사다리를 움직이지 못하게 꽉 당겨주었다.

북궁설은 범선 위에 올랐다. 범선은 밖에서 보는 것보다 훨씬 크고 넓었다.

배 위에는 이십 명의 백의인이 도열해 있었다.

마지막으로 구레나룻의 중년인이 오르자 이십 명의 인물 중 수뇌로 보이는 맨 선두의 사내가 허리를 구부렸다.

"수고하셨습니다, 호법님!"

구레나룻의 중년인이 지시했다.

"뭣들 하고 있느냐? 어서 북궁 낭자를 배 안으로 모시거라!"

"옛!"

선두의 사내가 북궁설을 향해 입을 열었다.

"소생을 따라오십시오."

정중하게 입을 열고 사내가 앞장을 섰다.

북궁설은 망설이지 않고 사내를 따라갔다. 이제 와서 반항해 봤자 자신만 초라해질 뿐이었다.

범선은 모두 삼층으로 되어 있었는데, 사내는 북궁설을 이층으로 데려갔다. 복도가 쭈욱 뻗은 채 좌우로 방들이 붙어 있었다. 사내는 그중 맨 끝에 있는 방으로 북궁설을 데려갔다.

사내를 따라 방으로 들어선 북궁설의 눈이 커졌다.

배 안이라고 할 수 없을 만큼 방은 화려하고 넓었다. 한쪽으로 비단금침이 깔린 침대가 놓여 있었고, 우측 벽으로는 오동나무로 된 서가가 있었는데 책이 빼곡하게 꽂혀 있었다. 또한 강물이 내려다 보이는 좌측 창가에는 차를 마실 수 있는 탁자가 있어 방 분위기를 더욱 고취시켜 놓았다.

"그럼 전 이만."

사내는 곧바로 방을 빠져나가 버렸다.

혼자 남은 북궁설은 방 안을 좀 더 자세히 훑었다. 비록 배 안이지만 어느 고관대작의 안방 못지않게 품격있게 꾸며져 있었다.

삐이걱!

그때 문이 열리더니 두 명의 청의여인이 들어왔다.

두 여인은 들어서자마자 북궁설을 향해 깍듯하게 절을 하며 자신들을 소개했다.

"소녀는 연경이라고 합니다."

"소녀는 금란이지요. 앞으로 저희 두 사람이 아가씨를 모시겠습니다."

북궁설은 두 여인을 가만 쳐다보았다.

연경이라는 여인이 말했다.

"먼 길을 오시느라 무척 피곤하실 텐데 우선 씻으시지요."

피식!

북궁설이 웃음을 지었다.

느닷없이 웃음을 흘리자 연경이란 여인의 눈이 커졌다. 얼마 전 악씨세가에서도 도착하자마자 씻을 것을 권했는데 이들도 똑같은 행동을 했기에 자신도 모르게 웃음이 나온 것이다.

"그러죠. 피곤하군요."

악씨세가와는 달리 북궁설은 순순히 응했다.

거침없이 입고 있던 백의를 벗었다. 순식간에 알몸으로 변한 북궁설의 나신을 보며 두 여인의 입에서 감탄의 신음이 터졌다. 눈이 부셔 도저히 똑바로 쳐다볼 수 없을 만큼 북궁설의 몸매는 아름다움의 극치였다. 하지만 옥에 티는 역시 주근깨투성이인 얼굴이었다. 새삼 두 여인은 하늘은 모든 것을 완전하게 주지 않는다는 사실을 떠올렸다. 북궁설은 알몸으로 당당히 욕실이 있는 곳을 향해 걸어갔다.

갑판 위에서는 구레나룻의 중년인이 다른 백의인들과 얘길 나누고 있었다. 구레나룻의 중년인이 가장 높은 직위에 있는 듯 그의 질문에 대답하는 백의인들은 모두 극도로 공손했다.

“그래서 이틀 전에 하선하셨단 말이냐?”

구레나룻의 날카로운 질문에 이십 명을 이끌고 있던 사내가 대답했다.

“무창을 구경하고 싶다면서 하선하셨습니다. 시위를 붙이겠다고 했지만 조용히 혼자 다니고 싶다고 거절하셔서 어쩔 수 없었습니다.”

구레나룻이 버럭 소릴 질렀다.

“한심한 놈, 그렇다고 시위도 없이 소선녀 홀로 가도록 내버려 뒀단 말이냐?”

“워낙 완고하셔서.”

“뭣들 하느냐? 당장 무창을 뒤져 소선녀의 행적을 찾아보거라!”

“옛!”

사내들이 일제히 대답하고 몸을 날렸다.

범선에서 모래가 있는 강가까지는 적지 않은 거리였다. 그런데도 사내들은 물 위를 달리듯 걸어갔다. 실로 놀라운 신법을 그들은 어렵지 않게 펼치며 무창 쪽을 향해 모습을 감췄다.

갑판 위에는 구레나룻을 비롯해 마차를 이끌고 왔던 나머지 네 사내가 우뚝 서 있었다. 그들의 옷차림은 여기저기 찢기고 갈라져 처참했으며 심지어 혈불과의 싸움에서 입은 상처에서는 아직까지도 피를 흘리고 있는 사내도 있었다. 그러나 누구도 고통스러워하는 눈빛이나 표정은 짓지 않았다.

구레나룻이 네 사내를 훑어보았다.

개천귀검대(開天鬼劍隊).

모두 열한 명으로 구성된 검의 귀재들이다. 태어나면서부터 검과 같이 동행하고 살아온 검사들로 이들이야말로 진정한 일당백이다. 이들이 쌓은 신화는 일일이 열거할 수조차 없을 만큼 많았고 구레나룻의 사내는 개천귀검대의 대주이자 호법인 용노도였다.

그런데 단 한 사람에게 무려 일곱 명이 희생된 것이다. 세상은 넓고 기인이사는 바닷가 모래알처럼 많은 곳이 중원이라고 하지만 도저히 그 사실을 받아들일 수가 없다.

'정말 무서운 자였다.'

핏빛 승포를 걸쳤고 그의 주먹이 한 번씩 뻗어 나올 때마다 개천귀검대는 쩔쩔매야 했다. 비록 임무는 완수했지만 일곱을 잃었다는 것은 어쩌면 패배인지도 몰랐다.

"수고들 했느니라. 그만 가서 상처도 치료하고 쉬도록 해라."

"존명!"

네 사내가 허리를 구부리고 배 안으로 사라졌다.

용노도의 시선이 강 건너 육지를 향해 있었는데 얼굴에는 그늘이 드리워져 있었다. 그것은 소선녀의 안위를 염려하는 눈빛이었다.

한편 범선이 보이는 갈대밭에 조그만 회오리바람이 불었다.

스스스스!

바람은 점차 똬리를 틀더니 사람의 형태로 바뀌었는데, 고정되어 있지 못하고 아지랑이처럼 가물거렸다. 때마침 불어오는 강바람에 온몸을 흐느적거리며 범선을 쳐다보는 사내의 얼굴은 연기가 바람에 흩어졌다 모아졌다를 반복하듯 여러 가지로 모양으로 자주 바꾸었다.

"클클클!"

출렁거리는 사내의 입속에서 괴소가 흘러나왔다.

"감히 나 환사의 눈을 피할 수는 없지."

스르르!

환사의 모습은 쉴 사이 없이 흐느적거렸다.

"아무튼 놀라운 일이군. 전설 속의 검선이 세상에 그 모습을 드러내다니."

놀라움 가득한 중얼거림을 흘리던 환사의 모습이 연기처럼 길게 늘어지더니 순식간에 갈대숲에서 모습을 감추었다.

＊　　　＊　　　＊

바다였다. 푸른 물결이 밀려왔고 백사장에서 몇 쌍의 남녀가 밀려오는 파도에 쫓기며 행복한 물놀이를 즐기고 있었다.

더 이상 동쪽으로 가고 싶어도 바다가 가로막고 있어 갈 수가 없었다.

바다를 쳐다보는 왕거만의 표정은 착잡했다.

점쟁이의 말을 따라 무조건 동쪽을 향해 움직였고, 그러다 보니 이곳 청도에까지 오게 된 것이다.

왕거만은 한참 동안 바다를 쳐다보며 생각에 잠겼다. 바다 위를 걸어갈 수만 있다면 한없이 동쪽을 향해 가고 싶었다. 점쟁이는 분명히 동쪽으로 가면 귀인을 만난다고 했다. 그런데 놀랍게도 귀인은 아니지만 북궁설을 납치해 간 자를 만난 것이다. 분하게도 놈을 놓쳤지만 점쟁이의 말은 하나도 틀리지 않았다.

팟!

한참 바다를 쳐다보고 있던 왕거만이 뭔가를 떠올린 듯 두 눈에서 광채를 발했다.

그러더니 곧바로 몸을 돌려 날렸다. 잠시 후 왕거만은 사람들이 북적이는 저잣거리에 들어섰고, 주위를 두리번거렸다.

팟!

왕거만의 시선이 한곳에 모였다.

그곳에는 한 명의 흑의노인이 자리를 깔고 복(卜)이란 글씨가 쓰인 낡은 깃발 하나를 세워놓은 채 졸고 있었다.

왕거만은 지체없이 노인을 향해 다가갔다. 사기와 거짓말이 판치는 이 세상에서 그나마 믿을 수 있는 사람은 점쟁이뿐이었다. 어려서부터 유난히 점쟁이를 신뢰하기도 했지만 묘하게 그들의 말은 거의 들어맞았다.

"허험!"

왕거만이 헛기침을 하자 졸고 있던 흑의노인이 눈을 떴다. 가느다란 눈으로 왕거만의 위아래를 훑어보던 흑의노인이 말했다.

"왔어?"

흑의노인은 자신이 올 줄 알았다는 듯 큰 소리로 말했다. 그리고 왕거만의 얼굴을 빤히 쳐다보더니 한숨을 쉬며 말했다.

"고민이 무지하게 많구먼."

화악!

가뜩이나 큰 왕거만의 눈이 찢어질 듯 커졌다.

단 한마디도 나누지 않았는데 자신이 큰 고민을 안고 있다는 것을 간파한 것이다.

꿀꺽!

왕거만이 마른침을 삼키며 주저앉았다.

"어… 어떻게 아셨습니까? 예. 무척 큰 고민이 있습니다."

흑의노인이 거만한 시선으로 왕거만을 보며 말했다.

"말해봐."

왕거만은 서슴지 않고 모든 사실을 털어놓았다. 왕거만의 얘기를 모두 들은 흑의노인이 오른손 엄지로 오른쪽 콧구멍을 막고 흥 하며 코를 풀었다.

퍼억!

저만치 누런 코 한 덩이가 떨어졌다.

"그러니까 북구설이라는."

"북구설이 아니라 북궁설입니다, 거사님."

"북궁설이란 낭자를 어디 가면 찾을 수 있겠느냐는 것 아냐?"

왕거만이 고개를 끄덕였다.

"예. 가르쳐 주시기만 하면 크게 답례하겠습니다. 알 수 있겠습니까?"

흑의노인이 눈을 부릅떴다.

"그걸 지금 말이라고 하는 거야? 당연히 알고말고."

왕거만이 머리를 조아렸다.

"어서 가르쳐 주십시오."

"합!"

벌리고 있던 입을 닫더니 흑의노인은 두 눈을 지그시 감았다. 그리고 조용히 주문을 외우기 시작했다.

"술사 서사 나무타하사 다불. 찌리따리 사바하 짠짜라, 파파파파팔… 미."

흑의노인은 한참 동안 주문을 외웠고, 왕거만은 심각한 표정으로 쳐다보았다.

"오르르르 가르르르 소르르르 꼬르르르 하르르르."

한참 주문을 외우던 흑의노인이 번쩍 눈을 떴다.

“아… 알아냈습니까?”

“물론이지.”

흑의노인이 왕거만을 매서운 시선으로 쳐다보더니 손을 내밀었다.

왕거만이 무엇이냐는 듯 쳐다보자 버럭 소릴 질렀다.

“딱 내밀면 척 내놔야지. 세상에 공짜가 어딨어?”

왕거만이 흠칫하며 품속을 뒤졌다.

“죄송합니다. 여기.”

은자 한 냥을 내놓자 흡족한 표정을 지은 흑의노인이 느릿하게 말했다.

“자네가 찾고자 하는 북궁설은 아주 멀리 있어.”

“어디?”

“남서쪽으로 가봐. 그러면 만날 거야.”

“남서쪽?”

흑의노인이 인상을 쓰며 소릴 질렀다.

“남서쪽도 몰라? 저쪽!”

그러면서 뒤쪽을 손가락으로 가리켰다.

“인정사정없이 가봐. 그러면 만날 수 있을 거야.”

벌떡!

왕거만은 일어나 흑의노인을 향해 큰절을 올렸다.

“감사합니다, 거사님. 그럼 소인은 이만 물러가겠사옵니다.”

왕거만은 뒤도 돌아보지 않고 남서쪽을 향해 달리기 시작했다. 달려가는 왕거만을 보며 흑의노인이 혀를 찼다.

"쯧쯧! 그놈 인생 한번 무척 힘들게 살겠구나."

혀를 찬 흑의노인은 은자를 품속에 넣고 다시 눈을 감고 졸기 시작했다.

*　　　*　　　*

장강 중부에 있는 무창은 한때는 강하(江夏), 악주(鄂州)라고도 불렀다. 특히 무창의 서쪽에 황학루가 있어 수많은 풍류객의 발길이 끊이지 않는다.

탁탁!

망치 소리가 조용한 골목길을 울렸다.

간판도 없는 조그만 피타전에서 육십가량의 노인이 신발창에 못을 박고 있었다. 신발창에 못을 박는 노인의 망치질은 능숙했고, 가게 한쪽으로는 이제 막 만들어놓은 듯한 깔끔한 신발들이 가지런히 진열되어 있었다.

뚝!

누군가 들어서는 소리에 신발창에 못을 박던 노인의 망치질이 멈췄다. 당당한 체구의 흑의사내가 입구를 가로막듯 서 있자 노인은 퉁명스럽게 말했다.

"신발 사시려오?"

막종오는 아무런 말도 하지 않고 진열된 여러 신발들을 쭉

훑어보았다. 여인들이 신는 당혜에서부터 허리까지 올라오
는 장화는 물론 눈 위에서 신는 설피까지 고루 있었다.

진열된 신발을 살피던 막종오의 눈살이 찌푸려졌다. 자신
이 찾는 신발이 보이지 않자 품속에 손을 집어넣어 신발 한
켤레를 꺼내 노인에게 내밀었다.

"이것 말이오. 무엇으로 만들어졌는지 알아보겠소?"

막종오가 내민 가죽 단화를 받아 살피던 노인이 눈살을 가
볍게 찌푸렸다.

"이건 궐피 아니오?"

노인은 오랫동안 신발을 만들어온 사람답게 단번에 신발
의 가죽을 알아보았다.

"이곳에서는 궐피로 신발을 만들지 않소이까?"

막종오가 진열된 신발을 둘러보며 말했는데 진열된 것 중
에 궐피로 된 것은 보이지 않았다.

노인이 말했다.

"궐피로 된 신발을 원하거든 직천으로 가보시오."

"직천?"

"황학루 못 미쳐 조그만 고을이오. 황학루를 찾아오는 풍
류객들을 상대로 장사를 하며 살아가는 곳인데 그곳에 가면
궐피로 신발을 만들어 파는 사람이 있소이다."

막종오로부터 건네받은 단화를 이리저리 살피며 노인은
계속 말했다.

"궐피는 부드러우면서도 가볍고 아주 질긴 것이 특징이오. 워낙 가죽의 밀도가 촘촘하여 물이 스며들지 않는 성질을 갖고 있소. 그래서 해안가나 설산의 눈 속에서 사는 사람들이 즐겨 신지요."

"아무나 함부로 신지 않는다는 것이오?"

"고급 신발이오. 고가여서 일반 사람들은 함부로 신을 수 없지요. 또한 부드러워 세공하는 데 무척 애를 먹소이다. 어지간한 솜씨로서는 도저히 만들지 못하오. 아무튼 직천을 가면 궐피로 신발을 만드는 사람을 만날 수 있을 것이오."

노인이 건네준 신발을 받아 쥔 막종오는 가볍게 허리를 구부렸다.

"자세한 설명 고맙소이다."

막종오는 곧바로 신발 가게를 벗어나 황학루가 있는 서쪽을 향해 몸을 날렸다.

직천은 무창과는 비교가 되지 않는 조그만 고을이었다. 변변한 특산물도 없고 내로라하는 명승고적도 없는데도 직천의 거리는 늘 붐볐다. 그것은 오 리쯤 떨어진 곳에 세워진 황학루 때문이었다.

황학루를 찾아가기 위해서는 반드시 이곳을 거쳐야 했고, 직천 사람들은 황학루를 찾아가는 풍류객들을 상대로 여러 가지 기념품을 판매하며 삶을 이어가고 있었다.

　막종오는 왁자지껄 떠드는 직천의 저잣거리를 거닐며 연신 사방을 살폈다. 신발 가게를 찾기 위함이었는데 워낙 수많은 가게가 밀집해 있어 쉽게 눈에 띄지 않았다.

　결국 막종오는 여러 가지 부채를 파는 선전(扇典)을 찾아가 물었다.

　"혹시 이 근처에 궐피로 신발을 만드는 곳을 아시오?"

　사십가량의 주인은 주저없이 위쪽을 가리키며 말했다.

　"조금만 더 올라가다 보면 오른쪽으로 있을 것이오."

　막종오는 고맙다는 눈인사를 하고는 주인이 가리키는 대로 저잣거리를 따라 부지런히 걸음을 옮겼다. 반 각쯤 걸어 올라가자 과연 선전 주인의 말대로 오른편으로 궐혜(蹶鞋)라는 간판이 걸린 가게를 발견할 수 있었다.

　가게로 다가가 안을 들여다보니 부자지간으로 보이는 일 노일소가 열심히 신발을 만들고 있었고, 진열장에는 궐피로 된 여러 가지 신발이 가득 채워져 있었다.

　막종오가 들어서자 아들로 보이는 이십 초반의 청년이 이마의 땀을 닦으며 다가왔다.

　"어서 오십시오, 손님!"

　가게 안으로 들어선 막종오의 눈이 빛을 뿌렸다. 진열장에는 여러 가지 신발이 가득했는데 자신의 품속에 들어 있는 발목까지 덮은 단화도 보였기 때문이다.

　막종오는 품에서 신발을 꺼내 청년에게 보여주었다.

"이곳에서 만든 신발이 맞소이까?"

청년은 고개를 끄덕였다.

"그렇습니다. 여기 본가의 문장도 찍혀 있잖습니까?"

사내는 신발 뒤꿈치를 가리켰다.

막종오는 미처 발견하지 못했는데 그곳에는 조그만 거미 문양 한 개가 찍혀 있었다.

청년은 거미 문장을 보며 말했다.

"주인(蛛印)은 우리 가문의 표식입니다. 이건 우리 가게에서 만들었음이 분명합니다."

막종오의 눈이 빛을 뿌렸다.

"누구에게 팔았는지도 기억할 수 있겠소?"

청년은 가벼운 미소를 지으며 고개를 저었다.

"그것까지는 알 수가 없지요. 다만 본가에서 만든 신발인 것만은 분명하다는 것입니다."

"이곳 고객들은 주로 어떤 사람들이오?"

청년이 막종오를 빤히 쳐다보았다.

신발은 사지 않고 어디서 신던 신발 한 짝을 가져와 꼬치꼬치 캐묻자 이상한 생각이 드는 듯했다. 청년의 부친 또한 신발 만드는 일을 멈추고 막종오를 쳐다보고 있었다.

막종오는 가벼운 미소를 지으며 입을 열어 말했다.

"별것 아니오. 다만 간밤에 우리 집에 큰 도둑이 침입했는데 글쎄, 이것 한 짝이 떨어져 있지 뭐요. 보나마나 도둑이 다급히 도망치다 자기도 모르게 흘리고 간 것 같아서 말이오.”

막종오는 적당히 둘러댔다.

그제야 청년은 물론 부친까지도 이해한다는 듯 경계의 눈빛을 거두었다.

“알겠지만 궐피는 금모신궐이라는 황금빛 털을 가진 쥐의 가죽이오. 일반 쥐가 아니라는 것이지요. 그래서 무척 비싸기 때문에 제법 돈푼깨나 있는 사람들이 신지요. 특히 습기가 스며들지 않기 때문에 눈이 많이 내리는 곳이나 물가에서 사는 사람들이 주 고객입니다.”

“무림인들도 사가오?”

“물론이지요. 가볍고 편하기 때문에 왕왕 찾아옵니다.”

막종오는 눈살을 찌푸렸다.

신발을 만든 사람은 찾았지만 안타깝게도 누구에게 판매했는지는 기억을 하지 못하고 있었다. 사건과 결부시킬 수 있는 유일한 소득이라면 무림인들도 자주 찾아온다는 것이었다.

“이 지역 사람들만 찾아오는 건 아니라는 얘기구려.”

청년의 얼굴에 귀찮아하는 표정이 역력했다.

“주로 무창을 비롯한 근처 사람들이 주 고객이지만 소문을 듣고 멀리서 찾아오기도 하고 황학루에 놀러 왔던 풍류객들이 구입해 가기도 합니다.”

“언제쯤 만들어진 것인지는 알 수 있겠소?”

청년은 신발을 보며 말했다.

"마모 상태나 문장이 아직 선명한 것이 반년 이상은 되지 않는 듯합니다."

뭔가 확실한 단서가 될 만한 대답으로는 부족했다. 그래서 막종오는 조금이라도 의심나거나 궁금한 것은 꼼꼼하게 물었다.

막종오의 질문이 계속되자 청년의 이맛살이 찌푸려졌다. 그러더니 막종오에게 신발을 떠맡기듯 건네주고 청년은 다시 자신이 하던 일을 하기 시작했다.

타타탁!

열심히 망치질을 하며 신발 모서리를 다듬는 청년을 쳐다보던 막종오는 다시 한 번 진열장을 가득 채우고 있는 형형색색의 궐혜를 쳐다본 후 발길을 돌렸다.

신발을 오른손에 쥐고 거리로 나선 막종오의 이맛살이 잔뜩 찌푸려져 있었다. 신발 주인에 대한 추적의 단서 하나라면 대부분의 고객이 무창 사람들이라는 청년의 말이었다.

막종오는 손에 들린 신발에서 시선을 떼지 못했다.

뭔가 꼬투리가 잡힐 것도 같은데 선뜻 눈앞으로 드러나지 않았다. 이 신발을 신은 사람은 절정의 고수들이다. 그리고 검을 귀신같이 쓰는 검수들이었다.

무창 인근을 중심으로 활동하는 무림 집단이라고 하면 군소 문파는 몇 곳 있지만 칠대무가 중 한곳인 악씨세가의 좌호법을 물리칠 만큼 뛰어난 검가는 없다.

　물론 무창에서 제법 떨어진 곳이라면 무당파가 있긴 했다. 무당파라고 하면 더 이상 설명이 필요없는 당대의 명문 중 한 곳이자 검가라고 부르기에 손색이 없는 곳이다. 특히 태극혜검으로 불리는 무당의 검이 가히 하늘을 찌르고 땅을 벤다. 그렇지만 백의인들은 결코 도인들이 아니었다.

　그건 곧 무당 사람들이 아니라는 뜻이 된다.

　잡힐 듯 잡힐 듯하면서도 선뜻 떠오르지 않는 단서를 잡기 위해 막종오는 안간힘을 썼다. 하지만 아무리 머리를 쥐어짜도 속 시원한 해답은 떠오르지 않았다.

　척!

　문득 이맛살을 찌푸리며 생각에 젖어 걷던 막종오의 발걸음이 멈췄다. 그리고 주위를 휘둘러보다 말고 놀란 표정을 지었다. 신발의 주인을 분석하고 생각하느라 자신도 모르게 황학루 근처까지 온 것이다.

　때마침 석양이 동정호 너머로 떨어지고 있었고, 저 멀리 황학루가 불길에 휩싸인 듯 황홀경을 연출하고 있었다. 수많은 사람들이 황학루에 올라 떨어지는 석양을 보며 감탄과 환희의 비명을 질렀다.

　천하삼경(天下三景).

　이름하여 천하에서 가장 아름다운 세 곳을 가리키는 말이다. 천하삼경 중 첫째는 태산의 일출이었다. 중원오악 중 동악으로 불리며 제일봉 장인봉에서 보는 일출은 가히 꿈결이라고 한다. 하지만 워낙 날씨의 변덕이 심해 장인봉에서 일출을 볼 수 있는 날은 일 년 중 십 일이 채 되지 않는다고 했다.

두 번째는 황산삼해(黃山三海)다.

구름에 뒤덮여 운해(雲海)요, 푸른 소나무가 바다를 이룬 듯하여 송해(松海)이며 하늘을 찌르는 듯 불쑥불쑥 솟은 기암고봉이 서릿발처럼 피어나 석해(石海)라고 하는 황산삼해가 천하이경이다.

마지막 세 번째가 바로 황학루에서 보는 일몰이다.

이 또한 동정호에 자주 안개가 끼어 황학루의 일몰을 보기란 일 년에 손가락에 꼽는다고 했다. 그런데 지금 그 귀하다는 황학루의 일몰이 나타나고 있었다.

"세상에나!"

"과연!"

비명에 가까운 사람들의 탄성에 막종오 또한 자신도 모르게 황학루를 향해 발길을 옮겼다. 이미 황학루에는 발 디딜 틈이 없을 만큼 구경꾼들이 몰려 있었다.

"차라리 피로군."

누군가 너무도 붉은 석양을 보며 그렇게 말했다.

거대한 불덩이가 끝없이 펼쳐진 동정호를 향해 천천히 떨어지고 있었다. 금방이라도 동정호의 푸른 물결을 모두 태울 듯 붉게 타오르는 석양에 사람들은 그저 입만 쩌억 벌린 채 넋을 놓았다.

막종오 또한 말로만 듣던 황학루의 일몰에 눈을 크게 떴다.

아름답다고 표현하기에는 턱없이 부족할 만큼 일몰은 가히 장관을 이루고 있었다. 사람들은 숨을 죽인 채 화려한 일몰에 압도되어 있었다.

그때 모든 사람들이 동정호 수면으로 떨어지는 일몰에 넋을 놓고 있을 때 일단의 사람들이 황학루를 향해 바삐 걸어 올라오고 있었다. 눈빛이 매섭고 걸음걸이가 산뜻한 것이 예사롭지 않았다. 좌측 흑포 아랫자락이 삐쭉 튀어나왔는데 그것은 은광이 번쩍이는 창끝이었다.

흑의사내들은 모두 일곱이었다.

그들은 모든 사람들이 도취해 있는 황학루의 석양에는 눈길도 주지 않고 누굴 찾는지 주위를 두리번거렸다. 사냥감을 찾는 사냥꾼의 눈매로 흑의사내들은 흩어져 군중 속을 헤집고 다녔다.

"황학루의 일몰을 봤으니 내일 죽는다 해도 여한이 없다."

"일생 동안 천하삼경을 보고 죽으면 그보다 큰 복이 없다고 했는데 황산삼해도 봤고 이제 남은 것은 태산의 일출일세 그려."

석양은 조금씩 수면에 잠기고 있었다.

"뭐야? 어떤 새끼가 미는 거야?"

떨어지는 석양에 심취해 있던 오십가량의 중년인이 고개를 돌려 버럭 소릴 질렀다.

움찔!

자신을 밀친 사내와 눈길이 마주치자 고개를 돌리던 기세를 슬그머니 누그러뜨리며 눈길을 피했다.

이글거리는 눈빛을 지닌 흑의사내가 쏘아보았기 때문이다. 대략 서른 초반쯤으로 보이는 흑의사내의 안색은 창백했다. 거기다 좌측 뺨으로 기다란 흉터가 있어 보는 사람으로 하여금 오금을 저리게 했다.

오십의 중년인이 슬쩍 고개를 돌려 버렸고, 흑의사내는 마구잡이로 인파를 헤치며 누군가를 찾아다녔다.

거칠게 밀어붙였지만 누구도 흑의사내에게 뭐라고 하지 않았다. 한마디 욕설이라도 해주기 위해 돌아섰다가 그의 얼굴을 보는 순간 곧바로 고개를 숙이며 돌아섰다.

팟!

두리번거리던 흑의사내의 눈이 빛을 발했다.

그의 시선은 몰려 있는 사람들 틈에 섞인 백의소녀에게 멎어 있었다. 동정호 쪽으로 시선을 돌리고 있어 생김새는 알 수 없었지만 뒷모습으로도 그녀의 아름다움을 충분히 유추해 볼 수 있을 만큼 육감적인 몸매를 자랑하고 있었다.

한참을 백의소녀를 훑어보던 흑의사내의 입술이 꿈틀거렸다. 일행에게 전음을 날리는 것 같았는데 잠시 후 흩어져 있던 부하들이 모두 몰려들었다.

부하들의 시선이 흑의사내의 손가락이 가리키는 곳을 향

했고, 일시에 예리한 섬광을 발했다. 그것은 그토록 기다리던 표적을 찾은 데서 오는 사냥꾼의 환희였다.

사내들은 사람들을 밀치고 백의소녀를 향해 가까이 다가 갔다. 거리가 좁혀질수록 그들의 눈에서는 새파란 섬광이 이 글거렸고, 감춰둔 창의 손잡이에 오른손을 얹었다.

워낙 강렬한 사내들의 기세에 주위 사람들이 이상한 김새 를 느낀 듯 슬그머니 옆으로 피해 버렸고, 어느 순간 백의 소 녀 주위로 조그만 공간이 생겨났다.

석양은 완전히 동정호의 물속으로 잠겨들었다.

석양을 삼킨 동정호의 물빛이 붉게 출렁거리자 백의소녀 능소란은 쉴 사이 없이 감탄을 터뜨렸다.

"아아! 이토록 아름다운 일몰이 있었다니."

이미 물속 깊이 석양이 사라졌는데도 능소란은 아쉬움에 젖어 발길을 돌리지 못하고 있었다. 일 년을 가도 고작 손가락 으로 헤일 정도밖에 볼 수 없다는 동정호의 일몰을 봐서인가 까닭없이 가슴이 뜨거워졌다. 또한 동정호의 일몰을 보면 행 운이 온다는 속설이 생각나면서 괜히 가슴까지 두근거렸다.

동정호를 길게 가로질렀던 붉은 물살까지도 사라지고 주 위는 조금씩 어둠에 덮이기 시작했다.

입맛을 다시며 동정호를 쳐다보던 능소란이 불현듯 뭔가 이상한 느낌이 들었는지 홱 돌아섰다.

슈욱!

그 순간 흑의사내들이 일제히 창을 뽑아 공격해 왔다.

"아앗!"

능소란은 자신도 모르게 소릴 지르며 황급히 쌍장을 갈겼다.

퍼어억!

사내들의 창세에 부딪친 쌍장은 산산조각이 되어 흩어지자 뒤로 네 걸음이나 물러난 능소란의 안색이 창백해졌다.

쉭!

그녀의 입술이 다부지게 물리더니 품에서 한 자루 검을 뽑아 들었다. 검은 폭이 일반 검보다 좁았는데 두 자가 채 안 되는 중검이었다. 햇빛이 사라졌는데도 차가운 광채가 폭사되는 것이 예사 검 같지는 않았다.

"네놈들은 누구냐?"

이제 갓 열아홉 살밖에 되지 않은 나이였지만 능소란은 보통 상대가 아니라는 것을 느끼고 검을 쥔 손에 힘을 주었다.

얼굴에 흉터가 있는 우두머리사내의 입에서 차가운 음성이 흘러나왔다.

"우리가 누군지는 알 것 없고 함께 갈 곳이 있으니 고분고분 따라오거라."

"흥! 내가 미쳤느냐, 얼굴도 모르는 네놈들을 따라가게?"

"계집을 잡아랏!"

우두머리사내는 두 번 말하지 않았다.

명령이 떨어지자 여섯 명의 부하가 일제히 능소란을 향해 달려들었다.

쾌아아!

쏴쏴쏵!

찌르고 베어 들어오는 동작이 가히 섬광을 방불케 했다.

'어… 엄청난 쾌창(快槍)!'

능소란은 이를 악물고 자신을 향해 파고드는 다섯 가닥의 창광을 향해 검을 후려쳤다.

챙― 채채챙!

창과 검이 충돌하며 불꽃이 일어나며 능소란의 상체가 휘청거렸다.

촤아아아!

사내들은 틈을 주지 않았다.

이미 연합 공격에는 숙달이 된 듯 서로가 각자의 방위를 점령하여 능소란을 공격했는데 허점이라고는 찾아볼 수가 없었다. 능소란은 자신이 더욱 위기에 빠졌음을 느꼈다. 비록 삼여 합밖에 주고받지 않았지만 엄청난 압박이 느껴졌다.

그래서 곧바로 가문의 절기를 펼치기 시작했다.

쾌애애애!

능소란의 검이 폭발했다.

달려들어 오는 여섯 사내 속으로 거침없이 뛰어들더니 검을 좌우로 빙글 돌려 쳤다.

쾌아아!

부챗살 모양으로 검기가 퍼져 나갔고, 사내들의 창기를 일제히 함몰시키며 그들을 압박했다.

"억!"

동쪽의 사내가 비틀거리며 비명을 질렀는데 앞가슴의 옷자락이 베어져 나가며 핏물이 흘러내렸다.

"조심해랏! 혼자라고 경시해서는 안 된다!"

우두머리사내가 분위기를 일깨웠다.

사내들이 다시 덮쳐들었고, 능소란의 검이 더욱 날카로운 검기를 쏟아냈다. 그녀의 동작은 무척 부드러웠지만 그 안에는 무쇠라도 자르고 남을 살기가 숨겨져 있었다.

"크악!"

첫 희생자가 나왔다.

작달막한 체구의 흑의사내가 복부를 움켜쥐며 쓰러져 숨을 거두었다.

채챙!

싸움은 갈수록 격렬해졌고, 연이어 비명이 터지며 또다시 흑의사내 한 명이 심장에 일검을 맞고 즉사했다. 지켜보던 우두머리사내까지 싸움에 뛰어들었다.

조금 전까지 황학루의 석양에 빠져 있던 사람들은 이제 능소란과 흑의사내들이 벌이는 격렬한 싸움에 취해 있었다.

"대단하군. 나이도 어린 여자인 듯한데 당황하지도 않고 두 명이나 베어 쓰러뜨리다니."

"보통 여자가 아닌데?"

혼자서 사내들에게 맞서고 있는 능소란을 보며 사람들이 감탄과 놀라움을 터뜨렸다.

우두머리사내가 뛰어들며 싸움 양상이 바뀌었다.

그의 창은 확실히 부하들보다 위력적이었고, 폭포처럼 쏟아내는 창기에 능소란의 검이 허우적거리기 시작했다.

"악!"

능소란의 입에서 짤막한 비명이 터졌고, 그녀의 왼쪽 어깨가 순식간에 붉게 물들었다.

우두머리를 비롯한 남은 사내들의 검은 더욱 그녀를 몰아쳤다.

좌좌좌!

능소란이 악착같이 저항을 했지만 전세는 자꾸 그녀에게 불리하게 돌아가고 있었다.

찌익!

이번에는 옆구리 의복이 찢겨져 나가며 흰 살결이 드러났다.

슉!

정면에서 두 자루의 창이 수평으로 찔러 들어왔고, 능소란은 벼락처럼 검을 들어 쳐냈다.

콰아앙!

반탄강기에 의해 능소란이 뒷걸음질할 때 우두머리사내의

창이 오른쪽 옆구리를 파고들었다. 반탄강기에 의해 밀려나는 바람에 중심을 잃은 상태에서 옆구리를 파고드는 창을 피하기란 무척 어려웠다.

잠깐 사이 능소란의 안색이 변했다.

우두머리사내의 창을 피할 수 없었기 때문이다.

퍼엉!

그때 우두머리사내와 능소란 사이로 검은 연기가 피어났다.

연기는 방원 삼 장여를 순식간에 뒤덮어 버렸고, 연기 속에서 기침과 재채기를 해대는 소리가 요란했다.

"쿨록쿨록!"

"이거 뭐야? 아이고, 따가워라!"

우두머리사내는 잽싸게 호흡을 중단하고 외쳤다.

"눈이 따갑더라도 절대 비벼서는 안 된다! 일체 호흡을 중지하고 연기 밖으로 물러나라!"

한편, 느닷없이 검은 연기가 터져 나오면서 눈앞이 캄캄해지자 능소란은 당황했다.

그때 한 흑의사내 한 명이 매워 재채기를 하는 능소란에게 알약 한 개를 건넸다.

"어서 이걸 삼키거라."

오랫동안 사귀어도 알 수가 없고 짧은 시간을 만나도 속속들이 느껴지는 부류가 있다. 지금 자신에게 알약을 내미는 흑의사내가 바로 그랬다. 느닷없이 나타났지만 전혀 악의가 느껴지지 않았으므로 능소란은 망설이지 않고 그가 내민 알약을 삼켰다.

그러자 놀랍게도 그토록 따갑던 피부와 나오던 재채기가 잦아들었다.

"시간없다. 어서 여길 빠져나가야 한다."

사람들이 구름처럼 몰려 있어 칠망단도 소용이 없다. 어떤 모습으로 위장을 해도 워낙 보고 있는 눈이 많기 때문에 금방 발각이 되고 말 것이기 때문이었다. 최소한 발각은 안 되어도 사람들이 자신이 숨어 있는 곳을 흑의사내들에게 가르쳐 주지 말란 법도 없었다. 유일한 방법은 한시바삐 현장을 도망쳐 나가는 방법뿐이었다.

第五章

가선(家船)

두 사람은 인향탄의 연기 속을 빠져나와 줄달음쳤다.

하지만 사내들 또한 녹록지 않았다. 우두머리의 지시에 의해 신속히 호흡을 중단하고 인향탄의 연기 속을 빠져나와 주위를 두리번거리다 멀리 도망치는 두 사람을 발견했다.

"저기 간다! 잡아랏!"

우두머리사내를 필두로 다섯 사내가 빠르게 쫓자 거리는 순식간에 좁혀지고 있었다.

'우라질!'

막종오는 투덜거렸다. 칠망단을 쓰기만 했어도 이런 일은 생기지 않았을 것이다. 하지만 상황이 상황인지라 어쩔 수 없어 두 사람은 죽을힘을 다해 도주하기 시작했다.

하지만 뒤쫓는 사내들의 신법은 놀라웠다. 얼굴 생김새를 알아볼 수 있는 거리까지 좁혀 따라붙었다.

"학… 하학!"

능소란은 부상으로 인해 제대로 신법을 펼치지 못했고, 금방 힘들어했다.

도망에는 자신이 있었다. 응방의 선조들은 유난히 도망에 대해 강조를 했다. 최고의 자객일수록 도주에 빼어난 능력을 보인다는 것이 선조들의 주장이었다. 그래서 어려서부터 그 어떤 기예 수련보다 도망치는 연습에 열심히 매달렸다.

그래서 도망치는 것 하나만큼은 강호의 어떤 자객 집단에 뒤지지 않는다고 자부했다.

문제는 능소란이었다. 부상을 입은 데다 갈수록 피를 흘리면서 체력이 떨어졌고 걸음은 더욱 둔해졌다.

"그… 그냥 날 내버려 두고 공자님 혼자 가세요."

도저히 안 되겠다고 생각했는지 능소란이 말했다.

"혼자 갈 것 같았으면 애초부터 나서지도 않았다."

"이대로 가단 둘 모두 잡혀요. 저들이 공자님을 가만둘 것 같아요?"

"쓸데없는 소리 말고 따라오기나 해라."

그러면서 능소란의 손을 잡고 강제로 끌다시피 데려갔다. 하지만 사내들을 떨어뜨리기에는 역부족이었다.

황학루에서 십 리 정도 떨어진 조그만 야트막한 비탈진 언덕에서 마침내 사내들이 앞길을 차단하고 날아내렸다.

"흐흐흐!"

사내들은 흡족한 미소를 지으며 거칠게 헐떡이는 두 사람을 노려보았다.

"네놈은 누군데 감히 우리들 일에 끼어드느냐?"

우두머리사내가 막종오를 향해 물었다.

막종오는 거칠게 넘어오는 숨을 눌러 삼킬 뿐 대답하지 않았다. 그러면서 냉막한 눈빛으로 사내들을 스윽 훑어보았다.

멈칫!

우두머리사내의 눈빛이 변했다. 뒤쫓을 땐 미처 몰랐는데 직접 마주하고 보니 보통 상대가 아니라는 생각이 들었다. 평범한 무사 같았다면 당황하며 안절부절못했을 텐데 막종오는 눈 하나 깜빡이지 않았다. 자신들을 훑어보는 눈빛이 무척 안정되어 있었다.

그것은 위기일수록 감정을 드러내지 마라는 심무지감이었다.

"정체를 밝혀라."

막종오는 아무런 대꾸를 하지 않았다.

그저 가라앉은 시선으로 사내들을 면밀히 조사하듯 바라만 보고 있었다.

자신의 질문에 막종오로부터 아무런 대꾸가 돌아오지 않

자 우두머리사내의 눈살이 찌푸려졌다.

자신의 오랜 강호 경험에 비춰 고수들의 입은 자주 열리지 않는다. 그들은 딱히 할 말을 제외하고는 거의 입을 닫았는데 상대 또한 그런 모습이다.

하지만 상대가 고수라고 생각하자 한 가지 의문이 강력하게 뇌리를 지배했다.

왜 도망쳤을까?

절정의 무인이라면 도주보다는 직접 힘으로 자신들을 물리치는 것이 정상이었다. 하지만 우두머리사내의 의문은 막종오의 다음 한마디에 오래 지속되지 못했다.

막종오가 주위를 훑어보며 조용히 말했다.

"살인을 하기에는 무척 좋은 곳이로군."

흠칫!

우두머리사내의 눈이 빛을 뿌렸다.

결국 막종오는 도망을 쳤던 것이 아니라 사람들 눈을 피해 한적한 곳으로 자신들을 유인했다는 얘기가 되었다.

"잠시 한쪽으로 비켜서 있겠느냐?"

막종오는 초면부터 말을 놓았다. 평소 자신의 성격에 비춰 곧바로 배알이 뒤틀렸거나 흥분하여 따졌을 텐데 이상하게 막종오의 하대에는 화가 나지 않았고 자신도 모르게 고분고분해졌다.

능소란은 뒤로 서너 걸음 물러났다.

막종오가 우두머리사내를 보며 감정이라고는 전혀 섞이지 않는 음성으로 말했다.

"누가 먼저 저승을 가겠나?"

처억!

적당히 다리를 벌리고 섰다.

우두머리사내의 눈이 더욱 가늘어졌다. 착시현상인지 몰라도 마치 태산이 버티고 선 듯한 느낌이 들었다. 부하들 역시 상대가 범상치 않다는 것을 느낀 듯 자신을 돌아보았다. 어떡하겠느냐는 질문이었다.

자신의 결정에 따라 오늘 자신뿐만이 아니라 부하들의 목숨도 좌우된다. 현명한 지휘자는 부하들을 개죽음에 몰아넣지 않는다.

하지만 자신들은 명문의 무사들이다. 결코 하늘이 높다고 인정하지 않을 만큼 강호에서의 지위가 높다. 그런 자신들이 상대의 기세가 심상치 않다고 조용히 물러날 수는 없었다. 이것은 자신들이 죽는 것 이전에 사문의 명예가 걸려 있기 때문이었다.

우두머리사내는 다시 한 번 막종오를 살폈다.

바늘로 찔러도 피 한 방울 묻어 나오지 않을 것처럼 얼굴은 백랍같이 창백했다. 약간 움푹 들어간 눈에 푸른색에 가까운 눈빛, 훤칠한 체격, 잔인한 섬광처럼 길게 찢어진 두 눈, 일자로 굳게 물려 있는 두툼한 입술에서는 폭발 직전의 활화산 같은 기세가 느껴진다.

'으음!'

우두머리사내는 조용히 신음을 삼켰다.

한편 막종오의 가슴은 세차게 뛰고 있었다. 이미 능소란을 공격할 때 사내들의 솜씨를 보았다. 그것은 놀라웠고 자신의 능력으로는 도저히 상대할 수 없는 경지였다.

이미 인향탄을 한번 사용함으로 인해 상대는 자신의 전략과 전술을 어느 정도 간파했다. 두 번 다시 그런 잔꾀는 통하지 않을 것이다. 만약 싸움이 붙는다면 결과는 뻔했다. 어떡해서라도 싸우지 않고 상대를 물러가도록 하는 방법이 최선이었기에 모험을 감수하면서 온갖 기세를 잡은 것이다.

그런데 상대가 쉽게 달려들지 않은 것을 보면 어느 정도 자신의 기세가 먹혀들고 있는 것 같았다.

'개자식아, 그냥 가라!'

막종오는 속으로 욕설을 퍼부었다.

그런데 막종오의 염원과는 반대로 상대는 쉽게 물러나지 않았다. 오히려 반짝이는 눈빛들이 전의를 불태우고 있었다. 서로 간에 시선을 주고받는 것이 쉽게 물러날 것 같지 않았다.

이렇게 되면 최악의 경우를 생각하지 않을 수 없었다.

사실 막종오가 능소란과 이들의 싸움에 끼어든 것은 신발 때문이었다.

능소란은 붉은색에 봉황 무늬가 새겨진 꽃신을 신고 있었는데 그건 틀림없는 궐피로 만든 것이었다. 비록 문양을 넣고 염색을 하여 붉은색을 냈지만 확실한 궐피 신발이었다. 그래서 위험을 무릅쓰고 싸움 속으로 뛰어든 것이다.

혼자라면 얼마든지 빠져나갈 자신이 있었다. 하지만 애써 힘들게 결정적인 단서를 잡은 이상 이대로 물러날 수는 없었다.

"고인의 존성대명을 여쭤도 되겠소이까?"

자신의 이름을 물은 것은 정체를 파악하기 위해서다. 필시 별 볼일 없는 이름이라면 이들은 주저없이 공격을 감행할 것이다.

막종오가 빙그레 웃음을 지었다.

미소이되 가볍지 않은 절제된 웃음이다.

"내 이름을 묻는 건가?"

"성명 함자를 가르쳐 주시어 소생들의 안목을 넓혀주시길 부탁드리오."

막종오는 속으로 우두머리사내에게 욕설을 퍼부었다.

'지랄하고 자빠졌다, 개자식!'

우두머리의 말은 무척 점잖았다. 강호의 명망 높은 고인이라면 물러가겠지만 그렇지 않을 경우 곧바로 공격하겠다는 노골적인 심산이었다.

막종오는 얼른 대답하지 않았다.

사실 대답할 마땅한 이름도 없었다. 저들을 그냥 물러가게 할 정도의 강호 고인이라면 그렇게 흔하지 않고 저들 또한 알고 있을 확률이 높았다.

진퇴양난(進退兩難).

막종오가 대답을 하지 않자 조금씩 사내들의 표정이 변화하기 시작했다. 한마디로 풍기는 기세만큼 내로라하는 인물이 아니라는 확신을 갖으면서 용기를 얻은 눈치였다.

팟!

머리를 쥐어짜며 열심히 잔머리를 굴리고 있던 막종오의 두 눈에서 갑자기 섬광이 일어났다. 뭔가 중요한 사실을 깨달은 듯 오른손을 느릿하게 품속에 찔러 넣었다.

주물럭! 주물럭!

뭔가를 찾는 듯 앞가슴을 주물럭거렸다.

사내들의 모든 시선이 막종오의 오른손에 고정되어 있었다.

막종오는 함참 동안 앞가슴을 뒤졌다. 원하던 물건을 찾지 못한 듯 겨드랑이쪽까지 깊숙이 손을 넣어 뒤지더니 한순간 그의 표정이 환해졌다.

스으윽!

이윽고 가슴을 뒤지던 막종오의 오른손이 밖으로 나왔다.

막종오의 오른손에는 금방이라도 피가 뚝뚝 떨어질 것 같은 붉은빛의 비수 한 개가 쥐어져 있었다.

그것은 암제로부터 받은 탈명비였는데 어둠이 상당히 짙어왔는데도 차가운 혈광이 폭사되었고, 사내들이 멈칫했다.

스슥!

오른손으로 탈명비를 쥐고 왼 손바닥에 날을 닦았다.

"어엇!"

"호… 혹시 탈명비?"

사내들의 눈이 커졌다.

탈명비를 알아보는 눈치였다.

막종오가 조용히 말했다.

"탈명비를 알고 있다니 쓸 만한 안목들이군."

흠칫!

사내들이 깜짝 놀라며 일제히 뒤로 한 걸음씩 물러났다.

이어 눈에 힘을 주고 막종오의 손에 쥔 비수를 살폈지만 틀림없는 탈명비였다. 시뻘건 광채와 살을 에일 것 같은 한기가 삼 장 정도 떨어져 있는데도 밀려왔다.

우두머리사내의 얼굴이 굳어졌다.

탈명비, 그건 한 사람의 애병이자 신물이었다.

고금을 통틀어 가장 위대한 자객 중 한 명으로 불리는 그는 신화이며 전설이었다.

자신만만하던 부하들의 얼굴이 돌덩이처럼 차가워졌고 일부는 떨기까지 했다.

"아… 암제 어르신과는 어떤 관계이오?"

우두머리의 말투가 달라졌다.

어쨌든 암제는 칠십이 넘었으므로 그는 아닐 것이다.

막종오는 엄숙하게 대답했다.

"꼭 내 입으로 말해야 하겠느냐? 내가 탈명비를 갖고 있다는 것은 뻔한 것 아닌가?"

"하… 하면 암제 어르신의 제자란 말이오?"

"자꾸 같은 대답을 반복하게 하는군."

우두머리사내의 눈이 더욱 커졌다.

막종오의 대답은 암제의 제자임을 인정하고 있는 것이었다. 하긴 암제의 제자가 아니라면 그의 목숨과 같은 애병을 갖고 있을 턱이 없었다.

막종오가 오른팔에 힘을 주기 시작했다.

그것은 금방이라도 탈명비를 날릴 것 같은 공격적인 모습이었는데 사내들이 흠칫하며 서로를 마주 보았다.

탈명비는 필사의 칼이다. 한 번 손을 떠나면 상대가 누구든 반드시 비명을 양산하는 죽음의 병기다. 무공이 높고 낮음이 소용없다. 자신들은 감히 올려다볼 수 없는 적지 않은 강호의 거목들도 탈명비를 만나면 여지없이 고혼이 되었다.

부하들이 우두머리의 눈치를 살폈다.

모두들 눈빛이 흔들리고 있었는데, 그것은 탈명비에 대한 두려움이었다.

결코 실수나 실패를 하지 않는 고금오대마병 중 하나인 탈명비 앞에 아무리 대범해지려고 해도 뜻대로 되지 않았다.

콱!

막종오의 오른손에 힘이 들어갔다.

그것은 금방이라도 떠나지 않으면 탈명비를 날리겠다는 경고처럼 보였다.

우두머리사내 낯빛이 수차례 변했다.

한 사람이지만 어떤 집단과도 비교할 만한 무게를 지닌 암제의 살병이 자신들의 목숨을 노리고 있다. 당대의 거목들도 피하지 못한 탈명비를 자신들이 벗어날 수 있으리라는 것은 한낱 꿈에 불과했다. 탈명비라면 물러나더라도 사문의 명예 크게 흠이 되지는 않는다.

질근!

우두머리가 입술을 지그시 깨물었다.

거의 잡다시피 한 사냥감을 놔두고 돌아서야 하는 사냥군의 비애를 씹는 듯 나직이 신음까지 흘리더니 조용히 말했다.

"후퇴한다."

부하들은 아무 말 하지 않았다.

실패는 한순간이지만 죽음은 영원하다. 얼마든지 다음 기회를 노릴 수가 있으며 군자의 복수는 십 년이 흘러도 늦지 않다고 하지 않았는가.

스윽!

막종오가 마지못한 듯 탈명비를 거둬들였다.

"자넨 무척 똑똑하군."

우두머리를 향해 조용히 말했고, 그들은 뒷걸음질치기 시작했다. 이윽고 어느 정도 거리가 생기자 일제히 몸을 돌려 어둠 속으로 자취를 감췄다.

"저… 정말로 암제 어른의 제자인가요?"

뒤로 물러나 있던 능소란이 다가서며 물었다.

"빨리 여길 벗어나야 한다!"

막종오가 곧바로 몸을 날리자 능소란 또한 뒤를 따랐다. 두 사람은 한동안 아무런 말 없이 부지런히 달리는 데 힘썼다. 능소란은 몇 번 막종오에게 말을 걸고 싶었지만 워낙 진지하게 달리고 있었기 때문에 함부로 걸 수가 없었다.

막종오는 전력을 다해 몸을 날렸다. 등 뒤로부터 능소란의 거친 숨소리가 들려왔지만 모른 체 달렸다.

운 좋게 속아 넘기기는 했지만 언제 정체가 발각될지 모른다. 다행히 사내들이 암제의 비도 기수식을 몰라서 그렇지 그와 한번 겨루었거나 암제가 탈명비를 날리는 광경을 목격한 사람이 있었다면 대번에 자신의 자세가 엉터리였고 가짜라는 것을 알아차리고 말 것이다.

"제발 이제 천천히 가요! 죽을 것 같아요!"

뒤따라오던 능소란이 더 이상 참지 못하고 소리쳤다.

"힘을 내야 한다."

"놈들이 탈명비에 겁을 먹고 사라졌는데 왜 이렇게 필사적으로 달려야 하죠?"

"아무튼 좀 더 멀리 가야 한다."

아직 안심할 거리만큼 떨어지지 못했다.

막종오가 십 리를 더 달린 다음 걸음을 멈추자 능소란은 곧바로 땅바닥에 털썩 주저앉아 거친 숨을 몰아쉬었다.

"학… 하하!"

능소란 뿐만이 아니라 막종오 역시도 근처 바위에 걸터앉아 목을 빼고 뜨거운 김을 마구 토해내었다. 아직까지 이렇게 필사적으로 도망쳐 보긴 처음이었다.

두 사람은 끓어오른 호흡을 진정하느라 한동안 아무 말도 하지 않았다.

잠시 후 어느 정도 몸이 안정이 된 듯 능소란이 막종오를 돌아보며 말했다.

"고… 고마워요. 공자님이 아니었으면 그자들에게 붙잡히고 말았을 거예요."

"그것보다 우선 상처부터 치료해야겠다."

능소란의 상처는 심했다. 특히 내상이 깊어 안색이 창백했는데, 막종오는 품에서 백초거독환 한 알을 꺼내 내밀었다.

"본가의 비전 치료약이니라. 복용하면 치료에 상당한 효험이 있을 것이다."

"감사해요."

능소란은 주저하지 않고 백초거독환을 입에 털어 넣고 운기조식에 들어갔다.

멈칫!

막종오의 두 눈이 빛을 뿌렸다. 아무리 자신의 생명을 구해 준 사람이지만 정체가 뭔지, 혹시 구출해 준 저의가 있을지도 모르는데 능소란은 전혀 의심하지 않고 약을 덥석 삼키고 운기에 몰입했다.

막종오는 능소란이 무척 맑고 순수하다는 것을 알았다. 막종오는 운기조식을 취하고 있는 능소란을 자세히 살폈다. 아름답기도 했지만 꾸밈이 없고 어디에도 고생하고 자란 흔적이라고는 보이지 않았다. 한눈에 상당히 부유한 환경에서 성장했음을 알 수 있었는데, 그의 시선이 다시 능소란의 양발에 고정되었다.

아무리 다시 봐도 그건 틀림없는 궐피로 된 꽃신이었다. 한눈에 상당한 고가의 궐혜임을 알 수 있었다.

물론 자신이 쫓는 자들과 전혀 별개의 인물일 수도 있었다. 하지만 같은 종류의 신발을 신었다는 것은 어쩔 수 없이 자신을 싸움에 뛰어들게 만들었다.

한참만에 능소란은 운기조식에서 깨어났다. 안색에 핏기가 돈 것으로 보아 몸 상태가 많이 호전되었음을 알 수 있었다.

능소란은 자리에서 일어나자마자 입을 열어 말했다.

"정식으로 절 소개하겠어요. 소녀는 능소란이라고 해요."

"능 씨였군."

“공자님 존함은 어찌 되시나요?”

능소란이 눈을 반짝이며 물었다.

막종오는 잠시 머리를 굴리다 대답해 주었다.

“막종오라고 한다.”

가명을 말할까 했지만 인피면구를 쓰고 있었기 때문에 이름만은 제대로 가르쳐 줘도 무방할 것 같은 생각이 들었다.

“막 공자님이셨군요. 아마 오늘 막 공자님이 아니었다면 소녀는 그자들에게 끌려가 크게 혼이 났을 거예요. 정말 다시 한 번 진심으로 감사드려요.”

그녀의 미소는 아름다웠다. 아찔한 현기증을 느낄 만큼 매력적이었는데 막종오는 더 이상 궁금증을 참지 못하고 물었다.

“한 가지 물어봐도 되겠느냐?”

막종오의 인피면구가 조금 나이가 들어 보여서 그런지 하대에도 능소란은 전혀 인상을 찌푸리지 않았다.

“네. 소녀에 대해 궁금한 것이 있으면 얼마든지 물어보세요. 모두 말씀드리겠어요.”

그녀는 자신의 목숨을 구해줬다는 것에 대해 막종오에게 일체의 어떤 것도 숨기지 않겠다는 의지를 보였다.

막종오의 시선이 그녀의 발에 멈췄다.

“그 신발 말이야.”

“신발이라뇨?”

그러면서 자신의 발을 쳐다보았다.

막종오가 계속 말했다.

"어디서 구했는지 물어봐도 되겠느냐?"

풋!

돌연 그녀가 입을 가리며 웃었다.

막종오가 왜 웃느냐는 듯 쳐다보자 그녀가 미소를 지우지 않고 말했다.

"난 물어볼 것이 있다고 해서 집이 어디냐, 어쩌다 그런 불한당들과 싸우게 되었느냐는 등의 질문을 할 줄 알았는데 갑자기 신발을 물으니까 웃음이 나오잖아요."

그녀는 웃음을 지우며 신발을 쳐다보며 말했다.

"공자님 보시기에도 내가 신고 있는 신발이 예뻐 보이나 보죠? 정혼녀에게 선물하려구 그런가요? 이 신발은 소녀가 즐겨 신는 봉혜라는 거예요. 궐피로 봉양 문양을 직접 손으로 수놓은 건데 여기서 멀지 않은 직천이라는 곳에 가면 이 신발을 구할 수가 있어요. 한 켤레에 은자 세 냥 하니까 약간 비싸긴 하지만 선물을 해준다면 정혼녀께서 무척 좋아할 거예요."

예상대로 그녀의 신발 또한 직천에서 구입한 것임이 드러났다.

"너의 집은 어디냐? 황학루에서 석양을 구경하는 것으로 보아 여기서 멀지 않은 곳 같구나."

능소란의 눈이 커졌다.

"네. 어떻게 알았어요? 맞아요. 우리 집은 여기서 멀지 않아요."

관광객들이 이따금 한 켤레씩 구입해 가긴 해도 대부분은 이 근처 사람들이 사간다고 신발 가게 주인은 분명히 말했다.

그건 곧 품속의 신발 주인 또한 직천과 무창 어딘가에 살고 있을 확률이 높았다.

"공자님, 날 따라 우리 집에 같이 가볼래요? 이대로 공자님을 돌려보내기에는 너무 미안해서요. 목숨을 구해줬는데 괜찮다면 집으로 모시고 가서 간단한 차라도 한잔 대접하고 싶어요."

막종오는 속으로 쾌재를 불렀다.

하지만 곧바로 좋다고 하면 이상하게 생각할 것 같아서 적당히 말끝을 흐렸다.

"결례가 아닐지 모르겠구나."

능소란의 눈이 커졌다.

"그게 무슨 말씀이에요. 소녀의 목숨을 구해줬는데. 얘기 나온 김에 바로 가요. 소녀를 따라오세요. 여기서 멀지 않은 곳에 소녀의 집이 있어요."

달이 떠올라 길은 훤했다.

능소란이 앞장을 섰고 막종오는 뒤를 따랐는데, 산을 내려온 두 사람은 관도를 이용해 걸어갔다. 약간 위험하긴 했지만

가장 빠른 길이었고 능소란이 관도를 고집했으므로 막종오는
하는 수 없이 그대로 따를 수밖에 없었다.

두 사람은 적당한 속도로 보법을 펼쳤는데 반 시진 정도 지
나자 무창에 접어들 수 있었다.

무창의 밤은 화려했다. 대낮처럼 사방에 불이 환하게 켜져
있었고, 풍류객들과 기녀들의 웃음소리가 기루 이곳저곳에서
쉬지 않고 흘러나왔다.

무창을 빠져나온 두 사람은 다시 보법을 펼쳤다.

이각가량 동쪽으로 길을 달리자 바람이 불어왔다. 막종오
의 코가 벌름거려졌다.

'갯내음이다!'

멀지 않은 곳에 강이 있음을 알아차렸고, 과연 얼마 가지
않아 검푸른 강물이 앞을 막고 있었다.

"다 왔어요."

푸른 강물밖에 보이지 않는데 어디가 집이 있을까 하는 생
각으로 주위를 휘둘러보는데 능소란이 웃으며 말했다. 아무
리 주위를 휘둘러보아도 집 같은 것은 보이지 않았으므로 막
종오가 눈을 크게 떴다.

"저기예요."

능소란이 한곳을 가리켰는데 그곳은 강물 한가운데였다.

"강에 집이 있단 말이냐?"

"저기 보이잖아요?"

처음에는 제대로 살피지 못했지만 능소란이 구체적인 장소를 가리켰으므로 두 눈을 크게 뜨고 보았다. 그러자 달빛 아래 저 멀리 한 척의 거대한 범선이 떠 있었다.

그것은 범선이라기보다는 작은 섬에 가까웠다. 더구나 어둠이 사방을 덮고 있어 더욱 웅장하게 보였다.

막종오가 눈을 휘둥그레 뜨고 물었다.

"설마 저 배가 집이란 말이냐?"

능소란이 고개를 끄덕였다.

"네, 맞아요. 저 배가 소녀의 집이에요. 소녀를 따라오세요."

능소란이 앞장서 모래밭을 지나 우거진 갈대숲으로 성큼성큼 걸어 들어갔다. 잠시 빛나는 시선으로 앞서가는 능소란을 쳐다보던 막종오는 지그시 입술을 물고 그녀의 뒤를 따라갔다.

싸아악!

사람 키보다 훨씬 큰 갈대가 바람에 흐느적거렸다.

능소란을 따라 한참 갈대밭을 지나고 있는데 갑자기 벼락 같은 외침이 터져 나왔다.

"멈춰랏!"

어둠을 가르는 외침과 함께 순식간에 세 명의 백의사내가 앞을 가로막고 나섰다.

"아… 아니, 소선녀님 아니십니까?"

“소선녀님!”

세 명의 사내는 능소란을 보고 깜짝 놀라며 말했다.

“왜 그렇게 놀라죠? 배에 무슨 일이라도 생겼나요?”

“그렇잖아도 소선녀님을 찾으러 모두 무창으로 나갔사옵니다. 아직까지 연락이 없어서 호법님께서 애를 태우고 계십니다. 어디 계시다 이제 돌아오십니까?”

능소란이 웃으며 대꾸했다.

“황학루의 일몰을 구경하느라 조금 늦었어요. 미안해요.”

그때 사내들의 시선이 능소란의 뒤에 서 있는 막종오에게 멎었다. 마치 먹이를 보는 맹수와 같은 차가운 눈빛에 막종오는 내심 움찔했다. 셋 모두 범상치 않는 무력을 갖췄음을 눈빛이 말해주고 있었기 때문이다.

능소란이 웃으며 소개했다.

“인사들 해요. 이분께서는 내 생명을 구해준 막 공자님이세요.”

그러면서 황학루 일몰을 구경하다 정체불명의 흑의인들의 기습을 받았고, 위기에 빠졌을 때 막종오가 나타나 구해주었다고 말했다. 특히 막종오가 암제의 제자란 소개에 세 사내의 눈이 찢어져라 커졌다.

“아… 암제!”

“자객지왕!”

조금 전까지 경계하듯 야멸찬 눈빛으로 쏘아보던 시선은

온데간데없고 경탄과 놀라움이 사내들 눈에 가득 넘쳤다.

사내들이 놀라든지 말든지 막종오는 헛기침을 두어 번 내뱉고 무뚝뚝한 표정으로 서 있기만 했다. 괜히 이런 데서 목에 힘이나 주고 어설프게 암제의 제자 시늉을 냈다간 오히려 꼬리가 밟힐 염려가 있었다.

“속하들이 모시겠습니다.”

세 사내가 앞장서 갈대를 휘젓고 걸어가자 능소란과 막종오가 뒤를 따랐다.

팟!

그때 막종오의 두 눈이 예리한 광채를 발했다.

앞장서서 걷는 세 사내의 신발에 눈이 고정되었는데 놀랍게도 자신의 품속에 있는 신발과 같은 것이었다.

‘이들이다!’

막종오는 혈불에게서 북궁설을 빼앗아온 자들이 바로 이들이라는 것을 확신했다.

잠시 후 일행은 강가에 닿았고, 미리 연락이 닿은 듯 사공이 조그만 나룻배를 대기해 놓고 있다가 다가서는 능소란을 보며 허리를 구부렸다.

“어서 오세요, 소선녀님.”

“미안해요, 선노. 내 걱정 많이 하셨죠?”

“헛헛! 크게 걱정은 하지 않았습니다만 한 번도 이런 일이 없었기 때문에 염려는 되었습니다. 어서 올라타십시오.”

능소란이 배에 오르자 뒤를 따라 막종오가 올랐다.

안내를 했던 세 사내는 경계무사들인 듯 어느새 갈대숲 사이로 모습을 감추고 보이지 않았다.

끼익! 끽!

선노라는 사공의 노 젓는 솜씨는 무척 자연스러웠다. 막종오는 오랫동안 뱃일을 했음을 단번에 알아차렸고, 일신에 상당한 절예를 지니고 있다는 것을 툭 튀어나온 태양혈을 통해 읽었다.

선노는 노를 저으며 자꾸 막종오를 살폈다.

암제의 제자란 것에 무척 놀라움과 호기심을 갖고 있는 것 같았다. 그럴수록 막종오는 모른 체 어두운 강 한가운데 떠 있는 범선에 시선을 고정했다.

"이상하지 않나요? 집이 배라는 것이 말예요."

그때 능소란이 말을 걸어왔다.

막종오는 그렇잖아도 무척 흥미로웠으므로 고개를 대답했다.

"그렇구나. 운남 일대에서 이따금 수상 가옥은 봤지만 저렇게 큰 배에서 산다는 것이 조금은 뜻밖이다."

능소란이 웃으며 말했다.

"조상 대대로 우린 배에서 살아왔어요. 대략 오백 년쯤 되었을 거예요."

"오… 오백 년!"

막종오의 눈이 커졌다.

"하면 저 배가 오백 년 되었단 말이냐?"

능소란이 웃었다.

"푸훗! 그건 아니에요. 백 년마다 한 번씩 배를 새로 건조하여 이사를 해요."

막종오의 시선은 더욱 호기심으로 타올랐다.

한두 해 살아온 것도 아니고 조상 대대로 오백 년이 넘도록 배에서 살아왔다는 사실이 너무나 놀라웠다.

나룻배가 범선 가까이에 닿았다.

가까이서 본 범선은 엄청 크고 높았다.

"그냥 오르시겠습니까, 아니면……."

선노가 능소란을 보며 말했다.

무공을 모르는 사람은 위에서 밧줄이 내려온다.

"그냥 올라갈래요. 지금쯤 모두 잘 텐데 깨우면 미안하잖아요."

팍!

능소란이 배를 박차고 날아올랐다.

한 마리 갈매기처럼 그녀의 백의가 펄럭거리며 수직으로 떠올랐다.

이번에는 막종오의 차례였는데 선노의 두 눈이 매섭게 빛나고 있었다. 신법을 보면 상대의 무공 전부를 안다고 해도 과언이 아니었다. 더구나 암제의 제자라고 했으므로 그의 두 눈은 더욱 빛을 뿌렸다.

막종오 또한 선노의 시선을 느끼고 진력을 끌어올렸다.

슈우우!

한 개의 깃털처럼 막종오의 몸이 솟구쳐 올랐다.

고양이는 담벼락을 타고도 오르지만 단번에 뛰어오르기도 한다.

나룻배에서 범선의 갑판까지의 높이는 대략 삼 장 정도 되었고, 막종오는 가볍게 갑판 위로 올라섰다. 실패는 있어도 잡히는 건 없다는 가르침에 충실하다 보니 유달리 보법에 관심을 가졌던 선조들이다.

"놀라운 신법이구나. 과연……."

막종오가 사라진 갑판 쪽을 보며 선노가 중얼거렸다.

갑판에 내려선 막종오는 더욱 놀랐다.

올라선 배는 바깥에서 볼 때보다 더 컸다. 갑판은 하나의 광장이라고 할 만큼 넓었다. 상상을 초월하는 배의 크기에 막종오는 입을 다물지 못했다.

"어디 갔다 이제 오십니까?"

나직한 목소리와 함께 북쪽 갑판에서 백의인이 걸어왔다.

"용 호법 아니세요?"

다가온 사람은 북궁설의 납치를 진두지휘한 구레나룻의 사내였다.

"엇! 다치셨잖습니까?"

용 호법의 두 눈이 커졌다.

"누구와 싸우셨단 말입니까? 어서 의당(醫堂)으로 가시지요."

그러면서 능소란의 팔뚝에 난 상처를 보던 용 호법의 눈이 날카로워졌다. 창흔의 정체를 알아본 눈빛이었다.

'틀림없는 무허금강창법이다. 설마 그들이 아가씨를 노렸단 말인가?'

그때 능소란이 웃으며 말했다.

"별것 아니에요. 가벼운 자상일 뿐이니 걱정할 것 없어요. 그보다 공자님, 인사드려요. 본 가의 용노도 호법이에요."

"처음 뵙겠소이다. 소생은 막종오라고 하오.

능소란이 자랑하듯 말했다.

"암제의 제자이기도 해요."

용노도의 눈이 커졌다.

엄청 충격을 받은 것 같았다.

"정말 암제 어르신의 전인이시오?"

태도가 확 바뀌었다.

막종오는 빙긋 웃기만 했고, 용노도의 시선은 그를 살피느라 정신이 없었다.

꿀꺽!

믿어지지가 않는다는 듯 한참을 쳐다보았으므로 막종오의 눈살이 찌푸려졌고 속으로 꺼림칙해졌다. 혹시 용노도가 암제와 잘 아는 사이일지도 모른다는 생각이 들었다. 그래서 힐 끔 용노도의 눈치를 살폈다. 그의 눈치를 보면 암제와 구면인 지 아닌지 대강 짐작할 수 있었기 때문이다.

"암제 어르신의 제자라니, 그 어르신께서는 잘 계시는가?"

알고 묻는 건지 일상적인 안부인지 얼른 짐작이 되지 않았 다. 하지만 한순간 머릿속으로 자객의 속성상 함부로 대중 앞 에 모습을 드러내지 않는다는 것을 깨닫고 그냥 묻는 인사치 레로 단정했다.

"아닙니다. 얼마 전… 여행을 떠나신다면서 천축으로 가셨 습니다."

얼마 전에 죽었다고 하려다 살려두는 것이 자신에게 유리 할 것 같아 천축으로 여행을 떠났다고 잽싸게 둘러대었다.

"헛헛! 비록 아직까지 한 번도 뵙지는 못했지만 내 가슴속 에 우상으로 깊이 숨 쉬고 계시는 분일세."

혈불에게서 북궁설을 빼앗아 올 정도면 엄청난 고수이다. 그런데도 암제를 가슴속 우상으로 새길 정도면 그의 위력이 새삼 느껴졌다.

더구나 능소란을 구출해 줬다는 대목에서는 깊은 감사의 시선까지 보냈다.

"용 호법."

"예, 소선녀님."

"옷을 갈아입고 올 테니 용 호법께서 막 공자님을 빈각으로 좀 모셔주시겠어요?"

"그러지요."

능소란이 막종오를 보며 말했다.

"용 호법과 빈각에서 잠시 말씀 나누고 계세요. 옷 좀 갈아 입고 금방 가겠어요."

갑판 서쪽으로 능소란이 자취를 감췄다.

"이쪽으로."

용노도가 막종오를 데리고 우측으로 모퉁이를 돌았다.

모퉁이를 돌아서자 아래층으로 내려가는 철제 사다리가 나타났고, 두 사람은 사다리를 통해 내려갔다.

'아아!'

사다리를 내려선 막종오는 내심 감탄을 금치 못했다.

겉만 배일 뿐 안의 구조물은 완전한 장원이었다. 복도가 마차 한 대는 지나갈 수 있을 만큼 곧게 뻗어 있었고, 배 안에 조그만 정원까지 꾸며놓았다. 뿐만 아니라 크고 작은 전각들이 즐비했고, 각 전각마다 담장을 둘러쳐 경계를 지어놓았다.

너무 엄청난 시설에 막종오는 정신이 없었다.

마치 새로운 세상에 들어온 기분에 연신 마른침을 삼켰다.

막종오는 어쩌면 이 배야말로 지상에서 가장 크고 화려한 배가 아닐까 하는 생각을 했다.

용노도가 조그만 전각을 향해 들어섰다.

막종오는 현판을 보았는데 빈각(賓閣)이라고 쓰여 있었다.

“들어오시오.”

전각문을 한쪽으로 열어젖히고 용노도가 안내했다.

안으로 들어서자 상당히 실내가 넓었다. 아마 외부에서 오는 손님을 맞이하는 곳 같았는데 단출하면서도 추하지 않게 정갈하게 꾸며져 있었다.

용노도가 권하는 의자에 앉자마자 안쪽 문이 열리더니 한 명의 시녀가 다가와 허리를 구부렸다.

용노도가 입을 열어 말했다.

“차를 내오너라.”

“네, 호법님!”

여인은 다소곳한 자세로 물러갔고, 막종오는 아직도 충격에서 헤어 나오지 못한 채 주위를 휘둘러보았다.

“다시 한 번 소선녀님의 목숨을 구해준 데 대해 부하의 한 사람으로서 감사드리오.”

막종오는 그저 웃기만 했다.

가급적 말을 자제해야 했다. 말이 많다 보면 자신도 모르게 실수를 하게 마련이다.

“막 공자.”

“말씀하시오.”

“모두가 그러하듯 나 또한 암제의 애병 탈명비를 한 번 구경해 보는 것이 소원이오. 결례가 아니라면 한 번 보여줄 수 있겠소?”

막종오의 입꼬리가 슬쩍 말려 올라갔다.

용노도는 아직까지 자신을 신뢰하지 않고 있었다. 그래서 자신의 눈으로 직접 탈명비를 확인하려는 것이다. 자신들의 소선녀쯤이야 아직 뭘 모르는 어린 여자인 만큼 얼마든지 속일 수 있다고 생각한 것이 분명했다.

막종오는 망설이지 않고 품을 더듬어 탈명비를 꺼내 들었다.

그 순간 실내에 얼음이 낀 듯 차가운 냉기가 휘몰아쳤다.

"우웁!"

오싹할 만큼 차가워진 공기에 용노도가 놀라는 표정을 지었고, 막종오는 혹독한 냉기가 쏟아지는 탈명비를 건네었다.

"보시지요."

용노도가 탈명비를 받았다.

"맙소사!"

엄청난 냉기에 당황한 빛을 뿌렸다.

직접 본 적은 없지만 탈명비에서는 얼음보다 차가운 냉기가 쏟아져 나온다고 했다. 그렇다면 막종오가 암제의 제자임은 거의 분명해 보였다. 어지간한 사람은 탈명비에서 쏟아지는 냉기에 얼어 죽기까지 한다고 했다.

용노도는 탈명비를 보며 연신 신음을 흘렸다. 때로는 신기한 듯 눈을 크게 뜨고 보았고, 또 한편으로는 눈을 좁혀 뜨며 어디에서 그런 가공할 위력이 나오는 것인지 살펴보는 것 같았다.

하지만 자신의 육안으로는 어떤 이상한 점도 발견할 수가 없었고, 남의 아병을 오래 살피는 것 또한 결례라는 것을 깨달은 용노도가 탈명비를 다시 내밀었다.

"잘 봤소. 과연 탈명비답소."

그의 눈에는 이제야 자신을 암제의 제자로 인정하는 표정이 나타났다.

그때 시녀가 뜨거운 찻잔 두 개를 쟁반에 받쳐 들고 들어와 놓고 사라졌다.

"듭시다!"

막종오는 천천히 찻잔을 들어 올렸다.

그런데 찻잔을 입 가까이에 댄 막종오는 차는 마시지 않고 계속 코를 벌름거렸다. 사실 배에 들어오면서 북궁설의 냄새를 맡았다. 하지만 용노도 앞에서 지나치게 코를 벌름거릴 경우 의심을 살 것을 우려해 가만있다가 찻잔으로 코를 가리며 냄새를 맡고 있는 것이었다.

차 향기 속에 틀림없는 북궁설의 냄새가 섞여 있었다. 그것은 이 배 어딘가에 북궁설이 있다는 뜻이었다.

사르륵!

그때 옷자락 끌리는 소리가 들리더니 안쪽으로부터 능소란이 걸어나오고 있었다. 피 묻고 찢겨진 백의를 벗어버리고 새로 깨끗한 옷을 걸쳤는데 그녀는 더욱 뇌쇄적인 미소를 지으며 다가왔다.

그녀가 자리에 앉았는데 달콤한 냄새가 훅 끼쳐 왔다. 능소란이 자리에 앉자마자 역시 시녀가 기다렸다는 듯 차를 내왔다.

그녀가 차를 한 모금 마시며 막종오를 보며 말했다.

"기분이 어떤가요? 놀랍지 않으세요?"

막종오가 잔을 내리며 말했다.

"그렇잖아도 놀라고 있는 중이다. 세상에 이토록 커다란 배가 있다니 믿어지지가 않구나."

용노도의 안색이 가볍게 변했다.

비록 나이는 어리지만 자신들의 주인에게 막종오가 하대를 하자 불쾌한 듯했다. 하지만 다른 한편으로는 주인의 목숨을 구해줬다고 생각하자 일면 이해 못할 것도 없었다. 하지만 기분이 좋지 않은 것은 분명했다.

"잠시 후 차를 드시고 소녀가 배 구경을 시켜 드리고 싶은데 괜찮겠어요?"

능소란의 시선이 용노도를 바라보았다.

용노도가 가벼운 헛기침을 했다.

"허험! 아가씨."

"왜요?"

"바… 밤도 늦었고 막 공자도 많이 피곤할 것입니다."

그건 차 대접으로 구명에 대한 보은이 충분하니 그만 막종오를 돌려보내는 것이 좋겠다는 뜻이었다. 하지만 막종오는 용노도의 말속에 자신을 몹시 경계하고 있음을 읽었는데 배의 내부 곳곳을 보여주는 건 절대 안 된다는 뜻이었다.

처음에는 약간 표정이 굳어지던 능소란도 뭔가를 느꼈는지 고개를 끄덕였다.

"그렇군요. 이제 보니 막 공자께서는 날 구하느라 무척 피곤할 텐데 내가 그 점을 깜빡했군요. 하는 수 없이 배 구경은 다음 기회로 미뤄야겠네요."

그제야 용노도의 표정이 밝아졌다.

막종오는 배 구경을 핑계 삼아 북궁설이 있는 곳을 알아내고 싶었지만 용노도의 방해로 무산된 것에 대해 아쉬움을 느꼈다. 용노도는 확실히 능구렁이였다.

하지만 북궁설의 행방을 알았다는 큰 소득에 만족하고 차를 한 모금 마실 때 와당탕 소리가 들리더니 갑자기 문이 거칠게 열렸다.

벌컹!

뛰어든 사람은 백의무사였는데 다급히 외쳐 말했다.

"정체를 알 수 없는 배들이 상류로부터 몰려오고 있습니다! 최소한 십여 척은 되어 보입니다!"

용노도는 망설이지 않고 문밖으로 줄달음쳤다. 능소란 또한 위기를 느낀 듯 표정이 굳은 채 막종오를 향해 말했다.

"뭔가 좋지 않은 일이 생긴 듯한데 꼼짝 말고 여기 계세요.

잠깐 나가보고 오겠어요.”

“그… 그렇게 하거라.”

능소란 또한 급히 문밖으로 나갔고, 혼자 남은 막종오의 두 눈이 영활한 빛을 뿌렸다.

자리에서 일어난 막종오는 주저없이 문밖으로 나갔다.

흠칫!

문밖으로 나서다 말고 막종오는 깜짝 놀랐다.

곳곳에서 백의를 걸친 무사들이 갑판을 향해 달려가고 있는 모습이 보였기 때문이다. 잠시 문 입구에 몸을 감춘 채 갑판으로 날아가는 백의무사들을 쳐다보던 막종오는 조용히 빈각을 빠져나왔다.

빈각을 빠져나와 좌측 통로를 따라가자 일층으로 내려가는 원형의 넓은 목조 계단이 나타났다. 계단은 포효하는 돌사자 기둥이 좌우에 버티고 있었다.

막종오는 일후백팔사경을 바짝 끌어올리며 천천히 계단을 내려갔다. 아직 인기척이나 사람의 냄새가 잡히지는 않고 있었다.

일층으로 내려가자 상당이 넓은 광장이 나타났는데 방원 이십여 장쯤 되었다. 아마 무사들이 무예도 수련하고 회합을 갖는 장소인 듯했다.

벌름!

막종오의 코가 커졌다.

'가까이 있다!'

북궁설이 갖고 있는 특유의 연향이 멀지 않은 곳에서 흘러오고 있었다. 닥종오는 냄새를 따라 조심스럽게 걸음을 옮겼다.

第六章
전설의 문(門)

갑판 위로 올라선 용노도의 눈이 커졌다. 어둠을 뚫고 상류로부터 십여 척의 배가 소리없이 다가오고 있었다. 어찌나 은밀한지 노 젓는 소리도 들리지 않았다.

"누구죠?"

능소란이 옆으로 다가서며 물었다.

어둠인데다 아무리 무공이 고강하다고 해도 백여 장 이상 떨어져 있기 때문에 상대의 정체를 파악하기란 불가능했다.

"수령대주."

"대기하고 있사옵니다."

사십가량의 떡 벌어진 어깨를 가진 사내가 나타났다. 그 뒤

로 이십여 명의 무사가 도열하고 있었는데 그들 수령대는 전
문적으로 물속에서 전투를 하는 무사들이었다. 그런데 그들
모두 몸에 착 달라붙은 검은색의 옷을 입고 있었다.

무연정의(無軟定衣)였다.

옷이되 물이 스며들지 않는 얇은 천으로 무척 탄력성이 좋
고 특히 물속에서 활동하기 편하게 만들어져 있었다.

용노도가 말했다.

"잠수하였다가 내 명령이 떨어지면 곧바로 공격하라."

"추웅!"

큰 소리로 대답하고 이십여 명의 무사가 그대로 강물로 뛰
어들어 물고기처럼 종적을 감춰 버렸다.

"마궁대주(魔弓隊主)!"

"하명하소서."

백의를 걸친 거한이 용노도 등 뒤에 시립했다.

좌측 어깨에 사람 팔뚝보다 굵은 쇠로 된 거대한 철궁을 멨
고 오른쪽 옆구리에 손가락 굵기의 철시(鐵矢)가 가득 찬 원
통을 차고 있었다.

마궁대(魔弓隊)는 전문 궁사들이다. 그들이 메고 있는 활은
은토신철이란 쇠로 만들어졌는데 탄력이 무척 좋다. 하지만
보통 사람은 잡아당길 수도 없고 내공이 일 갑자 이상이 되어
야만 시위를 당길 수가 있었다.

"각자 위치를 잡고 명령을 대기하라."

"존명!"

마궁대주와 함께 마궁을 멘 이십여 명의 무사가 갑판 곳곳에 몸을 은신한 채 다가오는 배들을 바라보고 있었다.

"파검대주(波劍隊主)."

"명령을 받습니다."

비쩍 마른 백의인이 시립했다.

용노도의 명령이 내려졌다.

"한 놈도 승선하지 못하도록 해라."

"염려 마소서."

이십 명의 검수가 신속하게 갑판 곳곳에 은폐물을 찾아 몸은 숨겼다.

파검대(波劍隊).

이들이야말로 개천귀검대와 더불어 쌍벽을 이루는 정예들이다. 검의 물결이라 할 만큼 거침없고 끊임없이 이어지는 검세는 짙푸른 장강을 난도한다고 전해진다.

"상선 같지는 않죠?"

능소란이 염려스런 표정으로 물었다.

용노도의 두 눈이 다가오는 배들에게 시선을 고정했다.

"상선이면 불빛이라도 켰을 텐데 일체 소음도, 빛도 없다는 것은 필시 적으로 사료됩니다."

"적이라면?"

"글쎄요. 좀 더 가까이 다가와야 확인이 가능할 것입니다."

어둠처럼 배들은 밀려오고 있었다.

이윽고 거리가 조금씩 가까워오자 용노도의 눈이 매서운 빛을 발했다.

"팔보선이로군."

"그런 것 같아요."

능소란이 놀라는 표정으로 대꾸했다.

팔보선은 철저히 속도를 위해 만들어진 배다. 그것은 다가오는 배들이 공격을 계획하고 접근해 온다고 봐야 했다. 용노도의 눈이 더욱 커졌다. 다가오는 배를 살폈지만 어디에도 신분이나 정체를 파악할 만한 표식은 없었다.

모두가 갑판 곳곳에 숨어 있고 머리를 내밀고 다가오는 배를 쳐다보는 사람은 용노도와 능소란뿐이었다.

"배가 멈췄어요."

능소란이 짤막하게 말했다.

배는 삼십여 장을 두고 더 이상 다가오지 않았다.

팟!

그것을 본 용노도의 눈이 더욱 강렬한 광채를 발했다.

'혹시!'

불길한 생각을 떠올리는 순간 돌연 다가오던 배로부터 일제히 불빛이 피어나더니 날아오기 시작했다. 날아오는 불빛은 수십 개였는데 순식간에 근처 강을 훤하게 비추었다.

"화공이에요!"

능소란이 외치자 용노도가 다급히 말했다.

"막아랏!"

갑판 곳곳에 숨어 있던 무사들이 일제히 모습을 드러내며 날아오는 불화살을 쳐내기 시작했다.

타타탁!

파파팍!

하지만 워낙 불화살은 많이 날아왔고 또한 바닥에 떨어지는 순간 퍼지기 시작했다. 일부 무사들이 장력을 날리며 불을 껐지만 한 번 붙은 불은 쉽게 꺼지지 않았다.

"송유(松油)다! 장력을 사용하지 말고 보자기나 옷을 벗어서 꺼라!"

용노도가 외쳤다.

화살 끝에는 송유가 묻어 있었다. 송유에 붙은 불은 쉽게 꺼지지 않을 뿐 아니라 장력으로 끄려고 시도하면 바람에 더욱 퍼지는 경향이 있다.

능소란 또한 소매춤에서 검을 꺼내 날아오는 화살을 쳐내며 말했다.

"사전 준비가 치밀한 것 같아요."

용노도 또한 열심히 화살을 쳐내며 그렇다고 대답을 했다.

가까이 다가와 일거에 배 위로 오르지 않고 일단 화공으로 배를 불태워 어느 정도 타격을 입힌 후에 본격적인 공격을 하겠다는 계산이 분명했다.

"하는 수 없다. 마궁대는 곧바로 공격하라!"

용노도의 명령에 마궁대주가 부하들을 향해 외쳤다.

"불빛이 처음 피어난 곳을 과녁으로 겨누고 쏴라. 그곳에 놈들이 있다."

마궁대가 일제히 철궁에 화살을 걸고 시위를 잡아당겼다.

쿠쿠쿠쿵!

시위를 놓자 엄청난 소리가 주위를 울렸고, 어두움 하늘을 철시가 날아갔다.

"크아악!"

"카!"

과연 마궁대주의 명령대로 부하들은 처음 불화살이 시작된 어둠을 눈여겨보아 뒀다가 그곳을 향해 쐈고, 어김없이 비명이 터져 나왔다.

"수령대 또한 즉시 놈들을 공격하라!"

용노도가 급히 전음을 날렸다.

십여 척의 배에서는 쉴 사이 없이 불화살이 날아왔고 그 선두에는 혈불이 우뚝 서 있었다. 하지만 마궁대의 화살이 정확히 불화살이 시작된 지점에 떨어지면서 희생자가 기하급수적으로 늘었다.

'틀림없는 마궁(魔弓)이다.'

마궁은 일반 활과 달리 호신강기나 어떤 외문무공도 뚫어

버리는 가공할 무기다.

"크악!"

"악!"

불화살을 날리던 부하들의 희생은 계속 늘어났다.

"한 발을 쏘고 신속히 자리를 이동하라!"

혈불이 외쳤다.

부하들은 혈불의 명령대로 범선을 향해 한 발을 쏜 뒤 신속히 그 자리를 이동했다.

파파팟!

자리를 이동하자마자 조금 전까지 자신이 화살을 쐈던 자리에 무서운 파공음과 더불어 철시가 틀어박혔다. 그것을 본 무사들은 가슴을 쓸어내렸다. 만약 피하지 않고 있었다면 꼼짝없이 가슴이 뚫렸을 것을 생각하자 소름이 끼쳤다.

"계속 쏘면서 자리를 옮겨라."

혈불의 외침에 부하들은 불화살을 쏘고 이동하기를 반복했고 범선에서 날아온 철시는 더 이상 피해를 낳지 못했다.

혈불의 입가에 만족스런 미소가 떠오를 때 갑자기 배가 기우뚱거렸다.

휘청!

갑자기 흔들리는 배로 인해 몇 명의 수하가 강물에 떨어졌다. 혈불은 흔들리는 배에서 잽싸게 중심을 잡았다.

촤악!

기우뚱!

모든 배가 격렬한 파도에 휩싸인 듯 기우뚱거리더니 돌연 누군가의 입으로부터 외침이 터져 나왔다.

"배가 샌다!"

"물이 들어온다!"

혈불이 깜짝 놀라며 주위를 둘러보았다.

과연 타고 있던 배가 기우뚱거리며 점차 물속으로 가라앉고 있었다.

적이 수중으로 다가와 배 밑바닥에 구멍을 내버린 것이 분명했다.

혈불의 얼굴에 다급한 표정이 떠올랐다. 그것까지는 전혀 고려하지 못했던 것이다.

"호법님, 빨리 대책을 세우셔야 합니다. 이대로 놔뒀다간 모두 수장되고 말 것입니다!"

보이지 않는 적과 싸운다는 것은 불가능했다. 더구나 적은 수중전에 강한 데 비해 이쪽은 전혀 문외한이다.

배는 점점 빠져들고 있었고, 두려움에 사로잡힌 부하들은 우왕좌왕하고 있었다. 육지에서는 일당백의 무사들이지만 물 위에서는 전혀 힘을 쓰지 못한다.

배는 빠르게 침몰하고 있었고, 부하들은 더욱 당황해하며 어쩔 줄 몰라 했다.

"승선하라! 모두 배를 떠나 범선 위로 오르라!"

혈불의 입에서 외침이 터져 나왔다.

위험하지만 어쩔 수 없었다. 배가 침몰하고 있으므로 그 방법 말고는 달리 선택의 여지가 없었다.

자기들이 있는 곳에서 범선까지는 대략 삼십여 장이다. 자신 같으면 한 번에 날아갈 수 있는 거리지만 부하들에게는 무리였다. 그래서 혈불은 큰 소리로 외쳤다.

"각자 나뭇조각을 물 위에 던진 후 그곳을 지지대 삼아 도약하면 충분히 오를 수 있을 것이니라!"

꽈직!

와르르!

명령이 떨어지자마자 부하들이 앞 다퉈 물 위에 뜰 수 있는 나무판자를 만드느라 배 이곳저곳을 칼로 자르고 뜯어냈다.

휘익!

휘이이익!

자신이 도약하여 떨어져 내릴 만한 거리에 나뭇조각을 던졌는데 갑자기 하늘에서 눈이 떨어지는 것 같았다.

부하들이 일제히 배를 버리고 몸을 날렸다.

쏴아아!

쉬이익!

그와 동시에 거친 굉음을 내며 타고 왔던 배들이 물속으로 잠기기 시작했다. 거대한 소용돌이를 일으키며 배들은 삽시간에 장강의 깊은 물속으로 종적을 감추어 버렸다.

파파팟!

팍!

물 위에 던져 놓은 나뭇조각을 딛고 다시 한 번 도약하여 범선에 다가서는 부하들을 향해 철시를 비롯해 파검대 무사들의 검이 인정사정없이 파고들었다.

“악!”

“끄억! 웨에엑!”

허공에 떴다가 힘이 다해 배 위로 떨어지는 상태이기 때문에 방어에는 한계가 있었다.

쉬쉬쉭!

파아아!

마궁대와 파검대가 쏟아낸 철시와 검에 의해 혈불의 부하들은 처절한 비명을 지르며 강물로 떨어졌다.

첨벙!

풍덩!

그 와중에 간신히 배에 내린 부하들 역시 순식간에 치열한 포위 공격을 받고 위험에 빠졌다.

복도는 조용했고 인기척이라고는 없었다. 복도 끝으로 다가갈수록 냄새가 짙어지고 있었다.

꿀꺽!

막종오는 마른침을 삼키며 최대한 이후백팔사경을 끌어올

려 주위를 경계하며 다가갔다. 복도 끝방에 틀림없이 북궁설이 있을 것이다.

갑판 쪽으로부터 비명 소리와 시끄러운 함성이 계속 들려왔다. 적과의 교전이 더욱 치열해진 듯했는데 이 혼란이야말로 북궁설을 데리고 배를 빠져나갈 수 있는 절호의 기회였다.

뚝!

막종오의 발걸음이 멈췄다.

방 안에서 기척이 들렸는데 모두 세 개였다. 그의 두 눈이 바쁘게 좌우로 이동했다. 이후백팔사경을 더욱 끌어올렸고, 두 눈이 날카로운 빛을 뿌렸다.

'연향과 다른 두 개의 분 냄새!'

연향은 북궁설의 냄새다. 그렇다면 다른 두 개의 분 냄새는 시위 겸 그녀를 지키고 있는 여인들이 풍기는 것이 분명했다.

문과 일 장의 거리를 두고 막종오는 망설였다. 이미 두 여인의 위치까지 냄새로 대략 파악했다. 남은 것은 어떤 방식으로 두 여인을 처리할 것이냐였다.

이미 이 배에 타고 있는 그 누구도 결코 녹록한 사람이 아니라는 것을 간파했다. 더구나 검에 관한 상당한 경지에 이른 사람들이었다. 아무리 여인들이라고는 하지만 북궁설의 호위를 맡을 정도면 보통 실력은 아닐 것이 틀림없었다.

스윽!

막종오는 오래 생각하지 않았다.

곧바로 품속에서 미혼향을 꺼내 손끝에 바른 다음 문틈을
향해 가만히 불었다.

스으으으!

흰 연기로 변한 미혼향이 문틈으로 스며들었다.

어쩌면 무공이 가장 약한 북궁설이 가장 먼저 취할 것이다.
그러다 보면 두 여인 또한 뭔가 잘못되었다고 판단할 것이고,
곧바로 침입자가 있음을 알아차릴 것이다. 하지만 그때는 이
미 그녀들도 적지 않게 미혼향을 들이마셨을 터이니 제대로
붙어볼 만하다는 것이 막종오의 계산이었다.

스르르!

미혼향은 문틈으로 빠르게 스며들었고, 막종오는 이후백
팔사경을 끌어올려 방 안의 동정을 살피기 시작했다.

"왜 그러세요?"

방 안으로부터 여인의 놀람성이 들렸다.

필시 북궁설이 흐느적거리자 호위무사 중 하나가 놀라 부
축하고 있을 것이다.

"어디 아파요? 눈을 떠봐요."

"으음!"

북궁설의 신음이 똑똑히 들렸다.

"갑자기 언니까지 왜 그래?"

북궁설을 부축하던 여인이 동료 여인이 미혼향에 취해 비
틀거리자 놀라 외치는 소리다.

"왜 이렇게 어지럽지?"

"언니, 정신 차려… 가만."

갑자기 뭔가 생각이 난 듯 말을 끊더니 조용해졌다.

막종오는 검의 뽑아 쥐고 천장으로 올라갔다. 박쥐처럼 거꾸로 매달려 문이 열리기만을 기다렸다. 필시 문제의 여인이 문을 열고 밖을 살피기 위해 나올 것이 분명했기 때문이다.

막종오의 예상은 정확했다.

끼르륵!

조심스럽게 문이 열리더니 백의를 걸친 여자 한 명이 검을 쥐고 모습을 드러냈다. 좌우를 두리번거렸는데 천장에 막종오가 있다는 생각은 전혀 하지 못한 듯했다.

비틀!

다른 사람들보다 상태만 덜하지 여인 또한 미혼향에 중심을 약간 잃고 있었다.

쉭!

막종오의 검이 바람을 갈랐다.

따악!

검 등으로 여인의 머리를 쳤다. 아무런 원한도 없는 여자를 죽일 수는 없었고, 능소란의 여러 행동거지를 보아 이 배가 악인들의 집단이라는 생각이 들지 않았기 때문이다.

퍼억!

여인은 힘없이 쓰러져 기절했고, 막종오는 곧바로 방 안으로 뛰어들었다. 북궁설은 침대 위에서 늘어져 있었고, 다른 여인 한 명은 미혼향에 취해 구석에 쭈그리고 앉아 감기려는 눈을 뜨려고 애를 쓰고 있었다.

탁!

시간이 없었으므로 여인의 마혈을 검끝으로 쳐 잠재웠다.

침대로 다가가던 막종오가 멈칫했다.

북궁설은 의식을 잃고 있었는데 그녀의 허리에는 혈봉잠염이 입혀진 체대가 여전히 둘러져 있었다. 자신이 혈봉잠염을 입혔지만 체대는 무척 아름다웠다. 그녀는 쫓기는 와중에도 체대를 몸에서 떨어뜨리지 않은 것이다.

막종오는 한숨을 내쉬고 천천히 그녀를 살폈다.

겉으로 드러난 몸매는 가히 신의 걸작이라 할 만큼 아름다운데 얼굴은 해도 해도 너무 박색이다. 이거야말로 완전한 신의 장난이 아닐 수가 없었다.

잠시 착잡한 표정으로 북궁설을 내려다보던 막종오가 그녀를 안아 일으켰다. 그녀는 생각보다 가벼웠다. 한쪽 어깨에 그녀를 둘러메었다.

막종오는 곧바로 방을 나왔다. 여전히 복도는 인기척이 없었고 조용히 왔던 길로 북궁설을 어깨에 메고서 달리기 시작했다. 그러면서 도대체 북궁설에게 무슨 비밀이 있기에 천하의 명문들이 앞 다투어 납치를 하려는지 하는 의문을 떠올렸다.

멈칫!

한참 복도를 걸어가던 막종오가 걸음을 세웠다.

전방을 날카롭게 쏘아보았는데 아무것도 보이지 않았다. 여전히 갑판 위에서는 비명과 병장기 부딪치는 소리가 들려왔다.

꿈틀!

그런데도 막종오의 눈살이 찌푸려졌다.

'누군가 다가오고 있다.'

아무도 보이지 않는다. 그러나 막종오의 두 눈은 매서운 빛을 발하며 전방을 살피고 있었다.

다가오는 기척은 전혀 없었다. 하지만 이후백팔사경에 냄새가 잡혔다. 아무리 고도로 뛰어난 잠영술이라고 해도 시각은 속일 수 있지만 냄새는 없애지 못한다. 그런데 지금 막종오의 눈에 보이지는 않지만 사람의 냄새가 점점 다가오고 있었다.

'놀라운 고수다.'

대부분의 잠영술은 고정된 상태에서 펼친다. 물론 이동도 할 수 있지만 그렇게 될 경우 금방 드러나기 때문에 가급적 고정되어 펼치는데 암중의 상대는 점점 잠영술로 다가오고 있었다.

막종오는 다가오는 상대가 제삼자라고 판단했다. 이 배에 탄 인물이라면 굳이 모습을 감추며 다가올 필요가 없기 때문이고, 하필 북궁설이 갇혀 있는 방 쪽으로 다가오는 것을 보면 어쩌면 배를 공격하고 있는 쪽 인물일지도 모른다.

막종오는 주위를 두리번거렸다.

복도 좌측으로 커다란 백송 화분이 놓여 있었다. 지체없이 품속에서 흰색의 칠망단 두 알을 꺼내 한 개는 자신이 삼키고 다른 한 개는 북궁설의 입을 벌리고 목구멍 깊숙이 넣어 목젖을 탁 쳤다.

꼬륵!

목구멍 안으로 완전히 넘어간 것을 확인한 후 두 사람은 백송 밑으로 납작 엎드렸다. 점차 두 사람의 몸은 물론 의복까지 흰색으로 변하면서 완전히 백송과 하나가 되었다. 칠망단은 잠영술과 달리 사람의 냄새까지 없앤다. 그래서 어지간한 고수가 아니고서는 발견하기가 불가능했다.

'온다!'

은신한 채 막종오의 두 눈은 복도를 노려보고 있었다.

흐흐흠!

막종오의 코가 벌름거렸다. 사람은 보이지 않는데 시큼한 냄새가 코끝에 와 닿았다. 그것은 누군가 다가오고 있음이 분명했다. 막종오는 두 눈을 부릅떴다.

출렁!

희미하지만 복도에 아지랑이가 피어오르고 있었다. 한 여름 뙤약볕도 아닌데 아지랑이가 어둠 속에서 피어오를 리 없었다. 막종오가 안력을 돋우어 자세히 살피다 말고 자신도 모르게 속으로 탄성을 삼켰다.

아지랑이는 사람의 형태를 하고 있었고, 점차 북궁설이 있었던 방을 향해 걸어가고 있었는데 그것은 잠영술이 아니라 환술이었다.

잠영술과 환술은 비슷하지만 많은 차이가 있다. 잠영술은 단순히 적의 시선을 피해 자신을 감추는 것이지만 환술은 자신을 감춘 채 이동도 하고 일상생활도 한다. 또한 환술은 배교의 제자가 아니면 아무나 펼칠 수 없다. 그건 곧 다가오는 상대가 배교 출신이며 환술이 상당한 경지에 올라 있음을 말해주고 있었다.

상대 또한 무척 조심스럽게 다가가고 있었다.

이윽고 환사가 지나가자 막종오는 소리없이 일어나 북궁설을 메고 이동했다. 묘보는 절대 소리를 내지 않는다. 어떤 무게를 지고 있어도 바람처럼 걷는다.

삽시간에 복도 끝에 이른 막종오는 이층 계단을 올라갔다. 좌우를 확인했지만 여전히 인기척은 없었다. 아마 모든 사람들이 갑판 위에 올라가 있는 것이 분명했다.

곧바로 삼층에까지 이른 막종오는 오른쪽 복도를 따라 달렸다. 좌우로 서너 번 꺾이고 눈앞으로 어두운 강이 나타났다.

"크아악!"

"악!"

비명은 바로 머리 위에서 들려왔고, 시체들이 강물로 떨어지느라 여기저기서 풍덩거리는 소리가 끊이지 않았다. 뿐만 아니라 부상을 입고 떨어진 무사들이 살려달라고 강물 속에서 아우성을 치고 있었다.

막종오는 갈대밭과의 거리를 가늠했다.

갈대밭 위쪽으로는 선노라는 노인이 나룻배를 끌고 있기 때문에 금세 발각될 것이다. 그래서 좀 아래쪽 갈대밭을 쳐다보며 거리를 계산했는데 족히 사십여 장의 거리였다. 홑몸도 아니고 북궁설을 어깨에 메고 그 거리를 날아간다는 것은 쉽지 않은 일이었다. 하지만 달리 방법이 없었다.

막종오는 주위를 휘둘러보다 좌측에 있는 굳게 닫힌 방문을 검으로 내려쳤다.

좌악!

방문이 길게 잘려 나갔고, 막종오는 좌우 한 자 크기로 잘라냈다. 모두 서 개의 조각을 만든 막종오는 한 장을 먼저 강물 위에 띄우고 곧바로 몸을 날렸다.

휘이익!

북궁설을 둘러멘 막종오의 몸이 어두운 강물로 뛰어들었고, 자신이 던진 판자를 딛고 솟구쳤다.

휘이익!

뒤이어 또다시 판자를 집어 던졌고, 강물 위에 떨어진 판자를 딛고 또다시 솟구쳐 올랐다.

그렇게 세 번 만에 막종오는 갈대밭에 무사히 도착할 수 있었다. 숨을 고르며 배를 쳐다보았는데 화광이 충천한 가운데 치열한 싸움이 갑판 위에서 벌어지고 있었다.

"죽여랏!"

"한 놈도 살려 보내지 마라!"

용노도의 목소리가 어두운 강을 메아리쳤다.

싸움은 흑의인들이 일방적으로 도살당하는 상태로 전개되고 있었다. 또한 칼을 쓰는 흑의인들을 보며 막종오는 악씨세가의 인물들이라는 것을 알아차렸다.

팟!

막종오의 눈이 빛났다.

화광이 충천한 가운데 한 인물이 용노도와 싸우고 있었는데 그는 다름 아닌 혈불이었다.

"으음!"

찬바람 때문일까, 북궁설이 신음을 흘리며 깨어나기 시작했다.

막종오는 잽싸게 그녀를 바닥에 눕혔다. 풀밭에 누워 고개를 좌우로 흔들어대던 북궁설이 눈을 떴고, 바닥으로부터 솟아오는 냉기와 귓가를 파고드는 비명 소리에 놀란 듯 벌떡 몸을 일으켰다.

그러다 막종오를 발견하고 소스라치게 놀라는 표정을 지

었다.

"다… 당신은 누구죠?"

막종오가 조용히 말했다.

"안심하시오. 당신을 집으로 데려다 줄 사람이오."

북궁설이 막종오의 위아래를 빠르게 훑었다. 아무리 살펴봐도 처음 보는 사람이었으므로 물었다.

"저 배에 있는 사람과 일행이 아니란 말인가요?"

"그렇소이다. 난 북궁 낭자를 데려와 달라는 청부를 받고 움직이는 자객이오."

"자… 자객!"

자객이란 말에 그녀가 흠칫 놀랐다.

그녀의 머리에 자객이란 인정사정없이 사람을 죽이는 부류로 각인되어 있기 때문에 두려운 존재가 아닐 수 없었다.

후닥닥!

그녀는 잽싸게 뒷걸음을 치며 막종오와 거리를 두었다.

북궁설은 매서운 눈으로 막종오를 살폈다. 그동안 너무나 많은 사람들에게 시달린 때문인지 두 눈이 표독하게 빛났다.

금방이라도 악씨세가의 기습이 실패로 끝날 듯하던 싸움은 의외로 오래 지속되고 있었다. 수령대에 의해 배가 침몰되어 범선으로 오르는 과정에서 가장 희생이 컸는데 일단 갑판에 오른 악씨세가의 무사들은 죽음을 각오하며 맞섰다. 악씨세가 무사들의 처절한 투혼에 이쪽의 피해도 조금씩 커졌다. 하지만 전체적인 전황은 악씨세가 쪽으로 기울어져 가고 있었고, 그 사실을 모르지 않은 혈불의 표정은 편치 못했다.

문득 혈불의 시선이 좌우를 빠르게 훑어갔다.

누군가를 찾는 듯했는데 눈에 띄지 않자 다급한 기색을 지었다. 원래 계획대로라면 지금쯤 철수를 해야 할 시기였다. 그런데 예상 작전 시간에서 반 식경이 지났다. 더구나 수령대라는 물속 집단이 있다는 것을 감안하지 못하여 피해는 더욱 늘어났고, 서둘러 어떤 결정을 내리지 않으면 더욱 큰 낭패를 면치 못할 것이 뻔했다. 하지만 무조건 철수 명령을 내릴 수는 없었다. 아무리 전황이 불리해도 작전은 약속대로 움직여야 한다.

"호법님!"

혈불이 백의무사들을 도륙하며 부지런히 주위를 살피고 있을 때 좌측으로부터 전음이 들려왔다.

캄캄한 어둠이 흐느적거렸는데 사람 형태를 하고 있었다.

"어떻게 됐느냐?"

혈불은 빠르게 전음으로 물었다.

확!

환사가 자기 앞에 서 있는 백의무사 등을 검으로 베며 대답했다. 백의무사는 느닷없이 허공에서 검이 나타나 자신의 목을 자르자 무엇이 어떻게 돌아간 일인지 알 수 없다는 표정을 지으며 숨을 거두었다.

"없습니다."

"없다니? 그게 무슨 말이냐?"

"온 배 안을 샅샅이 뒤졌지만 계집의 그림자도 없사옵니다."

"이곳으로 옮겨진 것을 네놈 눈으로 봤다고 하지 않았느냐?"

"분명히 봤습니다. 한데 어떻게 된 일인지 계집이 보이지 않사옵니다."

"혹이 이미 다른 곳으로 옮겨진 것이 아니냐?"

"그럴 리 없습니다. 속하가 전서구를 보낸 이후 저 배에서 단 한시도 눈을 떼지 않고 지키고 있었사옵니다."

팟!

돌연 환사의 눈이 심하게 출렁거렸다.

"왜 그러느냐?"

"외부인이 한 명 들어왔었습니다. 오늘 초저녁쯤에 말입니다."

"누구냐?"

"얼핏 듣자하니 어려움에 처한 계집을 도와준 인연으로 데리고 들어온 사내였습니다."

혈불이 차갑게 말했다.

"그놈이다. 당장 그놈을 추적한다."

그리고 잽싸게 외쳐 말했다.

"철수하라! 모두 배를 떠나라!"

혈불의 외침에 악전고투하고 있던 악씨세가의 무사들이 일제히 강으로 몸을 날렸다. 강물에 떠다니는 나뭇조각을 박차며 무사히 강가에 도착했고, 순식간에 자취를 감추어 버렸다.

병장기 부딪치는 소리와 비명으로 시끄럽던 갑판 위는 느닷없는 철수로 잠시 정적이 돌았다. 갑판 위에는 피가 낭자했고 시신들이 여기저기 널려 있었는데 대부분 악씨세가 무사들이었다.

"왜 갑자기 퇴각을 했을까요?"

능소란이 검끝에 묻은 피를 시신의 의복에 닦으며 용노도를 향해 물었다. 용노도 역시 검끝을 타고 흘러내리는 붉은 피를 보며 아무런 대답을 하지 않았다.

악씨세가의 기습은 필시 북궁설을 데려가기 위해서일 것이다. 그런데 갑자기 떠났다는 것은 북궁설을 확보했다는 의미로 해석될 수도 있었다.

팟!

용노도의 두 눈이 번갯불처럼 광채를 발했다.

자신들이 싸우고 있는 틈을 이용해 비밀조가 다른 곳으로 잠입하며 북궁설을 데려갈 수도 있었다.

"북궁 낭자입니다."

용노도가 빠르게 몸을 날려 갑판에서 종적을 감추었고, 능소란이 놀란 표정으로 뒤를 따랐다.

불길한 예측은 들어맞았다. 예상대로 북궁설은 방에 없었다. 그녀의 시중을 들던 시녀 겸 호위무사들은 깊은 잠에 빠져 있었다.

파팟!

용노도가 마혈이 제압된 시녀에게 지풍을 날렸다.

"크응!"

마혈이 풀렸는데도 시녀는 정신을 차리지 못했다. 그 옆에 쓰러진 여인 또한 아무런 제약도 받지 않고 있었는데 눈을 뜨지 못했다.

"정신을 차리지 못하겠느냐?"

버럭 소릴 지르자 두 여인이 깜짝 놀라며 몸을 일으키려다 꽈당 하며 다시 쓰러지고 말았다. 두 여인은 일어나기 위해 발버둥쳤지만 자꾸 넘어지기를 반복했다.

"맙소사!"

뒤늦게 방에 들어선 능소란 또한 북궁설이 없어진 것을 확인하고는 놀람의 외침을 터뜨렸다.

용노도가 벽을 잡고 엉거주춤 선 시녀에게 매섭게 물었다.

"어떻게 된 일이냐? 북궁 낭자는 어디 있느냐?"

시녀는 정신을 차리기 위해 세차게 고개를 흔들며 더듬거렸다.

"소… 소녀들도 잘 모르겠사옵니다. 갑자기 머리가 어지럽고 방 안이 빙빙 돌더니 그만 정신을 잃고 말았습니다."

"가만, 나 또한 이러고 있을 때가 아니지."

능소란 또한 뭔가 생각났다는 듯 방을 빠져나갔다. 그리고 잠시 후 그녀가 다시 나타난 곳은 빈각이었다. 하지만 빈각은 텅 비어 있었고 막종오의 모습은 보이지 않았다.

"혹시!"

침입자들에 의해 희생되지 않았을까 하는 생각이 떠올랐지만 이내 고개를 내저었다. 일부 악씨세가의 무사들이 배 깊숙이 들어오긴 했지만 그가 겪은 막종오는 쉽게 당할 사람이 아니었다.

꽈당!

빈각의 문이 거칠게 열리고 용노도가 뒤따라 들어왔다.

능소란이 말했다.

"설마 악씨세가의 무사들에 의해 희생된 것은 아니겠죠?"

용노도가 무거운 표정으로 말했다.

"연기를 내뿜는 이상한 화탄을 이용해 소선녀님을 구출해주었다고 하셨지요?"

"네, 그래요. 펑 소리가 나면서 검은 연기가 주위를 메웠는데 날 공격했던 사내들이 제대로 눈을 뜨지 못하고 괴로워했어요."

그때 한 명의 백의무사가 뛰어들며 용노도에게 말했다.

"아무리 뒤져도 없습니다. 물론 시체까지 샅샅이 찾아봤지만 막 공자의 흔적은 어디에도 없습니다."

능소란이 북궁설의 방을 떠나자마자 부하를 불러 막종오를 찾으라고 명령을 내렸었다.

"그자입니다."

"네?"

"막 공자가 데려간 것이 분명합니다. 악씨세가는 아닙니다. 두 시녀의 말을 빌리면 갑자기 어지러움을 느끼며 의식을 잃었다고 했습니다. 필시 종류 미상의 미혼향에 중독되어 쓰러진 것입니다. 악씨세가 같은 내로라하는 문파에서 하오문의 잡배들이 즐겨 쓰는 미혼향 따위로 사람을 납치하지는 않습니다."

능소란이 눈을 크게 뜨고 말했다.

"하면 소녀가 적을 끌고 들어왔단 말인가요?"

"아마 소선녀님을 구출한 것 모두 놈의 치밀한 계략이었던 듯싶습니다."

능소란은 믿을 수가 없었다. 그토록 친절하고 생사의 위기에서 구출해 준 사람이 자신을 속였다는 게 실감나지 않았다.

"아닐 거예요. 다시 한 번 찾아봐요."

입구에 서 있는 부하를 향해 말했지만 용노도가 가로막았다.

"소용없는 짓입니다. 놈은 북궁설을 노리고 아가씨에게 접근한 것입니다."

"그럼 그의 진짜 정체는 뭐죠? 암제의 제자가 아니란 말인가요? 자객지왕의 제자가 이런 일에 관심을 둘 이유가 없잖아요."

용노도는 말하지 않았다. 그가 본 탈명비만큼은 소문과 정확히 일치했다. 차갑고 금방이라도 피를 부를 듯 섬뜩했다. 그런 것을 볼 때 암제의 제자임은 분명했다.

"파검대주를 불러오너라."

입구에 서 있던 무사가 잽싸게 밖으로 나갔고 능소란은 도저히 믿을 수 없다는 듯 고개를 갸우뚱거리며 중얼거렸다.

'그럴 리가 없어. 그가 날 속일 리가 없어!'

첫 인상부터가 무척 좋았다. 그래서 좀체 남에게 속마음을 드러내지 않은 자신인데도 막종오에게만큼은 쉽게 말을 건넸고, 이곳 배까지 데리고 들어온 것이다. 지금까지 외부인 중 자신이 직접 데리고 들어온 사람은 막종오가 처음이었다. 좀 더 솔직히 말한다면 한눈에 반해 버린 것이다. 평소 자신이 꿈꾸던 바로 그런 이상형의 남자였다. 그래서 그에게 구출을 받는 순간 뛸 듯이 기분이 좋았고 마침내 하늘이 자신의 소원을 들어주었다고 생각했다.

"부르셨습니까, 호법님!"

비쩍 마른 백의인이 입구에 나타나 있었다.

파검대주 곽망이었다.

"막종오를 쫓아라. 멀리 가지는 못했을 것이다. 더구나 북궁 낭자와 같이 움직인 만큼 더욱 가까이에 있을 것이다."

"존명!"

곽망이 실내를 빠져나갔고, 용노도가 다시 밖을 향해 말했다.

"선운장을 불러오너라."

"예!"

밖에서 대답이 흘러나왔고, 능소란이 물었다.

"왜요?"

"이곳에 너무 오래 정박해 있었습니다. 일단 장소를 옮겨야겠습니다."

이미 위치가 드러난 이상 서둘러 이동해야 했다. 적이 두려워서가 아니었다. 항상 흔적없이 은밀하게 살아왔듯 다시 사람들 시선 속에서 사라져야 했다.

막종오는 여전히 갈대숲을 떠나지 않고 있었다. 북궁설은 한쪽에 우두커니 서서 잔뜩 굳은 얼굴로 막종오만 쳐다보고 있었다. 흑수묘고의 청부를 받고 자신을 데리러 왔다고 했지만 그 말을 믿을 수가 없었다. 자신을 노리는 적이 지천에 깔려 있는 지금 함부로 누구의 말을 믿는다는 것은 몹시 위험했다. 그래서 잔뜩 경계의 표정으로 막종오를 쳐다보고 있을 때 옷자락 펄럭이는 소리가 들려와 고개를 돌렸다.

범선에서 이십여 명의 백의무사가 서쪽 강가로 날아내리고 있었다. 수면을 박차고 가볍게 비상하는 경쾌한 모습이 절정의 고수들임을 알 수 있었는데 강가에 내리자마자 일제히 서쪽을 향해 질주해 갔다.

히죽!

사라지는 파검대 무사들을 보며 막종오가 누런 이를 드러내며 웃음을 지었다.

팟!

그 순간 북궁설의 두 눈이 예리한 빛을 뿌렸다.

사실 그녀는 막종오가 왜 자신을 서둘러 데리고 떠나지 않은지 이해가 되지 않았다. 보통 사람이라면 조금이라도 배에서 멀어지기 위해 죽기 아니면 살기로 도주를 해야 정상이었다. 그런데 막종오는 도주는커녕 갈대숲에 숨어 배의 움직임만을 지켜보고 있었다.

그런데 지금 짓는 미소에서 그 이유를 알아차린 것이다. 반각 전에 악씨세가의 무사들이 갑자기 배에서 퇴각하여 서쪽을 향해 부리나케 달려갔고, 지금 파검대 무사들 또한 서쪽을 향해 날아가고 있었다. 그것은 누가 보아도 자신을 추적하고 있음을 알 수 있었다.

막종오가 이곳에 숨어 있는 것은 자신을 데리고 서둘러 도망친다 해도 악씨세가나 파검대의 추적을 따돌릴 수 없다는 것을 스스로 인정하고 있다는 뜻이었다. 혼자 몸도 아닌 자신까지 동행한 상태에서 절정의 실력을 지닌 그들의 추적망을 벗어난다는 것은 사실상 불가능했다. 그래서 막종오는 역으로 이곳에 주저앉아 버린 것이다. 멀리 도망치고 있으리라는 그들의 생각을 거꾸로 이용하여 턱밑 갈대숲에 은신해 버린 것이다.

'이 남자!'

북궁설의 두 눈이 반짝거렸다.

단순해 보이지만 무척 뛰어난 계략이었다. 또한 커다란 배포가 없으면 함부로 시도할 수 없는 과감한 전략을 망설임없이 펼친 것이다.

'평범하지 않다!'

쿠쿠쿵!

그때 커다란 굉음이 들려왔다.

북궁설은 잽싸게 강물 쪽으로 고개를 돌렸는데 배가 움직이고 있었다. 마치 거대한 섬 하나가 움직이는 듯 엄청난 물결이 밀려오면서 배는 물결을 거슬러 올라갔다.

움직이는 배의 모습은 일대 기경이라 할 만큼 웅장했다.

촤아아아!

거대한 배가 움직이자 강가로 거센 파도가 밀려들어 왔고 제법 높은 위치에 몸은 은신하고 있었는데도 물결이 발아래까지 밀려왔다.

그때까지 굳은 표정으로 서 있던 북궁설이 입을 열어 말했다.

"검선(劍船)이라고 들어봤나요?"

막종오가 무슨 말이냐는 듯 쳐다보자 그녀가 쌀쌀맞게 입을 열어 말했다.

"저 배는 검선이에요."

막종오가 참지 못하고 물었다.

"검선이 뭐요?"

무림인이면서 그것도 모르냐는 듯 쌀쌀한 눈길로 막종오를 내려다보던 북궁설이 말했다.

"한 척의 배지만 누구도 무시 못하는 명문가가 있어요. 일명 움직이는 가문이라고 부르며 강호칠대무가 중 한곳이기도 해요. 하지만 강호칠대무가 중 가장 신비하고 수많은 전설이 쌓인 곳이기도 하죠."

막종오가 눈을 빛내며 물었다.

"그럼 저 배가 바로 강호칠대무가 중 한곳인 검선(劍船)이란 말이오?"

"그래요. 검선이야말로 진정한 검의 본가라고 할 수 있어요. 사마세가의 검보다 속도 면에서는 훨씬 빠르다고 해요. 워낙 은밀히 강호 활동을 하기 때문에 저들의 존재 유무가 확인된 적이 없었는데 나도 오늘 처음 봤어요."

막종오의 시선이 어둠 속으로 사라지는 검선에 머물렀다. 그렇잖아도 강호칠대무가 중 여섯 곳은 알고 있었지만 한 가문만큼은 자신도 모르고 있었다. 언젠가 궁금하여 부친께 물어봤는데 속 시원한 대답은 없었다. 그런데 그토록 궁금해했던 마지막 칠문 중 한곳이 바로 저 배라니 실로 놀라운 일이었다.

철썩!

촤아악!

배가 완전히 어둠 속으로 사라졌는데도 물결은 계속 밀려오고 있었다.

일각쯤 지나 물결이 잔잔해지고 서쪽 하늘에 그믐달이 떠올랐다. 두 사람은 무려 두 시진 동안을 갈대숲에 숨어 있었다.

"갑시다!"

막종오가 앞장을 섰고 북궁설은 뒤를 따랐다.

두 사람은 갈대숲 사이로 난 샛길을 걷고 있었다. 앞서가는 막종오 이맛살이 잔뜩 찌푸려져 있었다.

그의 머릿속에는 호북에서 하남을 넘어가는데 과연 어떤 길을 선택하느냐로 갈등하고 있었다. 호북에서 하남으로 넘어가는 길은 모두 세 곳이다. 어떤 길을 선택하든 그곳이 추적자들과의 승부처라고 판단했다.

막종오는 일단 무창으로 들어갔다. 새벽녘인데도 무창의 저잣거리에는 적지 않은 사람들로 붐볐다. 주로 취객들이었는데 여기저기서 고함을 지르며 싸움을 벌이는 사람들이 적지 않았다.

　막종오는 곧바로 의전(衣典)을 찾았다. 대부분 문을 닫았고 열두 번째서야 겨우 문 열린 의전을 찾을 수 있었다. 막종오는 북궁설의 몸을 대충 한 번 살핀 후 흑의 한 벌과 삿갓 하나를 구입해 내밀었다. 북궁설이 깜짝 놀라는 표정을 지었다. 왜 이것을 나한테 주느냐 하는 표정이었다.

　"갈아입으시오. 여자라는 것을 티 낼 일 없잖소."

　막종오의 뜻을 알아차린 북궁설은 의전 안쪽으로 들어가 흑의로 갈아입고 나왔다. 삿갓까지 적당히 눌러쓴 북궁설의 행색은 완전히 남자였다.

　북궁설의 변장은 그것으로 끝나지 않았다. 상곽루란 객잔에서 잠시 묵으며 피로를 푼 두 사람은 아침 일찍 일어나 약전을 찾아가 약초를 적당히 구입하여 봇짐에 쌓아 등 뒤에 짊어졌다. 두 사람은 영락없는 약초 장사 행색이었다. 막종오는 검을 봇짐 속에 감추고 두 사람은 나란히 무창을 떠났다.

第七章
피의 덫

　원삼영과 변사도는 바로 옆에 있는 망상루에서 사온 만두를 먹으며 맞은편 칠채염방을 지켜보고 있었다. 두 사람이 하는 일이라는 건 하루 종일 칠채염방의 동태를 살피는 것이었다. 끼니가 되면 교대로 식사를 하면서 지켰고 밤에는 시간을 나누어 감시했다.

　간식으로 사온 만두를 먹으며 원삼영이 말했다.

　"이것 완전히 헛다리 짚고 있다는 생각 들지 않아? 벌써 몇 달째 지키고 있는데 아무런 징후도 없잖아."

　변사도가 입 안 가득 만두를 씹으며 고개를 끄덕였다.

　"내 말이 그 말이야. 짚어도 한참 잘못 짚고 있는 것 같아.

아무리 살펴도 의심되는 행동이란 눈을 씻고 찾아봐도 없잖
아.”

두 사람이 만두를 씹으며 이런저런 얘기를 나누고 있을 때
벌컥 문이 열리고 목우량과 사마홍이 들어섰다.

두 사람은 화들짝 놀라며 입 안 가득 씹고 있던 만두를 잽
싸게 삼키며 부동자세를 취했다.

“어서 오소서.”

목우량이 먹다 남은 만두를 힐끔 쳐다보며 말했다.

“여전히 이상 징후는 없나?”

“너무나 조용합니다. 요즘은 염색하는 사람들의 방문도 뜸
합니다.”

“아들이 보이지 않는다고 했지?”

“주위 사람들에게 물어본 결과 이따금 염초를 구하기 위해
부자 중 한 명은 몇 달씩 집을 비우기도 한답니다.”

“결국 보이지 않는 아들은 염초를 구하러 갔다는 얘기군.”

목우량이 날카로운 눈으로 가게 앞 의자에 앉아 손님을 기
다리는 막종오의 부친 막철봉을 쳐다보았다.

막철봉이 졸린 듯 늘어지게 하품을 하고 있었다.

사마홍 또한 굳은 얼굴로 칠채염방을 쳐다보고 있는데 인상
을 잔뜩 찌푸리고 있었다. 예상대로라면 지금쯤이면 최소한 어
떤 의심 가는 행동이 있어야 하는데 여전히 조용할 뿐이었다.

“저어…….”

변사도가 주저하며 더듬거리자 목우량이 쳐다보았다.

"뭐야? 말해봐."

"언제까지 이렇게 지켜볼 수만은 없지 않겠습니까? 그래서 속하의 생각인데, 우리가 미끼를 던져 보는 것이 어떨는지요?"

사마홍이 고개를 돌리며 쳐다보았다.

"미끼?"

"그렇습니다. 상대가 움직이지 않으므로 우리 쪽에서 건드려 보는 것이지요."

"어떻게?"

사마홍의 두 눈이 예리한 광채를 발했다. 증거는 없지만 칠채염방에서 어떤 음습한 냄새가 흐르고 있음을 본능은 강력히 말하고 있었다. 더구나 자신이 그토록 신뢰하는 천수사 또한 모든 사건은 귀룡대인을 죽인 자객이 쥐고 있다면서 그쪽에서부터 실마리를 풀어보라고 하지 않았던가. 하지만 실마리를 풀 마땅한 방법이 없어 고민하고 있던 차에 미끼를 먼저 던져 보자는 변사도의 제안은 예상 못한 돌파구였다.

＊　　　＊　　　＊

오늘따라 비룡봉의 바람이 세차다. 바람이 너무 세차면 연을 띄우기가 쉽지 않다. 옷자락이 펄럭이는 정도가 연을 띄우기에 가장 적당한 풍속인데 오늘 비룡봉의 바람은 강풍에 가까웠다. 그런데도 연을 띄우는 사람들이 적지 않았다.

강풍이 불 때는 보통 연보다는 큰 연을 띄운다. 큰 배일수록 거친 파도를 헤쳐 나가듯 연 또한 클수록 강한 바람에 제대로 저항을 하기 때문이다.

또 하나는 강한 바람이 불수록 연 맛, 흔히 손맛으로 불리는 쾌감을 느낄 수가 있다. 사람의 몸이 딸려갈 듯 거세게 날아가는 연줄을 잡아당기며 버티는 그 짜릿한 맛이야말로 연을 날릴 줄 아는 사람에게는 어떤 쾌감과도 비교할 수 없는 기쁨이었다.

파파팡!

"키햐! 쥑인다!"

여기저기서 감탄과 흥분에 찬 함성이 터져 나왔다.

덩치가 작은 사람은 연의 힘에 끌려가기도 했지만 얼굴에는 행복한 미소가 끊이지 않았다. 짜릿한 손맛에 여기저기서 흥분에 들뜬 탄성이 터져 나왔고, 인피면구를 쓰고 있는 막철봉 또한 능숙하게 연줄을 잡아당기며 팽팽한 힘의 대결을 벌이고 있었다. 이마에는 땀방울이 맺힐 만큼 비룡봉의 바람은 세찼다.

쉬이익!

연이 좌측으로 이동했다.

그러자 막철봉 또한 연의 중심을 잡기 위해 좌측으로 따라 움직였다. 하지만 연은 계속 좌측으로 밀려갔다. 자칫하다간 좌측에서 연을 날리는 흑의사내의 연과 부딪칠 수도 있는 상황이었다.

팍!

그 순간 우려했던 상황이 현실로 나타나고 말았다. 막철봉의 연이 흑의사내가 날리고 있는 웅연을 정면으로 들이받아 버린 것이다. 그 순간 날개 한쪽이 부러진 흑의사내의 웅연이 추락하기 시작했다.

"이… 일을 어떡하오. 정말 죄송하게 되었소이다."

흑의사내가 인상을 썼다.

"이런 제기랄."

흑의사내의 인상에도 아랑곳하지 않고 막철봉이 속삭이듯 말했다.

"그래, 어떤 사건을 원하시오?"

막철봉이 묻자 흑의사내가 흠칫 놀란 표정으로 돌아보았다. 대부분의 자객들 접근이라는 것이 일반적인 상식을 초월한다지만 자신의 연을 공격하며 다가올 줄은 미처 예상하지 못했다.

"그럼, 웅방?"

"그렇소이다. 내용을 말해보시오."

흑의사내가 소나무에 걸린 웅연을 한 손으로 당기며 다른 손으로 품속을 뒤졌다. 이윽고 품에서 노란 봉서 한 개를 꺼내 막철봉에게 내밀었다. 그러자 막철봉이 연줄을 잡고 있던 왼손으로 흑의사내가 내민 봉서를 받아 들었다.

"웅방은 청부 시 전액을 선불로 받는다고 하여 열 냥짜리 전표도 그 안에 함께 넣었소."

티잉!

막철봉은 팽팽하던 연줄을 놓아버렸다. 그러자 연은 강한 바람에 날려 순식간에 저 멀리 하늘 끝으로 사라졌고, 천천히 등을 돌려 비룡봉을 떠났다. 사라지는 막철봉을 바라보는 흑의사내의 두 눈이 날카로운 빛을 뿌렸다.

흑의사내와 헤어진 막철봉은 인피면구를 벗고 저잣거리로 들어섰다. 사실 웅방의 모든 청부에서 자신은 손을 뗀 지 오래되었다. 오른팔이 잘린 이후 모든 청부는 아들인 막종오가 처리하고 있었다. 하지만 막종오에게 모든 것을 맡기기에는 일이 너무 과중했다. 그래서 가벼운 청부 정도는 자신이 하기 위해 나선 것이다. 더구나 계절이 바뀌면서 염색 일도 거의 들어오지 않았고 막종오가 떠난 이후 사건 청부 또한 전무해 몹시 무료해하던 참이었다. 자신의 힘으로 해결할 수 없는 사건이라면 곧바로 막종오에게 전서구를 보내 전달하면 되는 것이다.

척!

가게를 지나 안마당으로 막 들어서던 막철봉의 걸음이 얼어붙은 듯 멈춰 섰다. 마당에 사마홍을 비롯한 목우량과 조금 전 자신에게 사건을 청부했던 변사도와 원삼영이 우뚝 서 있었다.

막철봉의 얼굴이 순간적으로 굳었다가 금세 본래의 신색을 회복했다. 다행히 인피면구를 벗었기 때문에 변사도가 자신을 몰라보리라 생각하고 언제 놀랐느냐는 듯 담담한 얼굴로 사마홍을 보며 물었다.

"가만, 낭자는 언젠가 본가를 찾아왔던 분 아니오?"

사마홍이 씩 웃었다.

"날 기억하는군요? 당시는 증거를 찾아내지 못해 그냥 돌아갔지만 오늘은 다행히 찾았군요."

막철봉이 표정없는 얼굴로 물었다.

"증거라니, 지금 무슨 말씀을 하는 것이오? 다시 올 때는 염색할 천을 가져오겠다고 한 것으로 기억하오만?"

사마홍이 목우량을 향해 고개를 끄덕였다.

쉭!

그 순간 목우량의 옆구리에 박힌 검이 빗살처럼 뻗어 나와 막철봉의 오른팔을 겨냥했다.

피하고 자시고 할 틈도 없이 싹둑 하는 소리가 들리며 오른팔이 잘려 나가고 말았다.

툭!

그런데 땅바닥에 떨어진 오른팔은 의수였다.

변사도가 그제야 고개를 끄덕였다.

"상식적으로 왼손으로 연줄을 쥐고 있었기 때문에 봉서를
받으려면 오른손을 내밀어야 하는데 의수였기 때문에 연줄을
잡은 왼손으로 받았던 것이군."

가슴이 뜨끔했지만 막철봉은 시치미를 떼었다.

"도대체 알 수 없는 말만 하는구려?"

사마홍이 웃었다.

"인피면구를 벗었다고 해서 우리가 속을 줄 아느냐?"

그리고 다시 목우량을 쳐다보았고, 그의 검이 허공에 광채
를 뿜었다. 실로 눈이 부시다 못해 멀 지경인 강력한 검이었
다.

하는 수 없이 묘보를 펼쳐 뒤로 물러나려 했지만 목우량의
검이 더 빨랐다.

파파팍!

앞가슴 의복이 산산조각이 나면서 툭! 하고 가슴속에 넣어
둔 봉서가 떨어졌다.

휘류류류!

떨어진 봉서를 향해 사마홍이 오른손을 뻗었고, 무형의 힘
에 끌린 봉서는 어느새 그녀의 손에 잡혀 있었다.

사마홍이 봉서를 들어보며 웃었다.

"이래도 거짓말을 하시겠어요?"

막철봉의 안색이 딱딱하게 굳었다. 온갖 풍파를 겪고 위험
을 밥 먹듯 넘나드는 인생이었지만 더 이상 부인할 수가 없었

다. 그러나 막철봉은 당황하지 않고 물었다.

"부인 않겠소. 내가 바로 상구 일대에서는 가장 역사가 깊은 자객 집단 웅방의 주인 되오이다. 그런데 무슨 일로 내 정체를 추적하는 것이오?"

이미 막종오를 통해 사마세가에서 귀룡대인의 사건을 적극 추적에 나섰다는 얘길 들었다. 사마홍이 추적하는 것은 귀룡대인을 죽인 자객을 추적하는 것이지 웅방을 쫓는 것은 아니라는 뜻이었다. 자객이 귀룡대인을 죽였을 뿐 웅방의 자객이 죽였다는 것은 그들도 아직 캐내지 못하고 있다고 막종오는 말해주었다.

"내가 누군지는 알겠죠? 웅방의 주인이라면 절대 모를 리가 없을 테고."

"알고 있소이다. 하지만 도대체 무슨 이유로 사마세가와 아무런 은원도 없는 본 방을 찾아와 날 위협하는 것이오?"

사마홍이 목우량을 쳐다보았다.

목우량이 번개처럼 좌수를 뻗었는데 옆구리가 뜨끔하더니 전신이 마비되었다. 쓰러지는 막철봉의 몸을 변사도가 부축했고, 사마홍이 날카롭게 말했다.

"가자!"

마혈이 제압된 막철봉을 변사도가 어깨에 짊어지는 순간 일행의 모습은 순식간에 마당에서 자취를 감춰 버렸다.

쉬이익!

거친 찬바람이 귓가를 스쳤고, 네 사람의 신법은 상상을 초월할 만큼 빨랐다. 이미 절정의 고수라는 것을 짐작하고 있었지만 생각보다 더욱 높은 경지에 올라 있었다. 어쨌든 마혈이 제압되어 몸은 움직일 수 없었지만 정신은 멀쩡했다.

막철봉의 입술이 질근 물렸다. 이들이 자신을 데려가는 것은 필시 귀룡대인의 죽음과 응방의 연관 관계를 찾기 위함일 것이다. 그러자면 고문은 피할 수 없다. 매 앞에 장사 없다. 지금은 비록 어떤 고문을 가해도 결코 입을 열지 않으리라 자신하고 있지만 막상 당하게 되면 자신의 의지를 장담할 수가 없는 것이다. 어쩌면 자신의 입으로 아들이 흉수라는 것을 고백해 버릴지도 모른다.

막철봉의 두 눈이 매서운 빛을 뿌렸다. 그것은 결코 안 될 일이었다. 유일한 핏줄이자 응방의 후계자이며 자신의 목숨보다 몇 배 소중한 아들이다. 차라리 고문 끝에 아들의 이름을 말할 바에는 미리 목숨을 끊어 막종오의 신변을 지켜주는 것이 아버지다운 일이다. 그렇지만 마혈이 제압되어 꼼짝을 할 수가 없으니 죽는 것도 마음대로 못할 일이었다.

꼬박 하루 반을 달려 일행의 발걸음은 멈췄다. 눈앞으로 거대한 고루거각들이 즐비했고, 지나가는 무사들의 몸에서 범접할 수 없는 기세가 뿜어 나오는 것이 사마세가에 당도했음을 알 수 있었다.

중간에 사마홍은 사라지고 세 사람이 자신을 데려갔다. 계단을 통해 한참을 밑으로 내려가더니 천장에 야명주가 박힌 지하실로 끌고 갔다.

'으음!'

막철봉은 자신도 모르게 신음을 삼켰다.

지하실에 들어서자마자 코끝으로 비린내가 물씬 풍겨왔는데 그것은 피 냄새였다. 필시 이곳이야말로 죄인들을 고문하고 닦달하는 고문실이 틀림없었다.

차가운 석탁 위에 자신을 소리 나게 내려놓더니 변사도가 아혈을 제압하고 대신 마혈을 풀어주었다.

목우량이 위에서 내려다보더니 씨익 웃었다. 그것은 섬뜩한 경고와 다를 바 없었다. 원하는 대답을 하지 않은 때에는 죽음보다 더한 공포가 사로잡을 것이라는 암시였다.

탁!

목우량이 유차혈을 눌렀다.

유차혈은 귀밑에 있는 혈도로 말은 할 수 있지만 턱을 상하로 움직이지 못하게 하여 혀를 깨물거나 하는 따위의 자살을 기도할 수 없었다.

철저히 자신의 자살을 방비한 이들의 입가에는 여유가 흘렀는데 그것은 이미 승부는 끝났다는 의미와 다를 바 없었다.

쿠쿵!

지하실 문이 열리더니 두 사람의 발자국 소리가 들렸다. 분 냄새가 나는 것이 한 개의 주인은 사마홍일 테고 다른 것은 가볍고 느린 것이 노인의 발자국으로 느껴졌다.

막철봉의 예상은 적중했다. 사마홍과 들어선 사람은 천수사였다.

"이자가 귀룡대인의 죽음과 가장 연관이 있는 놈이라는 것입니까?"

사마홍이 자신있게 대답했다.

"그렇게 생각해요. 특히 상구 일대에서는 가장 지명도가 있는 집단이더군요. 더구나 염료 창고에서 흑화초까지 발견되었어요."

"냄새없는 미혼향을 추출할 수 있다는 염초 말입니까?"

"그래요."

사마홍이 변사도를 향해 말했다.

"놈의 옷을 벗겨라."

변사도가 거칠게 막철봉의 의복을 찢어버렸다. 순식간에 막철봉은 알몸으로 변했다. 옷을 입힌 상태에서 하는 고문과 벗기고 하는 것과는 상대에게 주는 차이가 크다. 옷을 벗기는 것이야말로 입힌 상태에서 하는 것보다 훨씬 두려움과 공포를 촉발시킨다.

"마지막으로 묻겠어요. 귀룡대인의 죽음이 응방의 짓이죠?"

막철봉은 단호히 목을 흔들었다.

"아니오. 난 귀룡대인이 누군지도 알지 못하오."

사마홍이 미소를 지었다.

"그렇겠지."

그리고 변사도를 쳐다보았다. 그것은 고문을 시작하라는 뜻이었고, 변사도가 좌측 벽에 걸린 수많은 고문 기구 중에서 채찍 한 개를 꺼내 쥐었다.

채찍은 붉은색이었는데 표면에 수많은 가시가 돋아 있었다.

혈련어편(血縺魚鞭). 혈련어의 어피는 무척 질길 뿐만 아니라 수많은 가시가 돋아 있다. 어지간한 쇠보다 더 강한 가시는 자신의 몸뚱이보다 수십 배 큰 고기를 찔러 죽이기도 한다.

콱!

손잡이를 손목에 한 바퀴 감아 쥔 변사도가 막철봉의 눈을 보았다. 막철봉의 눈빛은 담담했다. 고문을 당할 때 가장 중요한 것은 심리전이다. 위축되어서는 안 되고 특히 고문을 가하는 상대의 시선을 정면으로 쳐다봐야 한다. 그것은 고문하는 사내를 위축시켜 일찍 포기하게 만드는 효과가 있다.

"마지막으로 묻겠다. 모든 것을 토해놓으면 너도 좋고 우리도 좋은 것 아니냐?"

"할 말 없다."

변사도가 인상을 썼다.

"씨부럴 놈."

휘익!

혈련어편이 허공을 갈랐다.

쫘악!

막철봉의 앞가슴은 바늘에 찔린 것처럼 가시에 의해 수십 개의 구멍이 생기면서 피가 흘러내렸다. 엄청난 고통이 밀려왔지만 막철봉은 이를 지그시 물었다.

휘익!

쫘아아악!

연거푸 채찍이 떨어졌고, 막철봉의 앞가슴은 순식간에 피로 범벅이 되었다. 신음 소리 한 번 흘리지 않은 채 채찍을 휘두르는 변사도의 두 눈을 매섭게 노려보았다. 그러자 변사도가 오히려 흠칫하며 시선을 피해 채찍을 휘둘렀다.

변사도의 채찍은 계속되었고 막철봉의 몸은 붉은 핏물에 담갔다 꺼내놓은 듯했다. 사마홍과 천수사 모두 눈빛 하나 깜박이지 않고 막철봉을 쳐다보고 있었다.

'역시 자객답군. 벌써 삼십여 대를 넘게 맞았는데 입 밖으로 신음 하나 흘리지 않다니……'

천수사의 두 눈이 날카로운 빛을 뿌렸다. 그리고 점차 흥미를 갖는 듯 두 눈이 번들거렸다.

*　　　*　　　*

두 명의 장사꾼이 사포령을 넘어가고 있었다. 사포령은 호북에서 하남으로 넘어가는 세 개의 길 중 가장 완만하고 사람들의 통행이 제일 빈번한 곳이었다. 두 사람 모두 등에 봇짐 한 개씩을 짊어지고 있었는데 이들은 다름 아닌 막종오와 남장한 북궁설이었다. 막종오가 가지고 있던 인피면구로 북궁설의 얼굴까지 감춰 그녀는 전혀 다른 사람으로 보였다.

다행히 이곳까지 오는 동안 큰 탈은 없었다. 하지만 막종오는 직감적으로 사포령이 악씨세가와 검선 무사들의 포위망을 빠져나가는데 최대의 승부처라고 판단했다.

힐끔!

북궁설이 막종오를 곁눈질했다. 흑수묘고의 청부를 받고 자신을 데리러 왔다는 막종오의 말을 그녀는 여전히 신뢰하지 않았다. 하지만 자신을 변장시키며 추적자들을 따돌리기 위해 여러 가지 안배와 위장을 하는 행동에 담긴 진정성을 확인하고는 조금씩 고분고분해졌다.

척!

문득 막종오의 걸음이 멈춰 섰고, 전방을 날카롭게 노려보았다.

북궁설은 직감적으로 위기가 닥쳤음을 느끼며 막종오의 눈치를 살폈다. 막종오의 코가 넓어졌다 줄어들었다 하는 것이 어떤 냄새를 맡고 있는 것 같았다.

북궁설의 두 눈이 빛났다. 지금까지 쭉 지켜봤는데 막종오는 자주 코와 귀를 이용해 주위를 살폈다. 보통 무림의 고수들은 시선과 청각으로 주위를 살피는데 막종오는 코와 청각을 이용했다.

그것은 그의 코가 유난히 남들보다 발달해 있다는 뜻이었다. 그리고 특히 냄새를 귀신같이 구별해 내었다. 뿐만 아니라 귀는 단순히 소리를 듣는 역할에 그치는 것이 아니었다.

일반 고수들은 단지 소리만을 들을 뿐인데 막종오는 어떤 짐승이 내는 소리인지까지 정확히 구별해 내는 놀라운 모습을 수차례 보여주었다.

그런데 또다시 그의 코와 귀가 예리하게 날을 세우는 것이 뭔가 이상한 기척을 느꼈음이 분명했다.

'네 사람이 숨어 있다. 그런데 내가 한 번씩 맡아봤던 냄새다.'

잠시 이마를 찌푸리며 냄새를 구별해 내던 막종오의 눈이 빛을 뿌렸다.

팟!

냄새의 장본인들을 생각해 내었다.

'악씨세가 무사들의 냄새다!'

이 길뿐만 아니라 이미 다른 두 곳의 길목도 그들은 지키고 있을 것이다.

"뭔가요?"

북궁설이 조심스럽게 물어왔다.

막종오는 별것 아니라는 듯 가벼운 미소를 지어 보이며 말
했다.

"네 사람이 우릴 기다리고 있소."

별것 아닌 듯 간단히 대꾸한 막종오가 길을 재촉했다.

이미 막종오로부터 어떤 일이 있어도 침착함과 냉정함을
잃지 않아야 한다는 교육을 받은 북궁설은 어깨를 쫙 펴고 걸
었다. 완전한 남자라는 것을 보여주기 위해 목소리까지 바꿔
주는 약까지 이미 복용했다.

"거기 가는 두 놈은 멈춰랏!"

정확히 삼십여 장쯤 오르자 짤막한 외침과 함께 숲 속에서
네 사람이 나타났는데 모두 옆구리에 칼을 차고 있었다. 막종
오의 예상대로 그들은 악씨세가의 무사들이었다.

느닷없이 앞을 막아서는 네 사람을 보며 막종오는 잔뜩 겁
을 먹은 표정으로 말했다.

"나… 나리, 살려주십시오."

그리고 그들이 뭐라고 하기도 전에 잽싸게 땅바닥에 무릎
을 꿇고 고개를 처박으며 양손을 싹싹 빌었다.

"이 몸은 자식 넷이 딸린 몸입니다. 부디 자비를 베풀어 소
인을 보내주십시오. 제발 살려주십시오, 산적님들."

누가 봐도 완전히 겁을 먹은 장사꾼의 모습이었다.

북궁설 또한 눈치 빠르게 무릎을 꿇고 싹싹 빌었다.

"자비를 베풀어주십시오. 절대 저는 죽으면 안 됩니다. 저

는 자식이 일곱이나 됩니다.”

네 사람의 인상이 와락 찌푸려졌다.

자신들을 산적 취급한 것에 대해 불쾌했고, 용건을 꺼내기도 전에 무릎을 꿇고 살려달라고 하는 폼이 자신들이 기다리던 자들과는 너무나 거리가 멀어 보였다.

“젠장!”

“임마, 우리가 산적인 줄 알아? 일단 일어나 봐!”

하지만 두 사람은 일어날 생각을 않고 더욱 고개를 땅에 처박고 머리 위로 양손을 내밀어 빌었다.

“존경하는 산적님, 부디 소생들을 측은하게 여기시어 보내주십시오. 저희는 약초를 팔아 생계를 유지하는 장사꾼들입니다. 살려 보내주시기만 하면 자식들에게까지 산적님들의 은혜를 절대 잊어서는 안 된다고 가르치겠습니다.”

가만 내버려 두면 완전히 산적으로 몰릴 판이었다.

또한 몰골을 보아하니 이건 절대 아니었다. 그래서 두목으로 보이는 우측 사내가 버럭 소릴 질렀다.

“이런 씨이! 꺼져! 재수없어!”

“가!”

기분 나쁘다는 듯 사내들이 신경질적으로 외쳐 말했다.

“감사 감사! 부처님의 자비가 산적님들에게 가득하시길.”

두 사람은 연신 허리를 조아리며 천천히 지나갔다.

“우리가 어딜 봐서 산적이야? 새끼들, 아무리 무식한 장사

꾼이라고 해도 그렇지 딱 보면 몰라?"

"그러게 말이야. 아휴, 팔려."

한데 바로 그때였다. 사라지던 두 사람을 쳐다보던 우두머리사내가 버럭 소릴 질렀다.

"잠시 서랏!"

느닷없이 두 사람을 불러 세우자 옆에 서 있던 부하들이 투덜거렸다.

"왜 세워요?"

"빨리 보내 버려요. 저런 자식들은 오래 붙잡을수록 기분만 나빠집니다."

막종오와 북궁설이 돌아섰다.

온몸을 사시나무 떨 듯하며 말했다.

"왜 또 부르십니까?"

우두머리사내가 천천히 다가왔다. 그런데 그의 시선은 시종 북궁설의 신발에 고정되어 있었다.

그 모습을 발견한 막종오는 내심 아차 했다.

북궁설의 변장은 완벽하다고 자신했다. 그런데 신발에 시선이 멎는 순간 깜짝 놀라고 말았다. 그녀의 신발은 그대로였다. 먼지가 수북했지만 수국이 수놓아진 당혜의 모습이 그대로 드러나 있었다.

우두머리사내가 신발을 보며 말했다.

"요즘은 사내자식들도 계집 신발을 신나?"

그제야 부하들까지 다가와 북궁설의 신발을 보며 한마디씩 거들었다.

"뭐야? 계집 신발 아냐?"

"어, 그러고 보니 발도 조그맣잖아."

우두머리사내가 이번에는 북궁설의 얼굴을 쳐다보았다. 분명히 우락부락하게 생긴 남자 얼굴이다. 하지만 핏기가 없었으므로 눈을 빛내며 손을 뻗었다. 그것은 인피면구로 의심하고 벗겨보겠다는 행동이었다.

막종오는 모든 것이 발각되었음을 느꼈다.

정체가 탄로 난 이상 서두르는 것이 좋다. 다행히 나머지 부하들 모두 북궁설에게 시선이 고정되어 있었고, 우두머리는 자신과 등을 돌린 상태였다.

막종오는 망설이지 않았다.

휘익!

봇짐에서 검을 꺼내 곧바로 우두머리사내의 명문혈을 찔렀다. 막종오는 전혀 경계하지 않고 모든 신경이 북궁설에게 몰려 있었기 때문에 소리없이 파고드는 검을 피하기에는 불가능했다. 등 뒤로 차가운 살기가 몰려오는 것을 느끼고 돌아설 땐 이미 늦었다.

푸욱!

"컥!"

우두머리사내의 입에서 비명이 터져 나오는 것과 동시에

부하들의 검이 뽑혔다. 하지만 그보다 한발 앞서 막종오의 왼손이 품속을 스치듯 들어갔다가 나오더니 펑 하는 소리와 함께 주위가 순식간에 검은 연기로 뒤덮였다. 연기는 지척도 분간할 수 없을 만큼 짙었다. 인향탄을 터뜨린 것이다.

"캐액! 이게 뭐야?"

"아이구, 메워! 나 살려!"

연기 속에서 고통에 찬 신음들이 터져 나왔고, 막종오는 신속히 인향탄의 연기 속에서 괴로워하는 북궁설에게 화분단을 꺼내 복용시켰다. 화분단을 복용한 북궁설이 눈물과 재채기를 멈췄고, 두 사람은 곧바로 연기 속을 빠져나와 이번에는 칠망단을 복용했다.

마침 근처에 두 개의 바위가 있었다. 두 사람은 바위 사이로 엎드렸는데 순식간에 바위 색깔로 변하면서 구별이 되지 않았다.

"어떤 일이 있더라도 여기서 움직이면 안 되오. 내가 무슨 짓을 하더라도 구경만 하고 있으시오."

북궁설이 알았다는 듯 고개를 끄덕였다.

인향탄의 연기 속에서 빠져나온 사내들은 눈물콧물을 흘리며 주위를 휘둘러보았다.

"이 나쁜 연놈들 어딨어!"

"멀리 못 갔을 것이다. 악착같이 찾아야 한다. 틀림없는 북궁설이다!"

세 사람이 흩어졌다. 그중 오른쪽 입술 끝에 붉은 사마귀가 있는 사내가 막종오와 북궁설이 은신해 있는 바위 쪽으로 다가왔다. 북궁설이 대번에 당황하는 듯 몸을 움직였다. 바위가 움직인다는 것은 말이 안 될 일이었으므로 막종오가 손으로 북궁설을 슬며시 꼬집어 주의를 주었다.

사사삭!

사내는 칼을 굳세게 거머쥐고 맹수 같은 눈빛을 사방에 뿌려댔다.

"너희들이 뛰어봤자 벼룩이지."

바로 지척에 막종오와 북궁설이 숨어 있는데도 사내는 전혀 알아차리지 못했다.

콱!

검을 쥔 막종오의 오른손에 힘이 들어갔다.

비명을 지르면 동료들이 몰려온다. 그러므로 목젖을 단 번에 관통해야 했다.

"좋게 말할 때 나와! 어디 숨었는지 다 알고 있어!"

사내는 으름장을 놓으며 낮은 자세로 뒷걸음질쳤다.

쉭!

막종오의 검이 수직으로 솟구쳤다.

사내가 냉기를 느끼고 고개를 돌리는 순간, 검이 목젖을 정확히 꿰뚫었다.

푹!

단 한마디 비명도 내지르지 못하고 사내는 엎어졌다.

그때 발자국 소리와 함께 다른 사내 한 명이 나타났다가 쓰러진 동료를 보고 기겁했다.

"치… 친구야!"

사내가 깜짝 놀라며 죽은 동료를 쳐다보고 있을 때 잔뜩 웅크리고 있던 바위의 일부가 허공으로 솟구쳤다.

쉿!

사내가 이상을 느끼고 고개를 돌렸을 땐 막종오의 검이 목젖을 관통하고 있었다.

푸욱!

사내 역시 비명도 지르지 못한 채 엎어졌다.

막종오는 곧바로 북궁설을 데리고 안쪽으로 도망치기 시작했다. 삽시간에 두 사람의 모습은 숲에서 사라졌고, 잠시 후 마지막 사내가 바위 곁으로 날아내렸다가 죽은 두 동료를 보고 기겁했다.

"차… 창회야! 박명아!"

잽싸게 두 사람의 귀밑에 손을 대봤지만 이미 맥은 끊어져 있었다. 사내는 잽싸게 품속에서 전서구를 꺼냈다.

푸드득!

답답한 품속에 갇혀 있다 밖으로 나오자 전서구는 커다랗게 날갯짓을 했다. 사내는 휴대용 붓을 꺼내 재빠르게 손바닥만 한 종이에 글씨 몇 자를 휘적거리더니 전서구 발목에 묶어 날려 보냈다.

　북궁설이 너무 힘들어했으므로 막종오는 걸음을 멈췄다. 북궁설은 금방이라도 지쳐 쓰러질 듯 힘겨워했는데 인피면구 아래로 땀이 홍건이 젖어 내리고 있었다.
　"조… 조금만 쉬었다 가요."
　막종오는 지금 그럴 시간이 어디 있느냐고 말하려다 그녀의 지친 모습에 하는 수 없이 근처 바위에 주저앉았다. 북궁설은 어깨를 들썩거리며 한참 동안 거친 호흡을 내뱉었다.
　막종오는 그녀의 신발을 쳐다보았다. 하필 신발에서 정체가 노출될 줄은 몰랐고, 자신 또한 신발 변장까지는 미처 생각하지 못했다. 그렇다고 이런 산속에서 신발을 벗게 할 수는 없었다. 이제는 어쩔 수 없이 그대로 신고 가는 수밖에 없었다.
　그때 북궁설이 자꾸 흘깃거렸으므로 막종오가 물었다.
　"내게 할 말 있소?"
　"아… 아니에요."
　그녀를 고개를 흔들었다. 하지만 뭔가 할 말이 있는 듯 막종오를 자꾸 곁눈질하더니 조심스럽게 입을 열어 말했다.
　"저… 저어……."
　"말씀하시오."
　"어… 어디서 꼭 한 번 본 것 같아요."
　막종오가 눈을 빛냈다.

"날 말이오?"

"자세히 기억나지는 않지만 초면 같지는 않아서 말이에요. 혹시 상구에 산 적 없나요?"

막종오는 멈칫했다.

그녀가 무슨 말을 하려는지 짐작이 되었다. 그래서 세차게 고개를 내저었다.

"아니오. 그런데 그건 왜 물으시오?"

북궁설이 고개를 끄덕이며 약간 실망한 표정을 지으며 말했다.

"내가 아는 한 분과 너무 닮아서 말이에요. 얼굴은 아니지만 눈빛이 너무 그분을 닮아 있어요."

자신은 지금 인피면구를 쓰고 있었다. 북궁설에게 내주었던 인피면구는 평소에 사용하던 것이고 자신이 사건 청부에 이용하는 변장용 인피면구는 종잇장보다 얇아 보통의 안목으로는 알아보지 못한다.

북궁설은 자신의 허리에 감겨 있는 채대를 보며 말했다.

마침 나뭇가지 사이로 들어온 햇빛에 채대에는 여러 가지의 봉황이 화려하게 나타나 있었는데 실로 눈이 부셨다.

"이 채대에 혈봉잠염을 입혀준 분인데……."

"내가 그 사람과 닮았단 말이오?"

"아까 말했듯 얼굴은 아닌데 눈빛이 너무 흡사해요."

막종오는 아무 말도 하지 않았다. 자신과는 두 번 만났을 뿐이다. 물건을 맡길 때와 찾으러 왔을 때였는데 그녀는 정확히 기억하고 있다.

'보통이 아니군.'

묻지도 않았는데 북궁설이 가벼운 한숨을 쉬며 말했다.

"나중에 안 일이지만 혈봉잠염이란 염색 기술이 아무나 보여줄 수 있는 솜씨가 아니라더군요. 뿐만 아니라 고생하고 노력한 수고에 비해 염료비가 낮아 대부분의 염방에서는 피한다는 것을 알았어요. 그런데 내가 아는 그분은 거절하지 않고 내 채대에 혈봉잠염을 입혀주었거든요."

그녀의 머릿속에 막종오는 무척 고마운 사람으로 각인되어 있는 것 같았다.

"그만 갑시다."

막종오가 자리에서 일어났다.

오래 들어봤자 좋을 것이 없는 얘기였다. 막종오가 일어나자 북궁설 또한 따라 일어섰다.

까욱!

그때 두 사람이 막 자리를 이동하려는데 하늘로부터 새 소리가 들려왔다.

막종오가 고개를 쳐들어 하늘을 올려다보았다. 허공 높은 곳에 거대한 붉은 매 한 마리가 선회하고 있었다.

"매 아닌가요?"

북궁설이 별 의심 없이 내뱉었다. 그러나 막종오의 표정은 싸늘하게 굳어버렸다. 하늘에 떠 있는 매는 일반 야생매가 아니었다. 사람에 의해 길이 들여진 매로 누군가를 쫓거나 추적할 때 사용하는 감시조였다.

막종오의 굳어진 표정을 보며 북궁설도 그제야 허공의 매가 평범한 야생매가 아니라는 것을 눈치 챈 듯했다.

너무 높이 떠 있어 어떻게 처리할 수도 없었다. 유일한 방법이란 매의 눈을 속이는 것밖에 없었다. 막종오는 다시 품에서 칠망단을 꺼내 북궁설에게 내밀었다.

북궁설이 칠망단을 이리저리 살피더니 불쑥 물었다. 그렇잖아도 약을 복용하자마자 갑자기 자신의 몸이 주위 색깔처럼 변하는 것이 너무 궁금했었다.

"역용술이라고 하면 얼굴이나 몸에 바르는 것은 봤지만 이건 뭐죠?"

그녀는 신기한 듯 약을 살폈다.

막종오가 빠르게 말을 이었다.

"염료의 대부분이 약초이거나 독초이오. 그중 약초와 독초에서 염료를 뽑아내어 가문의 독특한 비법으로 제조하면 사람의 몸까지 변하게 되는 것이오. 물론 걸치고 있는 의복은 약효가 피부로 배어 나오면서 손쉽게 물들지요."

북궁설의 눈이 반짝거렸다. 난생처음 듣는 신기한 설명에 몹시 놀란 것 같았다.

칠망단은 모두 일곱 가지가 있었다. 그때그때 주위 색상에 맞춰 복용하면 되는 것으로 웅방이 자랑할 만한 비기였다.

꿀꺽!

북궁설이 이번에는 푸른색의 칠망단을 복용하자 잠시 후 곧바로 초록색으로 전신이 물들었다. 막종오 역시 초록색으로 물들었고, 두 사람은 짙푸른 초록색 나무 사이에 몸을 숨겼다.

까르르르!

갑자기 허공의 매가 괴성을 질렀다. 조금 전까지 자신의 눈에 보였던 두 사람의 흔적이 소리없이 사라지자 당황한 것 같았다.

끼룩!

또다시 괴성을 지르더니 허공을 선회하던 붉은 매가 땅으로 가까이 내려왔다. 아마 좀 더 지척에서 막종오와 북궁설의 행적을 찾으려는 모양이었다.

콱!

그때 막종오의 오른손이 주먹만 한 돌멩이 한 개를 움켜쥐었다.

붉은 매는 더욱 가까이 다가와 거의 나무 끝에 이르렀다. 가까이에서 본 붉은 매는 몹시 컸고 두 눈 또한 부리부리했다. 특히 늘어뜨린 양발은 강철이라도 단번에 쪼갤 듯 거대한 발톱은 날카롭게 세우고 있었다.

쉬익!

주위 나무와 동일한 색으로 위장하여 움직이지 않고 있자 전혀 낌새를 알아차리지 못한 매를 향해 막종오의 오른손에 쥐어진 돌멩이가 날아갔다.

붉은 매가 돌멩이를 발견하고 허공으로 솟구치려 했을 때는 한발 늦었다.

퍼억!

끼오오옥!

돌멩이에 맞은 매에서 눈송이 같은 붉은 털이 떨어졌고, 기우뚱거리며 비명을 지른 매는 한 번에 떨어지지 않고 한쪽 날개를 퍼덕거리며 비상하기 위해 안간힘을 썼다.

슈욱!

막종오가 이번엔 검을 뽑아 들고 솟구쳤다. 단번에 수직으로 솟아오른 막종오의 검에 의해 매의 목이 정확히 양단되었다.

팍!

붉은 피가 허공으로 흩뿌려지고 거대한 매의 동체가 숲 속에 처박혔다.

쿵!

"어서 여길 빠져나가야 하오."

이미 매가 허공에서 선회한 지 오래되었기 때문에 추적자들이 근처에까지 도달해 있을 것이 뻔했다. 두 사람이 나무 사이로 종적을 감추고 반 각 정도 지나자 백의를 걸친 검선의 파검대가 장내에 모습을 드러내었다.

"대주님!"

한 무사가 죽은 매를 발견하고는 큰 소리로 곽망을 불렀다.

곽망이 죽은 매를 보며 두 눈에서 무서운 살기를 쏟아내었다.

매도 그냥 매가 아니었다. 혈응절(血鷹浙)이라는 것으로 매 중에서도 가장 사납고 영리한 매이다. 어려서부터 길들여졌고, 어지간한 무사 서너 배의 몫을 하는 능력을 지니고 있었다.

"멀리 가지 못했을 것이다. 쫓아라. 반드시 잡아야 한다."

사내들이 사방으로 흩어지자 곽망은 죽은 매를 땅에 묻었다. 비록 금수지만 한때 자신이 직접 길렀고 피붙이처럼 챙겨 왔던 것이다.

사포령이 있는 사포봉이 좌측 뒤로 처져 보이는 것이 이미 하남 땅으로 들어섰다는 것을 알 수 있었다. 여기서부터 북궁 장원이 있는 상구 인근까지는 대략 삼백 리 길이었다.

두 사람이 지나가자 시끄럽던 숲 속이 정적에 묻혔다. 새들도 야생 짐승들도 사냥꾼으로 오인한 듯 각자 몸을 숨기기에 바빴다. 두 사람은 나뭇가지를 헤치며 앞으로 나아갔다. 길이 없는 우거진 숲을 헤치고 나아간다는 것은 쉬운 일이 아니었다.

북궁설은 무척 힘들어했다. 무공을 전혀 모르는 것은 아니지만 그렇게 높지 않지만 장시간 험준한 산길을 빠른 걸음으로 이동한다는 것은 그녀에게 무척 고된 일이었다.

하지만 앞서가는 막종오는 냉정했다. 그녀의 거친 숨소리가 귓가를 울리고 자꾸 넘어지며 내뱉는 신음 소리를 들었을 텐데도 돌아보지도 않고 걸음의 속도 또한 늦추지 않았다. 그러다 보니 막종오를 쫓아가느라 그녀는 더욱 힘들어했다.

척!

앞서가던 막종오의 걸음이 멈췄다.

그러자 뒤를 따르던 북궁설이 옆으로 다가오며 물었다.

"왜요?"

북궁설의 몸에서 땀 냄새가 훅 끼쳐 왔고 거친 숨을 토할 듯 내쉬었으므로 고개를 돌려보았다. 땀으로 범벅이 된 그녀의 몰골은 보기 민망할 만큼 험악했다. 나뭇가지에 긁혀 걸치고 있던 옷은 여기저기 찢어져 있었고 흙 묻은 손으로 인피면구 틈으로 흘러나온 땀을 훔쳐 내는 바람에 목둘레가 땟국물로 범벅이 되어 있었다.

북궁설을 바라보며 막종오가 나직이 한숨을 내쉬었다. 그녀가 안쓰러웠다. 도대체 무슨 일로 강호 명문들의 표적이 되었는지 알 수 없지만 불현듯 불쌍하다는 생각이 들었다.

막종오가 자신을 빤히 쳐다보자 북궁설이 눈길을 피하며 물었다.

"왜 걸음을 멈추는 건가요?"

"냄새가 나오."

“냄새라뇨?”

“황학루에서 우리를 쫓았던 자들에게서 풍겼던 냄새가 앞쪽에서 바람을 타고 오고 있소이다.”

북궁설이 깜짝 놀라는 얼굴을 했다. 사람은 누구나 코를 가지고 있으므로 냄새를 맡을 수 있다. 하지만 그 냄새라는 것이 워낙 비슷하고 희미하여 일반적으로는 분별해 낼 수가 없다. 물론 개나 야생 짐승들 같으면 가능한 일이지만 사람의 후각으로는 불가능하다. 그런데 막종오는 그때 맡았던 냄새로 앞에서 기다리고 있는 적의 정체를 미리 알아챈 것이다.

“틀림없나요?”

“내 코는 거짓말을 하지 않소.”

막종오가 자신있게 말했다.

내공을 이용한 파악이 아니라 바람결에 실려오는 냄새로 사람이 있다는 것과 단 한 번 맡았던 냄새를 떠올려 적의 정체까지 알아버린 막종오의 능력에 북궁설의 눈이 커졌다.

‘신기한 능력을 지녔구나!’

결코 무공 같아 보이지는 않았다. 사람에 따라 냄새나 소리에 민감한 사람이 있긴 하지만 이삼십여 장 밖에 있는 냄새를 맡고 구별해 내는 무공이 있다는 얘기는 듣지 못했다.

“그럼 빨리 도망가야 하잖아요.”

막종오가 고개를 흔들었다.

“우릴 알아차리고 기다리는데 피한다고 피해지겠소?”

북궁설이 눈을 동그랗게 뜨고 말했다.

"하면 적이 있다는 것을 알면서도 가야 한다는 건가요?"

막종오는 퉁명스럽게 말했다.

"할 수 없소이다."

막종오는 걸음을 재촉했다.

피할 수 없으면 부딪쳐라. 거기에 길이 있다는 것이 막철봉의 가르침이었다. 일단 부딪쳐 보면 무슨 수가 생길 것이라는 막연한 생각만을 가지고 막종오는 숲을 헤치고 나아갔다.

이윽고 삼십여 장쯤 전진하자 제법 넓은 공터가 나타났고, 그곳에 십여 명의 흑의사내가 옆구리에 은빛이 번쩍이는 창을 매고 우뚝 서 있었다.

'세상에!'

뒤를 따르던 북궁설은 놀라고 말았다.

설마 했는데 그날 자신들을 쫓았던 흑의사내들이 그들 속에 있었기 때문이다.

"당주님, 저놈입니다."

앞서 만났던 흑의사내가 왼쪽으로 서 있는 서른 중반가량의 흑의사내에게 말했다. 흑의사내는 다른 일행보다 조금 긴 창을 옆구리에 차고 있었는데 눈이 무척 가늘어 마치 감고 있는 듯했다. 하지만 한 번씩 눈이 열리고 빛이 폭사될 때마다 오금이 저릴 만큼 차가웠다.

막종오는 마른침을 삼켰다. 엄청난 기세가 찍어 누르듯 쏟아 나왔기 때문이다.

'뛰어난 고수다.'

그때 흑의사내가 말했다.

"난 양서방이라고 한다."

막종오의 눈이 좁혀졌다.

이름을 들어서는 상대의 정체를 도무지 헤아릴 수가 없었다. 하지만 옆구리에 창을 맸고 양씨 성을 가졌다면 한 가문을 떠올릴 수가 있었다.

창에 관한 한 중원 최고라는 집단.

그때 뒤에 서 있던 북궁설이 나지막하게 말했다.

"양씨세가의 무사들이에요. 창에 관한 한 제왕이라고 할 수 있어요."

막종오가 돌아보았다.

능소란이 타고 있던 배가 검선이라고 말해준 것도 그렇고 이들이 양씨세가의 무사들이라는 것도 단번에 알아보았다. 그것은 그녀의 머릿속에 강호에 대한 적지 않은 지식이 들어있다고밖에 볼 수 없었고, 그럴수록 더욱 그녀의 정체에 대해 의혹이 일었다.

"암제의 제자라고?"

양서방이 물었다. 양서방은 현 양씨세가의 가주인 양헌종의 조카로서 양씨세가 서열 팔위의 고수이다.

이미 가짜라는 것을 알고 묻는 것이 분명했지만 막종오는 거리낌없이 고개를 끄덕였다.

"그렇다."

순간 자신과 안면이 있는 흑의사내가 미친 듯 웃었다.

"우헤헤헤! 개자식, 지랄한다. 우리가 한 번 속지 두 번 속을 줄 알았느냐? 이미 알아봤느니라."

"뭘 알아봤다는 것이냐?"

"네놈이 암제의 제자라면 내 손에 장을 지지겠다. 암제는 아직까지 제자를 두지 않았다. 그런데도 암제의 제자라고 우릴 속이려 드느냐, 이 나쁜 놈아?"

스윽!

막종오가 품에서 탈명비를 꺼냈다.

흠칫!

그러자 사내들이 깜짝 놀라는 표정을 지었다.

"그래서 이 탈명비까지도 가짜란 말이냐?"

탈명비까지는 확인이 안 된 듯 사내들 얼굴에 두려움이 스쳤다.

그때 양서방이 탈명비를 날카로운 눈으로 보고 있었다. 자신은 이미 과거 한때 암제의 탈명비가 날아가는 것을 지척에서 보았다. 그것은 한 자루 비수가 아닌 죽음이 날아가는 것이었다. 당시 내로라하는 고수 중 한 명이 암제의 탈명비 앞에서 꼼짝도 못하고 즉사하는 장면을 보았던 것이다. 그래서 탈명비에 대해서는 어느 정도 알고 있었다.

‘지… 진짜다!’

안광을 돋우어 아무리 살펴도 막종오의 손에 있는 것은 암제의 탈명비가 분명했다.

부하들의 시선이 일제히 양서방에게 몰렸다. 그것은 탈명비가 진짜인지 아닌지를 묻는 것이었다. 양서방의 눈이 더욱 가늘어졌다. 탈명비에 잔뜩 겁을 먹고 있는 부하들인 만큼 진짜라고 하면 전의를 잃을 것이다. 그렇다고 진짜를 가짜라고 할 수도 없었다. 잠시 어떤 반응을 보여야 할지 갈피를 못 잡던 양서방의 눈이 활짝 빛을 뿌렸다.

팟!

한 가지 좋은 생각이 떠오른 것이다.

“탈명비에 대한 소문은 많이 들었다. 하지만 소문만으로는 성에 차지 않는다. 그래서 오늘 탈명비를 한번 받아보고자 한다. 과연 한번 손을 벗어나면 반드시 피를 부른다고 했는데 정말 그러는지 직접 실험해 보고 싶구나.”

그것은 도박이었다. 하지만 선택의 여지가 없었다. 다만 한 가닥 소원이라면 제자인 만큼 암제의 실력에는 미치지 못할 것이라는 것이었다. 그것에 승부를 건 것이었다.

第八章

진면목

한편 막종오의 눈알이 부지런히 굴러다녔다.

일반적으로 꽁무니를 빼야 정상이다. 제아무리 양서방이
란 자가 강하다고 해도 결코 탈명비 앞에서 온전할 수는 없었
다. 그런데도 과감히 도전을 청했다는 것은 자신의 실력이 암
제의 수준에 이르지는 못했을 것이라고 믿고 있음이 분명했
다.

"좋다. 원하면 못할 것도 없지."

여기서 밀리면 끝장이다. 도전을 했지만 상대 또한 불편한
상태이다. 자신의 자세만 완벽하면 도중에 마음이 바뀌어 도
전을 포기할 수도 있는 것이다. 그러므로 이럴 때는 더욱 호

기있게 밀어붙여야 한다.

막종오가 흔쾌히 허락을 하자 이번에는 양서방이 흠칫했다.

막종오의 태도 어디에서도 주저하는 기색은 보이지 않았다. 그것은 자신있다는 뜻이었으므로 오히려 이쪽에서 당황한 것이다.

하지만 당황함도 잠깐일 뿐, 양서방이 미소 지었다.

"고맙구나. 그럼 준비하거라."

서서히 양서방은 진기를 끌어올렸다. 하지만 가슴은 심하게 두근거리고 있었다. 탈명비는 고금오대마병 중 하나로 그 위력은 누백 년을 이어 내려오고 있었다.

자신의 지금 행위는 도박이었다.

막종오 또한 내심 당황하고 있었다. 자신은 탈명비를 일 장도 던지지 못한다. 자신에게는 아무런 소용이 없는 그저 쓸모없는 비수일 뿐이었다.

'에라!'

막종오는 갈 데까지 가보기로 했다.

부풀어 오르는 양서방의 장포를 보며 막종오 또한 자세를 잡았다.

"우화아아!"

커다랗게 소리를 지르고 양팔을 허공에서 교차하며 몇 바퀴 돌렸다. 양 다리를 어깨보다 조금 더 넓게 벌려 주춤 자세를 취했고, 탈명비를 오른손 손가락 사이에 끼고 꼿꼿하게 세웠다.

그것은 무척 위협적인 동작으로 금방이라도 손가락 사이에 낀 탈명비가 허공을 날아가 양서방의 목줄을 뚫을 듯했다. 막종오의 자세가 워낙 웅장한 때문이었을까, 양서방의 부하들이 자신들도 모르게 뒤로 서너 걸음씩 물러났다.

'이쯤에서 물러나야 하는데…….'

막종오는 속으로 투덜거렸다.

여기까지가 자신이 내놓을 수 있는 최대한의 수였다.

하지만 양서방은 기수식을 취한 채 꼼짝도 하지 않았다. 그럴수록 막종오는 속으로 투덜거렸다.

'이런 잡새끼!'

양서방이 물러날 기미를 보이지 않자 언제까지 엉거주춤 자세로 노려보고만 있을 수가 없었다. 그래서 또다시 양팔을 허공에 원을 그리며 교차했다.

슈사사삭!

그래도 양서방은 물러날 기색을 보이지 않았고, 막종오는 애꿎은 양손만 연신 허공에 원을 그리며 돌렸다.

'시벌 놈!'

더 이상 팔을 돌리면 의심을 받는다. 이제 결정을 내려야 했다.

막종오는 양팔을 허공에 또다시 한 바퀴 돌리며 번개처럼 좌측 손을 품속에 넣었다 꺼냈다.

그런 후 더욱 빠르게 양팔을 돌렸다.

파파파팍!

무서운 속도로 양손을 교차해서 돌리면서 좌측 손가락 끝에서 흰 가루가 허공에 뿌려지고 있었다. 하지만 워낙 손을 빨리 돌리고 있었기 때문에 누구도 그 사실을 모르고 있었다.

사실 먼저 인향탄을 터뜨린 다음 자리를 뜰까 생각했지만 한 번 당한 경험이 있는 상대들이 거리를 멀리 두고서 잔뜩 인향탄을 경계하고 있었다. 그래서 미혼향을 먼저 사용하여 정신을 흩어놓은 다음 인향탄을 쓰기로 마음먹은 것이다.

쏴쏴쏴쏴!

소매바람까지 거칠게 펄럭이며 양손을 돌리자 부하들 또한 숨을 죽이며 탈명비를 따라 눈을 돌렸고, 양서방 역시 막종오의 오른손에서 눈을 떼지 않았다.

파파팍!

손을 더욱 빨리 돌며 교차했다. 그에 따라 지켜보던 양가 무사들의 눈알 또한 부지런히 회전했다.

명문가의 무사들답게 상당한 양의 미혼향을 뿌렸는데도 반응이 더뎠다. 하지만 막종오는 쉬지 않고 팔을 쾌속하게 돌리며 뿌려댔다. 여기서 무너지면 끝장이다.

"어엇!"

"아니, 내가 왜 이러지?"

부하들이 흔들거렸다.

'왔다!'

막종오는 효과가 나타나기 시작했음을 알고 더욱 세차게 미혼향을 뿌렸다.

꿈틀!

그때 양서방의 오른쪽 무릎이 잠시 경련을 일으켰다. 갑자기 몸이 흔들리면서 중심이 무너지자 지탱하기 위해 무릎에 힘을 준 까닭이었다.

"아이고!"

"도대체 왜 이러는 거지? 가만히 서 있을 수가 없다니."

양서방에 비해 부하들은 제대로 몸을 가누지 못하고 있었다. 양서방은 고수다. 미혼향에 취하긴 해도 부하들처럼 심하게 몸을 비틀거리는 상태까지는 가지 않을 것이다. 그렇다면 이쯤에서 전략을 바꿔야 했다.

허공을 정신없이 돌리던 막종오의 왼손이 품속을 들어갔다 나오더니 사내들을 향해 인향탄을 던졌다.

퍼퍼펑!

"피해랏! 내가 말했던 그 연막탄이다!"

이미 경험한 바가 있는 사내들이 외쳤지만 미혼향에 취한 몸은 말을 듣지 않았다. 양서방 또한 몸을 날렸지만 예전처럼 신속하지 못해 적지 않은 인향탄을 마셨고, 맵고 쓰린 고통에 정신을 차리지 못했다.

막종오는 칠망단 한 알을 북궁설에게 주고 빠르게 말을 이었다.

"꼼짝도 하지 말고 은신해 있으시오."

그리고는 곧바로 인향탄의 연기 속으로 뛰어들었다. 북궁설을 데리고 도망을 치는 것에도 한계가 있다. 그러므로 지금부터는 한 명이라도 추적자를 죽여야 했다.

정상적인 몸이었다면 번개처럼 인향탄 밖으로 몸을 날렸겠지만 미혼향에 취한 사내들은 피하지 못한 채 고통에 몸부림쳤다.

"나 죽네!"

"아이고, 사람 살려!"

휘익!

눈물을 질질 짜면서 제대로 눈을 뜨지 못하고 허우적대는 사내들 사이로 막종오의 검이 원을 그렸다.

푸푸푹!

연거푸 세 명의 사내가 나뒹굴었다.

"피해랏! 무조건 연기 밖으로 몸을 날려랏!"

비명 소리를 듣고 양서방이 소리쳐 말했다. 부하들 또한 위기를 느끼고 경각심을 높였지만 인향탄 앞에서는 소용이 없었다.

화라락!

"컥!"

“으아아악!”

막종오는 순식간에 다섯 명의 사내를 베었다.

그리고 잽싸게 칠망단 한 알을 먹고 숲 속에 엎드렸다. 인향탄 연기가 흩어지고 있었기 때문이다.

인향탄의 연기가 완전히 흩어지고도 살아 있는 부하들은 고개를 숙이고 콧물과 눈물을 짜고 재채기를 하느라 정신이 없었다.

양서방의 눈이 매섭게 표독스럽게 번득였다. 다섯 명의 부하가 싸늘한 시신으로 변해 나뒹굴고 있었다.

양서방이 주위를 살폈다. 막종오의 모습이 감쪽같이 사라진 것이다.

부드득!

분노가 머리끝까지 치밀어 올랐다. 대양씨세가의 무사들이 하오문 잡배들이 즐겨 쓰는 치졸한 수법에 당한 것이다. 소문이라도 난다면 고개를 들지 못할 치욕스런 일이었다. 무슨 수를 써서라도 막종오를 잡아 죽여야 했다.

“찾아라! 놈은 탈명비를 날리지 못한다! 절대 겁먹지 말고 찾아야 한다!”

다섯 명의 동료까지 죽은데다 탈명비를 아직 던질 줄 모른다는 말에 부하들은 용기백배했다.

“뭣들 해? 빨리 쫓자고!”

“잡히기만 해. 가만 안 두겠어!”

부하들이 몸을 날리려 할 때 돌연 양서방이 제지를 했다.

"멈춰랏!"

모든 부하들이 양서방을 돌아보았다.

양서방의 두 눈이 매섭게 빛나면서 귀를 쫑긋 세웠다. 자신의 이목이면 오십여 장 근처에서 나는 소리는 놓치지 않고 든다. 그런데 아무리 내력을 끌어올려 천리지청술을 전개해도 인기척이라고는 느껴지지 않았다.

'놈은 도망가지 않았다.'

자신들이 추적할 것을 예상하고 오히려 근처에 숨어 있다고 확신했다.

'실로 교활한 자다.'

양서방이 부하들을 향해 말했다.

"근처를 샅샅이 뒤져라. 바위고 나무고 모조리 베고 찌르며 확인해라."

어딘가에 위장해 있다고 확신했다.

푸푸푹!

퍼— 퍼퍽!

부하들이 숲 속 이곳저곳을 발로 차고 창으로 찌르며 확인하며 다녔고, 양서방은 내공을 극한으로 끌어올렸다. 사람에게는 냄새가 있고 죽은 자와 산 자는 엄연히 다르다. 하지만 아무리 냄새를 맡으려 해도 숲 속 특유의 푸른 향기만 코끝을 자극할 뿐이었다.

이번에는 모든 내공을 귀에 집중했다. 귀식대법을 펼치고 있지 않는 한 멀지 않은 곳에 숨어 있다면 들릴 것이다. 귀식대법은 절정의 기예다. 호흡은 물론 심장과 맥박까지 일시적으로 멈추게 하는데 자신도 아직 그 경지에는 이르지 못했다.

'이럴 리가 없다.'

숨소리는 물론 심장 뛰는 소리도 잡히지 않았다. 그렇다고 귀식대법을 펼치고 있지는 않는다. 만약 귀식대법의 능력에까지 이른 고수라면 자신들 모두가 힘을 합세해도 상대가 되지 않을 수도 있었다. 양서방은 분명히 근처 가까운 곳에 변장해 숨어 있음을 믿어 의심치 않으며 더욱 날카로운 눈으로 살폈다.

폭!

푸푸푹!

부하들은 마구 창으로 땅과 바위를 건드리며 쑤시고 다녔다.

한편 막종오는 두 눈을 날카롭게 빛내고 곁에 조그만 회양나무로 변해 있는 북궁설을 힐끔 쳐다보았다. 조금씩 위장 색깔이 변하고 있었다.

불끈!

막종오는 감추어둔 검의 손잡이를 쥐었다.

저들은 칠망단의 약효가 떨어질 때까지 저들은 장소를 이동하지 않을 태세였다. 그렇다면 선제공격만이 유일한 방법이었다. 물론 칠망단을 계속 복용하여 위장을 지속시킬 수는 있지만 그렇게 될 경우 몸에 큰 문제가 발생한다. 위장약의 강한 독성에 의해 경락에 이상이 생겨 근육이 뒤틀리고 기혈이 역류하는 것이다. 그래서 일정 시간 쉬며 약효가 몸 밖으로 완전히 배출되었을 때 다시 복용해야 한다.

"개자식이 어디로 숨은 거야? 이걸 그냥 확!"

한 사내가 창으로 땅을 지르며 옆으로 다가오고 있었다.

슈욱!

막 돌아서는 사내의 명문혈에 막종오의 검이 박혔다.

"컥!"

짧은 비명 소리에 숲 속을 뒤지던 모든 사내들이 돌아섰고, 막종오가 서서히 일어났다. 그러자 북궁설도 몸을 일으켜 세웠는데 두 사람의 모습은 거의 원래의 모습으로 돌아와 있었다.

휙!

휘이익!

순식간에 사내들이 몸을 날려 막종오 앞을 막아섰다. 양서방을 비롯해 모두 네 명이었는데 한결같이 뛰어난 고수들이다. 정면충돌 말고는 다른 방법이 없었으므로 막종오는 곧바로 도약했다.

파앗!

정면에 있는 흑의사내의 미간을 파고들었다.

번쩍하는 순간 막종오의 검은 사내의 미간 한 치 거리까지 다가가고 있었다.

십이작타검 제일식 광사두우.

가장 빠르고 신속한 검식이었다.

째앵!

분명히 파고들었다고 느꼈는데 어느새 사내의 창이 검을 쳐내고 있었다.

"욱!"

막종오의 입술을 비집고 신음이 흘러나왔다.

양가창법은 오래전부터 중원제일로 그 위치를 굳건히 해 왔다. 특히 그들이 자랑하는 무허금강창법은 가히 신기(神技)라고 해도 과언이 아니었다.

슉!

파아아!

세 사내가 동시에 찔러 들어왔다. 세 곳에서 번뜩이는 은빛 섬광에 눈이 부서 제대로 뜰 수초자 없었다. 병기에서 뿜어 나오는 빛이 강하다는 것은 상대의 내공이 그만큼 깊다는 뜻이었다. 내공이 병기에 거세게 주입되면서 빛이 폭발하는 것이다.

막종오의 검이 연거푸 세 방향에서 파고드는 은빛 섬광을 힘차게 가로막았다.

추혼나백. 혼까지 나포한다는 십이작타검 제이식이었다.

카— 카캉!

"후욱!"

또다시 헛바람을 삼키며 뒤로 주르르 밀려났다. 벼락을 맞은 듯 오싹한 고통이 전신을 휘감아왔고, 기혈이 끓어오르는 물처럼 마구 소용돌이치기 시작했다.

양서방은 양가의 서열 팔위 고수이며 그가 이끌고 있는 이들은 바로 직속 부대인 은룡단이다. 은룡단은 모두 오십여 명으로 이루어졌는데 모두 열 명씩 오 개 조로 나뉘어 사포령을 중심으로 북궁설을 쫓고 있었다.

파아아!

막종오의 몸이 날아갔다.

시간을 끌수록 자신에게 불리할 뿐이다. 무릎을 꿇을 때 꿇더라도 일단은 힘이 남아 있는 한숨 돌릴 기회도 주어서는 안 된다. 또한 소극적인 전법은 더욱 위기를 자초한다. 무리수를 두어서라도 파상적인 공격만이 그나마 일말의 가능성을 안긴다.

막종오의 검이 연거푸 빗살처럼 떨어져 내렸다. 혼신을 다한 검은 몹시 위력적이었고 다소 만만하게 보고 공격하던 사내들의 얼굴에도 당혹스런 표정이 떠올랐다.

채챙!

두 사내의 창이 막종오의 검에 팅겨 밀렸다.

파아!

그 틈을 놓치지 않고 막종오의 검이 번쩍하더니 둥근 원을 그렸다.

검끝에서 하나의 달무리가 피어나더니 좌측 사내의 가슴을 정면으로 뚫어버렸다.

"커억!"

공월타작. 십이작타검 제삼식이었다.

"하… 하학!"

막종오의 숨이 더욱 거칠어졌다. 온몸은 땀으로 범벅이 되어 흑의가 몸에 달라붙어 있었는데 그만큼 전력을 다하고 있다는 뜻이었다.

또다시 동료가 희생되자 사내들의 얼굴에 더욱 살기가 피어났고, 세 명의 사내가 표독하게 달려들었다.

"놈, 살려두지 않겠다!"

"가랏!"

사내들의 창술이 돌변했다.

휘이이!

창끝에서 바람이 뿜어 나왔다. 창기는 이른 봄의 안개처럼 훈훈했고 호접의 날갯짓처럼 너울거렸다.

멈칫!

느닷없이 부드럽게 변하는 창기를 보며 막종오는 경계심을 더욱 끌어올렸다. 상식적으로 화가 머리끝까지 솟구친 상황에서 이런 식의 공격은 무조건 위험하다고 봐야 했다. 즉,

부드러움 속에 칼보다 더 예리한 힘이 숨겨져 있다는 것이 경험이었다.

파아아!

막종오의 예상은 한 치의 오차도 없었다.

부드럽게 다가오던 창기가 갑자기 꼿꼿하게 변하며 눈부신 섬광을 일으켰다.

막종오는 있는 힘껏 상대의 파고드는 창기를 검으로 막았다.

콰아앙!

그러나 자신의 검은 힘없이 튕겨 올라갔고 세 사람의 창이 품 자 형으로 몸에 쑤셔 박혔다.

파파— 팍!

"크허헉!"

막종오가 비틀거리며 뒤로 물러났고, 세 사내가 벼락처럼 달라붙으며 창을 내려쳤다.

막종오는 다급했다. 재차 몸을 바로 세우고 진력을 끌어올릴 틈을 주지 않는 연속 공격이었다.

"억!"

막종오는 끌어올릴 수 있는 힘을 모두 검에 모아 세 사람의 창을 또다시 쳐냈다.

콰가강!

"우웃!"

검이 손아귀에서 빠져나가려고 했다. 가까스로 손잡이에 힘을 주었지만 엄청난 진동이 전신을 휩쓸며 몸에 힘이 빠졌다. 벼락에 감전된 사람과 같은 잠깐의 진공 상태를 사내들은 파악하고 거듭 다가와 연거푸 창을 휘둘렀다.

스윽!

막종오가 가장 좌측의 사내에게 다가갔다. 묘보는 소리도 없이 은밀하다. 먼 거리인 듯한데 어느새 지척으로 다가가는 특성을 갖고 있는 걸음이었다. 막종오가 가운데와 우측에서 파고드는 창을 막을 생각은 않고 자신에게 파고들자 좌측 사내가 흠칫했다.

더구나 갑자기 거리가 좁혀짐으로 인해 창을 제대로 뻗지 못한 상태에서 막종오의 검과 부딪쳤다.

챙!

힘을 싣지 못한 창이 옆으로 팅겨나갔고 쏴악! 하며 막종오의 검이 사선을 그었다.

추우생멸. 가을비가 내리면 삶과 죽음이 나눠진다는 검식이었다. 비록 가을비는 없지만 한 사내의 목숨을 앗아가기에는 부족하지 않았다.

"크악!"

"억!"

두 마디 비명이 터져 나왔다. 하나는 사내가 죽으며 터뜨린 비명이었고, 두 번째는 막종오가 가운데 사내와 우측 사내의 창을 맞으며 터뜨린 것이었다.

주르륵!

옆구리와 허벅지에서 붉은 피가 쉴 사이 없이 흘러내렸지만 막종오는 인상 하나 찌푸리지 않고 검을 추켜세웠다. 그의 두 눈은 바짝 독이 오른 살모사의 푸른 광기를 내뿜고 있었다. 바야흐로 자신의 생사가 오늘 안에 결정된다는 것을 본능적으로 직감하고 있었다.

양서방은 여전히 싸움판에 끼어들지 않고 한쪽에서 지켜보고 있었다. 때로는 눈살을 찌푸렸다가 또 한편으로는 고개를 갸우뚱거리는 것이 뭔가 이해를 못하겠다는 표정이었다.

“개놈 자식!”

가운데 사내가 씹어뱉듯 욕설을 하며 달려들었다. 그와 함께 우측 사내도 파고들었다.

쉭!

팟!

두 사람의 창이 짧게 파고들었다. 속도는 지금까지의 그 어떤 식보다 빨랐다.

화라라락!

막종오의 검이 반원을 그리며 뻗어나갔다.

일타오피(一打五殽)!

한 번에 다섯 명의 살갗을 찢는다는 십이작타검 제육식이었다.

채채챙!

사내들의 창이 강력한 검기에 박혀 튕겨 나갔다.

"아합!"

혼신의 기합을 지르며 주춤 뒤로 밀려 나가는 우측 사내의 어깨를 내려쳤다.

쾅!

우측 사내가 허겁지겁 창을 들어 막았고, 불꽃이 튀며 두 사람의 병기가 서로 떨어졌다. 그러나 이내 또다시 서로를 향해 찔러 들어갔는데 막종오의 검이 좀 더 빨랐다.

푸욱!

푹!

막종오의 검이 먼저 우측 사내의 심장에 틀어박히고 뒤를 이어 그의 창이 왼쪽 쇄골 언저리를 찔렀다.

"……."

사내는 자신이 당했다는 것이 믿기지 않는다는 표정이었고, 더구나 이름도 없는 삼류에게 죽는다는 것이 치욕스러운 듯 억지로 터져 나오는 비명을 삼키더니 조용히 없어졌다.

털썩!

이제 남은 사람은 양서방을 제외하고 한 명뿐이다.

콱!

금방이라도 쓰러질 듯했지만 막종오는 이를 물고 사내에게 검을 조준했다.

"우와아아아앗!"

너무 흥분한 나머지 사내는 야수와 같은 괴성을 지르며 창을 찔러 들어왔다.

콰콰콰!

삽시간에 허공은 은빛 섬광으로 가득 차버렸다.

막종오는 최선을 다해 창기를 쳐냈지만 역부족이었다.

푸푹!

허벅지와 옆구리에 창이 틀어박혔고, 사내는 더욱 광분했다.

"죽여 버릴 거야아!"

쐐액!

도도한 창기가 밀물처럼 찔러 들어왔다. 그것은 흡사 강물과 같은 엄청난 위세였다.

터텅!

막종오의 검이 사내의 창에 부딪치며 힘없이 튕겨 올라갔다.

쉭!

사내의 가슴이 텅 빈 막종오의 복부를 야멸차게 파고들었다. 튕겨 올라가 버린 검을 끌어당겨 사내의 창을 가로막기에는 이미 늦었다. 그렇다고 그대로 보고 둘 수만은 더욱 없었다. 창이 그대로 복부를 관통하면 그 결과는 뻔했다.

콱!

복부를 막 파고드는 상대의 창을 왼손으로 거머쥐었다.

흠칫!

오히려 사내가 놀랐다. 죽였다고 자신하며 마음을 놓았는데 막종오가 왼손으로 자신의 창을 거머쥘 줄은 전혀 예상하지 못했다.

투툭!

창날을 쥔 손바닥 사이로 피가 떨어지고 있었고, 막종오는 주저없이 창날을 왼손으로 쥔 채 오른손의 검으로 사내의 머리통을 후려쳤다.

휘이익!

그대로 있다간 이번에는 자신의 머리통이 날아갈 판이다. 사내가 화들짝 놀라며 막종오의 왼손에 잡힌 창을 놓아버리고 그대로 물러났다.

툭!

막종오가 왼손에 쥐고 있던 사내의 창을 놓았다.

손바닥은 피로 범벅이 되었고 뼈가 들여다 보일 만큼 깊이 베어져 있었다. 그러나 하나뿐인 목숨을 살렸으니 충분한 가치는 해냈다. 막종오가 사내에게 다가들었다. 창을 놓친 사내가 쌍장을 끌어 모아 막종오를 향해 날렸다.

쏴아!

창문(槍門)의 제자가 펼치는 쌍장은 그저 호신술 정도의 수준밖에 되지 않았고, 막종오는 철저히 무시했다. 다가오는 쌍

장을 일 검에 쪼개 버리고 그대로 달려들어 사내의 앞가슴을
후려쳤다.

좌악!

막종오의 검이 대각선을 그었고, 사내의 입에서 처절한 비
명이 터져 나왔다.

앞가슴을 길게 베인 사내는 휘청거렸다. 순식간에 피가 앞
가슴을 적셨고, 뭐라고 입술을 달싹거렸지만 알아들을 수가
없었다. 보나마나 분하다는 따위의 욕설일 것이라고 막종오
는 생각했다.

털썩!

사내가 엎어지더니 조용해졌다.

막종오는 양서방을 향해 돌아섰다. 양서방은 그때까지 장
내의 싸움을 구경만 하고 있었는데 여전히 이맛살을 찌푸리
고 있는 것이 아까부터 품어왔던 의문이 아직 해소되지 않은
듯했다.

자신을 향해 검을 겨누고 있는 막종오를 한참 동안 바라보
던 양서방의 찌푸려졌던 표정이 퍼졌다. 어떤 해답을 얻음이
분명했다.

"난 처음부터 한 가지 고민에 빠졌다. 넌 분명히 내 부하들
한 사람 한 사람과 비교하면 약 반 푼 정도 실력이 떨어진다.
반 푼이면 맞대결을 했을 때 대략 일백여 초쯤 지나야 승부가
결해지지. 미혼향과 인향탄 공격으로 다섯이 희생된 것은 무

예의 높고 낮음과는 상관없는 결과였다. 그 상황이었다면 누구라도 너에게 당할 수밖에 없을 것이다."

막종오의 인상이 찌푸려졌다.

상대의 말이 너무 길었다. 자신은 지금 서 있기조차 힘들다. 그래서 어서 빨리 이기든 지든 싸움을 끝내고 싶은 마음뿐이었다.

"그래서 결론이 뭐냐?"

"문제는 그 이후의 일이다. 미혼향과 인향탄에서 완전히 벗어나 아무런 장애가 없는 상태에서 그들 넷을 이긴다는 것은 완전하게 불가능하다고 생각했다. 그런데 넌 지금 눈앞에서 보듯이 내 부하 넷을 죽였다."

막종오가 짜증스럽게 말했다.

"그래서?"

"경험이다. 너의 경험이 이들을 죽인 것이라는 게 내가 내린 결론이다."

막종오의 눈이 빛났다. 양서방은 자신이 네 명을 물리칠 수 있는 이유를 정확히 읽어내고 있었다. 그의 말은 틀리지 않았다. 그동안 수많은 싸움에서 얻은 경험으로 네 명을 이길 수 있었다. 몰론 중상에 가까운 큰 부상을 입었지만 경험이 풍부하지 않았다면 결코 자신이 그들을 쓰러뜨릴 수는 없었다.

"놀랍구나. 아직 새파란 놈이 도대체 얼마나 험하고 거친 길을 걸어왔으면 자신보다 무예가 뛰어난 네 사람을 죽일 수가 있단 말이냐? 비록 인향탄과 미혼향의 힘을 빌었다고 하지만 넌 내 부하 아홉 명을 몰살시켰다. 이것이야말로 경천동지할 일이다. 강한 자가 이기는 것이 아니라 이기는 자가 강하다더니 너야말로 진짜 강자구나. 하나.”

양서방이 다가왔다.

“넌 내 손에 죽는다. 그 사실 하나만큼은 변치 않는다.”

양서방이 단호히 내뱉으며 다가왔다.

그가 가까이 다가올수록 금방이라도 가슴이 터질 듯 엄청난 압력이 전해져 왔다. 그것은 기세였다. 일부러 내뿜는 것이 아니라 고수들만이 갖고 있는 무형의 기운이었다.

“놈!”

양서방이 싸늘한 외침을 터뜨리며 몸을 날려왔다.

흑영이 눈앞에 어른거리는 순간 막종오의 검이 허공을 갈랐다. 하지만 검끝에 잡히는 것은 아무것도 없었고, 그 대신 옆구리가 뜨거웠다.

“크훅!”

비틀거리며 뒤로 물러난 막종오가 옆구리를 내려다보았다. 순식간에 옆구리가 벌건 피로 범벅이 되어 있었다. 상대의 창이 언제 파고들었는지 보지도 못했다.

막종오의 얼굴이 굳어졌다. 지금까지 적지 않은 사람들과 싸웠고, 그중 가장 기억에 남는 사람이 악씨세가의 혈불이었다. 그와 몇 초 겨루긴 했지만 도저히 넘을 수 없는 벽이었고 고수였다. 그런데 눈앞의 양서방 역시 혈불에 못지않았다. 아니, 창의 빠름에서만큼은 그를 능가했다. 도저히 눈으로 쫓을 수 없을 만큼 양서방의 창은 쾌속했다.

쐐애액!

또다시 양서방이 날아왔다.

그런데 또다시 창은 보이지 않고 섬뜩한 기운이 좌측 허벅지를 파고들었다. 막종오는 본능적으로 허벅지가 위험하다는 것을 깨닫고 검을 왼쪽 아래로 후려쳤다. 하지만 또다시 걸린 것이라고는 아무것도 없었고, 허벅지에 강렬한 고통이 전해졌다.

"우후훅!"

살점이 의복과 같이 한 줌 베어져 땅바닥을 나뒹굴고 있었다. 정상적인 몸이라도 벅찬 상대인데 중상에 가까운 몸으로 양서방은 너무 강했다.

피식!

상처를 내려다보던 막종오가 실소를 지었다.

고양이가 쥐를 희롱하듯 양서방은 자신을 단번에 죽일 수 있음에도 불구하고 야금야금 고통을 안기며 죽이려들고 있었다. 그것은 강호의 금기다. 가장 잔혹한 짓이며 고수답지 못한 패악한 행위로 간주되어 비난을 면치 못한다. 일찍이 소림의 팔보 선사는 말했다. 죽이지 않는 것이 최선의 자비이겠지만 꼭 죽여야 한다면 고통없이 빨리 끝내주는 것이야말로 그나마의 자비라고 했다.

후왁!

이번엔 막종오가 선공에 나섰다.

"훗훗! 그래, 오너라."

양서방이 비릿한 미소를 지으며 찔러 들어오는 막종오의 검을 가볍게 피하더니 측면으로 돌아서며 창을 휘둘렀다.

화악!

"컥!"

막종오의 등에서 피가 튀겨 올랐고, 앞으로 고꾸라질 듯 가더니 겨우 몸을 세웠다.

스윽!

왼 소매로 이마의 땀을 닦으며 막종오가 씨익 미소를 지었다. 그것은 한번 끝까지 해보자는 의지였고, 결코 무릎을 꿇지 않겠다는 집념이었다.

콰아아!

검과 한 몸이 되어 또다시 날아갔다.

촤촤촤!

미친 듯 양서방을 베었다.

쉬이!

양서방의 창이 수평으로 이동했다.

투투툭!

막종오의 힘찬 검세가 간단히 잘려 나갔고, 앞가슴으로 창기가 밀려들었다.

"끄으윽!"

앞가슴이 횡으로 길게 베어져 나갔는데 흰 갈비뼈가 내려다 보였다.

"퉤!"

검을 쥔 오른손에 침을 뱉으며 더욱 힘차게 쥐었다. 두 눈에서 푸른 섬광이 피어나며 독기를 피워냈다.

화아악!

막종오의 몸이 또다시 날아갔지만 양서방의 창기에 튕겨 날아가 뒤쪽 바위에 사정없이 부딪쳤다.

퍼어억!

"크어억!"

바닥으로 떨어진 막종오가 꿈틀거리며 일어나기 위해 안간힘을 다하고 있었다. 여기저기 양서방의 창에 맞은 상처에서는 샘물처럼 피가 흘렀고, 그의 몸은 완전한 핏덩이로 변해 있었다.

저벅저벅!

양서방이 다가왔다.

막종오는 여전히 얼어나기 위해 발버둥치고 있었지만 몸이 말은 듣지 않았다.

가까이 다가온 양서방이 꿈틀거리는 막종오를 내려다보며 입을 열었다.

"흐흐! 고통스러운가?"

화악!

벌레처럼 꿈틀거리던 막종오의 몸이 용수철마냥 튕겨 올랐다. 전혀 예상하지 못한 행동이었기에 양서방은 그저 두 눈을 크게 뜨고 놀란 표정을 지었다.

막종오의 양손이 양서방의 허리를 힘껏 끌어안더니 고개가 사타구니에 처박았다. 막종오는 온 힘을 다해 물었다.

콰악!

"끄아아아!"

느닷없는 기습에 양서방은 처절한 비명을 질렀다.

"이… 이런 씨발 놈!"

양서방이 악을 쓰며 들고 있던 창으로 막종오의 등을 찔렀다.

파파팍!

"놔! 개자식아, 빨리 안 놔!"

하지만 막종오는 더욱 세차게 물었다. 한 번 물면 목숨이 끊어져도 결코 놔서는 안 되는 고단살이 펼쳐진 것이다.

"꺼어어어!"

급기야 양서방의 입에서 게거품이 뭉치고 두 눈을 바르르 떨더니 두 눈이 흰자위로 덮이고 있었다.

퍼억! 퍽!

본능적으로 창으로 막종오의 등을 찌르고 있었지만 전혀

힘이 없었다.

"아우우우! 허거거거! 제발… 제… 에… 바… 알……!"

"끄으으!"

막종오는 마지막 있는 힘까지 다 동원해 사타구니를 물어뜯었다.

"개… 개… 개자시… 익… 아!"

푹!

양서방이 그대로 주저앉았다. 하지만 막종오는 놓지 않고 한참을 물고 있었다. 양서방이 아무런 반응이 없고 나서야 고개를 뗘었는데 이빨 사이로 피와 살점이 엉켜 붙어 있었다.

"하… 하하학!"

막종오 역시 지친 듯 그 자리에 주저앉아 거친 숨을 몰아쉬었다.

양서방의 양 다리 사이로 벌건 피가 계속 흘러내렸고, 막종오는 서서히 몸을 일으켰다.

"퉤!"

입가에 묻은 살점과 의복 조각을 뱉었다.

"이긴 놈이 강하다고?"

씨익!

막종오가 웃음을 지으며 소맷자락으로 입가에 묻은 피를 닦았다.

모든 상황을 나무 뒤에서 지켜본 북궁설은 놀라움으로 가득 차 있었다. 그것은 싸움이라기보다는 살기 위한 몸부림이었다. 금방이라도 절명할 듯 위태위태하던 막종오가 끝내 승자가 되는 모습은 실로 눈물겨웠다.

"왜 그런 눈으로 보시오?"

온몸이 피로 범벅이 된 막종오가 다가와 쏘아 뱉듯 말했다.

성한 곳이라고는 찾아볼 수 없을 만큼 만신창이가 되었는데도 그는 웃고 있었다.

"피… 피가……."

피가 너무 흘렀다. 그런데도 지혈할 생각도 않았고 아프지도 않는지 대수롭지 않은 얼굴이었다.

사실 북궁설은 막종오를 완전히 신뢰하지 않고 있었다. 일단 사지에서 자신을 데리고 나온 행위 자체는 긍정적으로 생각했지만 흑수묘고가 보낸 자객이라는 그의 애기는 믿지 않았다. 단지 믿는 척했을 뿐이었고, 틈만 나며 도망칠 기회를 엿보았다.

하지만 두 눈으로 보았듯 죽음을 무릅쓰고 양가의 무사들을 죽이는 그의 특혼은 어떤 설명보다 그의 정체를 정확히 말해주고 있었다. 자신을 납치하려는 사람들 중 한 명이었다면 죽음을 각오하면서까지 싸우지 않는다. 차라리 자신을 내어주고 뒤를 따르며 다시 기회를 엿보는 것이 정상이었다. 더구나 적은 도저히 자기 혼자 힘으로는 상대가 되지 않은 양가의 무사들인데도 목숨을 아까워하지 않고 싸워 기필코 이겼다.

그것은 약속과 신의를 목숨처럼 여기는 자객이 아니면 결코
보여줄 수 없는 행동이었다.

"좀 봐요."

북궁설이 막종오의 몸을 훑어보더니 연신 신음을 삼켰다.
상처라기보다는 막종오의 몸은 한 개의 고깃덩이였다.

"안 되겠어요. 빨리 의원을 찾아가야겠어요."

쏴아아!

막종오가 품에서 금창약인 듯한 흰 가루약을 꺼내 대충 몸
에 뿌리며 말했다.

"이 정도 상처에는 끄떡없소. 그러니 너무 호들갑 떨지 마
시오."

사건을 해결하는 자객보다 죽지 않는 자객이야말로 진정
한 자객이라고 자랑스럽게 부친은 말했다. 어찌 보면 고객의
청부보다는 자신의 신변 안위에 더 신경 쓰라는, 고객 입장에
서 보면 무척 무책임한 얘기일 수도 있지만 부친은 단호히 말
했다. 목숨을 버려가면서까지 일을 벌이지는 말라고.

그래서 북궁설을 놔두고 도망칠까 생각하지 않은 것도 아
니었다. 부친의 말처럼 살아 있으면 언젠가는 만회할 기회란
찾아오기 때문이었다.

어차피 자객 노릇도 먹고살자고 하는 일이지 무슨 명예나
천하를 뒤덮을 원대한 꿈 따위가 있어서 하는 건 아니다. 상
황이 불리해지면 잠시 후퇴했다가 다시 기회를 노리는 것이

야말로 응방의 율법에서는 지극히 당연한 일이었다.

그런데 왠지 피하고 싶지 않았다. 응방의 율법에 충실히 따르자면 양가 무사들 정도 되면 무조건 도망을 쳐야 정상이었다. 무조건 앞뒤 계산할 것도 없이 일단 줄행랑을 치고 봐야 했는데 묘하게 발이 떨어지지 않았다.

자신도 그 이유를 알 수 없었다. 다른 사건보다 훨씬 많은 돈을 받았다고 해서 생기는 책임감도 아니었고, 그렇다고 아름다운 미인이어서 위험을 감수해 가면서까지 구해주고 싶은 마음이 일어난 건 더더욱 아니었다.

힐끔!

북궁설을 쳐다보았다. 자신이 씌워준 인피면구 안에는 두 번 다시 쳐다보기 싫을 만큼의 추한 얼굴이 있다. 도저히 어떤 감정을 느끼기에는 손톱만 한 여지도 없는 박색이었다. 못생긴 여인은 길가에 나돌아다녀도 안 된다는 극단적인 자신의 여성관에 비춰 당연히 내버려 두고 자신의 안위부터 챙겼어야 정상이다. 그런데 자칫 죽을 뻔해가면서까지 그녀를 위해 싸운 자신의 행동에 그저 어안이 벙벙할 뿐이었다.

"뭣 하는 것이오? 어서 갑시다."

"그 몸으로 어딜 간다는 거예요? 안 돼요. 위험해요. 우선 의원부터 찾아요."

막종오가 차가운 시선으로 말했다.

"난 말 많은 여자는 딱 질색이오."

움찔!

북궁설이 얼른 입을 다물었다.

막종오가 앞장서 걸었다.

그런 막종오를 잠시 쳐다보던 북궁설이 뒤를 쫓아갔다.

막종오는 심하게 절뚝거리며 몹시 힘들어했지만 입 밖으로 신음 따위는 내지 않았다.

오히려 기분이 묘했다. 엄밀히 표현한다면 무척 좋았다.

양서방의 말처럼 양가 무사들 개개인과 자신을 비교한다면 그들에게 약간 못 미친다. 강호에서는 무공이 강하다고 반드시 이기는 것은 아니다. 다만 이길 확률이 높을 뿐이지만 그런 일은 자주 일어나지 않는다. 그런데 하오문의 잡술을 이용했든 안 했든 어쨌든 양가 무사들을 모조리 죽였다. 그것도 서열 팔위인 양서방을 죽인 것은 자신이 생각하기에도 꿈같은 일이었다.

'내 무공이 그동안 높아졌단 말인가?'

꼭 투혼만으로 결부시키기에는 무리가 있었다.

막종오는 나직이 고개를 끄덕였다. 무공이 강해지지 않고서는 아무리 꼼수를 쓴다고 해도 양가 무사들 정도에게는 통하지 않는다. 막종오는 자신의 무공이 확실히 강해졌다고 결론지었다. 지금까지는 강호 이류에서 중간쯤 정도 되었는데 오늘의 싸움 결과를 볼 때 이류에서도 상급으로 한 단계 상승했다고 확신했다.

무공이 높아졌다고 생각하자 자신도 모르게 입가에 웃음이 떠올랐다.

가문의 소원은 웅방이 일류자객 집단으로 번성하여 더욱 많은 돈을 버는 것이었다. 그동안 일류가 되어보고자 많은 선조들이 여러 각도로 연구하고 노력했지만 쉬운 일이 아니었다. 부친의 말을 빌리면 몇몇 선조들의 자질은 대단했다고 한다. 하지만 워낙 무공이 보잘것없어 크게 빛을 보지 못했다고 했다.

부친은 언제까지 상구 일대에서 활동하는 지역 집단으로 만족할 수 없다고 했다. 어떻게 해서라도 남칠성 북육성을 주름잡는 소문난 집단으로 발돋움해야 한다고 역설했다.

무공이 한 단계 높아졌다고 생각하자 조금 전까지 온몸이 토막 날 만큼 밀려오던 고통이 싹 가셨다.

“저… 저기…….”

뒤를 따라오던 북궁설이 더듬거렸다.

막종오는 그러든지 말든지 전방을 날카롭게 살피며 걸었고, 북궁설은 계속 더듬거리며 말했다.

“호… 혹시 내 정체가 궁금하지 않으세요, 왜 내로라하는 강호의 수많은 명문들이 날 붙잡으려 하는지?”

잠시 움찔하던 막종오가 다시 걸음을 재촉했다.

사실 지금까지 머릿속을 떠나지 않고 있던 생각이 바로 그것이었다. 도대체 북궁설의 정체가 무엇이기에 수백 년 동안 강호의 지배 세력으로 활동해 온 칠대무가에서 앞 다투어 그녀를 납치하려는지 무척 궁금했다.

하지만 막종오는 묻지 않았다.

사건을 의뢰받았으면 해결만 해주면 될 뿐 결코 의뢰인의 사생활이나 속사정을 결코 알려고 해서는 안 된다.

그 이유는 의뢰인의 속사정을 알게 되면 마음이 흔들리고 딴생각이 들 수 있다는 것이었다. 일체 모든 것에 귀를 닫고 침묵할 때만이 자객으로서 제대로 임무를 수행할 수 있다고 했다.

자신의 질문에 곧바로 관심을 보일 줄 알았던 북궁설은 막종오가 아무런 반응을 보이지 않자 다소 맥이 빠진 듯 가느다랗게 한숨을 내쉬었다.

"절대 아닐 것이라고 생각했는데 곰곰이 생각해 보니 아마 내 정체를 그들이 알고 있는 것 같아요."

북궁설이 조용히 입을 열어 말했다.

"사실 내 정체는……."

척!

그때 앞서가던 막종오의 발걸음이 멈춰 섰다.

그러자 뒤따르던 북궁설이 깜짝 놀라며 고개를 좌측으로 빼어 앞을 살폈다.

저만치 앞길에 일단의 흑의무사들이 진을 치고 있었다. 북궁설은 단번에 그들을 알아보았다. 그들은 바로 자신을 가장 먼저 납치했던 악씨세가의 무사들이었다.

막종오는 선두에서 태산처럼 버티고 선 혈불을 쳐다보았다. 그 주위로 십여 명의 도객이 일렬로 서 있었는데 마치 열 개의 바늘 끝이 허공을 날아와 콕콕 찌르는 것 같았다.

'마치 한 자루 칼 같은 자들이다!'

지금까지 만나본 악씨세가의 여느 고수들과는 차원이 다름을 짐작했다.

"또 네놈이냐?"

혈불이 막종오를 보며 눈살을 찌푸렸다.

"도대체 네놈은 누구냐?"

지금까지 북궁설을 가로채려는 사람들은 모두 칠대무가 사람들이었고, 모두 집단으로 움직였다. 그런데 막종오는 혼자서 북궁설을 데려가려 하고 있었다.

물론 한번 겨뤄본 결과 그다지 뛰어난 무공의 소유자는 아니었지만 무척 정체가 궁금했다. 뛰어난 실력자들도 물고 물리면서 번번이 나가떨어지는데 겨우 이류 급의 실력으로 절정의 고수들이 판을 치는 북궁설의 주위를 거침없이 기웃거리고 있는 막종오의 정체가 의심스럽기까지 했다.

"난 네가 무척 현명한 자라고 생각한다."

전번에 북궁설이 타고 있던 마차를 순순히 내줬던 일을 말하고 있는 것이었다. 오늘도 그때처럼 조용히 북궁설을 내놓고 사라지라는 뜻이었다.

히죽!

막종오는 피가 말라붙은 입술을 뒤틀며 웃었다.

"왜 웃느냐?"

막종오의 미소가 불쾌하다는 듯 혈불이 버럭 소릴 질렀다.

막종오가 눈을 좁혀 뜨며 말했다.

"아무리 전번에 깨졌다고 하지만 그냥 내준다는 것은 조금 그렇잖소."

혈불이 어이가 없다는 듯 말했다.

"그래서 오늘도 한번 맞장을 떠보고 판단하겠다는 거냐?"

"역지사지라고 했소. 당신 같으면 아무리 한 번 깨졌다고 미리 겁부터 먹고 순순히 내주겠소?"

혈불이 음산한 미소를 지었다.

"그놈, 주둥이에 기름을 발랐나, 말솜씨 하나는 번지르르하구나. 그러니까 깨질 때 깨지더라도 그냥은 넘겨줄 수 없다는 얘기 아니냐?"

그러면서 막종오의 상처투성이인 몸을 보며 물었다.

"보아하니 앞에서 양가 무사들과 대판 붙고 온 것 같은데 그 몸으로 우리와 싸울 수 있겠느냐?"

혈불은 막종오의 상처를 보며 한눈에 양가창법에 당했다는 것을 읽어냈다.

막종오는 부지런히 눈알을 돌렸다. 아무리 묘안을 짜내고 빠져나갈 궁리를 해보았지만 마땅한 방법이 떠오르지 않았

다. 이미 인향탄과 미혼향에 한 번씩 당한 경험이 있기 때문
에 더 이상 그 방법은 먹히지 않을 것이다.

혈불로부터 주의를 받은 듯 무사들 또한 적당히 거리를 두고
날카로운 눈으로 막종오의 일거수일투족을 지켜보고 있었다.
조금만 이상한 행동이 보이면 곧바로 공격하겠다는 의지였다.

"한 가지 묻고 싶은 것이 있다. 네놈은 누군데 저 계집을
데려가려고 하느냐?"

그것은 소속이 어디냐는 뜻이었다.

막종오는 자신의 신분을 밝힐 수는 없지만 굳이 북궁설을
데려가려는 이유까지 감출 필요는 없다고 생각했다.

"난 북궁 낭자를 안전하게 보호해 주기로 가족들의 부탁을
받은 사람이오."

혈불이 눈이 좁혀졌다.

"그럼 자객이란 말이냐?"

막종오는 고개를 끄덕였다.

"맞소."

혈불의 눈이 더욱 좁혀졌다. 강호 명문들로부터 위협을 받
고 있는 북궁설을 보호하기에는 자신이 겨뤄본 막종오의 솜
씨는 의외로 낮았기 때문이다.

第九章
기 싸움

하지만 막종오가 거짓말을 하고 있다고는 생각하지 않았
다. 오랜 경험에 비춰 막종오는 진실을 말하고 있다고 믿었
다. 그렇지만 자객치고는 그다지 명성을 떨치고 있는 부류는
아니라고 생각했다

"놈을 잡아랏!"

혈불의 명령이 떨어지자 아홉 명의 도객이 다가섰다.

"그들은 염왕구도(閻王九刀)라고 한다."

하지만 막종오는 아무런 표정 변화도 없었다. 그가 염왕구
도에 대해서 전혀 들어보지 못했기 때문이었는데, 이들의 신
분을 알고 있었다면 아무리 배짱 좋기로 소문난 그라도 상당

히 놀랐을 것이다. 염왕구도는 악씨세가에서도 칼로 일가를 이룬 전문 도객들로 모두 당주 급의 예우를 받고 있었다.

쐐액!

맨 선두의 사내 칼이 날아왔다.

화악!

막종오의 눈이 커졌다. 칼의 빠름이 예상을 완전해 뒤집었다. 그것은 놀라운 속도였고 육안으로 쫓을 수가 없었기에 막종오는 본능적으로 검을 들어 막았다.

카캉!

'후훗!'

손바닥이 찢어지는 것 같았다. 조금만 더 셌다면 검을 놓쳤을 것이다. 이미 양가 무사들과 치른 혈전으로 평소의 몸 상태가 아니라고 해도 실로 놀라운 위력이었다.

쉭— 쉬이익!

이번에는 세 명의 도객이 베어왔다.

무척 간결하고 빨랐는데 막종오는 검을 수평으로 그으며 세 사람의 칼을 동시에 막았다.

꽈앙!

"커억!"

막종오가 나가떨어지며 비명을 질렀다.

"으웩!"

검붉은 피까지 토해내며 몸을 일으켰는데 주위가 빙글빙

글 돌았다. 기혈이 들끓으면서 현기증이 일어난 것이다. 하지만 막종오는 기어이 몸을 일으켰고, 일어나자마자 두 명의 도객이 또다시 날아왔다.

칼과 하나가 된 도신일체.

그것은 그들의 경지가 어디쯤에 이르렀는지를 보여주고 있었다.

콰가강!

또다시 양쪽의 도기와 검기가 허공에서 충돌을 하며 억! 하는 비명을 남기며 막종오가 날아가 떨어졌다. 하필 그는 북궁설의 발 앞에 떨어져 엄청난 양의 피를 토해내고 있었다.

"으웨애액!"

내장 조각까지 섞인 피를 보며 북궁설의 입술이 물렸다.

"괘… 괜찮아요?"

스윽!

막종오가 피를 닦은 손을 내밀며 말했다.

"젠장! 낭자 눈에는 이게 괜찮아 보이오?"

순간적으로 북궁설의 두 눈 깊이 아픔이 스쳤다.

그러더니 붉끈 입술을 깨물며 그녀가 말했다.

"가세요!"

막종오가 멈칫하며 쳐다보자 북궁설이 빠르게 말을 이었다.

"날 내버려 두고 일신을 다스리란 얘기예요."

"낭자를 내버려 두고 도망치란 말이오?"

"대신 한 가지만 약속해 줘요. 어떤 일이 있어도 날 구출하
러 반드시 돌아오겠다고 말이에요."

막종오가 놀란 표정을 지었다.

너무 뜻밖의 얘기였고, 놀라지 않을 수 없을 만큼 충격적이
었다.

북궁설이 말했다.

"왜 아무런 말씀을 하지 않나요? 빨리 약속해 줘요. 언젠가
는 반드시 날 데리러 오겠다고."

사실 막종오의 몸은 최악이었다. 양가 무사들과 싸움에서
입은 내상에다 염왕구도의 공격은 그를 완전히 사지로 몰아
넣었다. 지금도 서 있긴 하지만 손가락 하나 끄덕일 힘도 없
었다. 백초거독환을 오면서 여러 차례 복용했지만 워낙 내상
이 심해 별 차도가 없었는데 또다시 일격을 맞았으니 완전히
치명타를 입은 것이다. 한마디로 더 이상 싸울 여력이 없었
다.

"카악!"

막종오가 투덜대며 가래침을 뱉었는데 핏덩이였다.

막종오의 두 눈이 북궁설을 뚫어져라 쳐다보았다. 그녀의
두 눈이 별빛처럼 반짝거리고 있었다. 그것은 어떤 두려움이
나 공포가 아니었다. 어느새 그녀는 이런 위험한 일에 익숙해
져 있는 듯 담담한 시선이었다.

"정말이오? 진짜 가도 되겠소?"

"가세요. 하지만 아까 말했듯이 반드시 날 데리러 와야 해요."

바보가 아닌 이상 막종오의 능력으로 절대 자신을 노리는 칠대무가 사람들 손에서 구출하지 못한다는 것을 알고 있을 것이다.

그것은 어쩌면 황소가 바늘귀를 통과하는 것보다 더 어렵다는 것을 모르지 않을 텐데도 그녀는 꼭 데리러 와달라고 부탁하고 있었다.

그냥 내뱉은 말이 아니라 진심이 담겨 있고 꼭 와주었으면 하는 간절한 염원이 눈을 가득 채우고 있었다.

"왜 아무 말씀이 없으신가요?"

막종오의 시선이 북궁설의 채대에 머물렀다.

비록 도망 다니느라 때가 묻고 긁힌 자국들이 많았지만 나뭇가지 사이로 파고든 햇빛을 받으며 환상적인 광경을 연출하고 있었다.

막종오의 시선을 의식했음인지 북궁설 또한 자신의 허리에 감긴 채대를 내려다보더니 미소를 지었다. 그것은 아주 잠깐이지만 행복한 미소였다. 그녀는 아마 채대가 있음으로 인해 자신이 처한 위험과 고통을 잠시라도 잊고 있는 것 같았다.

막종오는 북궁설을 가만히 쳐다보았다.

자신을 쳐다보는 북궁설의 두 눈은 너무도 깨끗했다. 철부
지 어린아이와 다를 바 없이 영롱하게 반짝거렸는데 문득 가
슴 한곳이 싸해졌다.

막종오가 이를 지그시 물었다.

"오겠소. 반드시."

목소리는 작았다. 하지만 어떤 외침보다 힘이 넘쳤고 굳건
한 약속이 묻어 있었다.

북궁설이 미소를 지었다.

"고마워요, 공자님."

북궁설이 혈불을 향해 말했다.

"한 가지 조건이 있어요."

혈불이 말했다.

"그자를 안전하게 돌려 보내주란 얘기요?"

"그렇지 않을 때에는 저도 당신들에게 협조하지 않겠어
요."

혈불은 호쾌하게 고개를 끄덕였다.

"그것은 걱정하지 마시오. 악씨세가의 명예를 걸고 약속하
리다. 절대 쫓거나 공격하지 않겠소."

북궁설이 막종오를 돌아보며 말했다.

"걸을 수 있겠어요?"

막종오는 대답하지 않았다. 그의 두 눈은 시종 그녀의 반짝
이는 눈에 머물러 있었다.

눈이 아름다우면 모든 것이 아름다운 법이라고 했다. 지금 이 시간 그녀의 눈빛은 너무도 맑고 깨끗했고, 자신을 걱정하는 진정이 넘쳐흘렀다.

"어서 가요."

"오래 걸리지 않을 것이오. 반드시 낭자 곁으로 다시 돌아올 테니 몸 보중하시오."

북궁설이 환하게 웃었다. 얼굴은 표정이 없었지만 두 눈에 기쁨이 가득 담겨 있었다.

"그 말 믿어요."

다시 한 번 자신이 물들여 준 채대를 쳐다본 후 막종오는 돌아섰다.

막종오는 서너 걸음 걷다 말고 다시 돌아보았다. 여전히 북궁설의 두 눈은 자신에게 고정되어 있었다.

자신을 쳐다보는 막종오를 향해 손을 들어 보였다.

막종오는 돌아섰다. 그리고 마음속으로 반드시 다시 돌아오겠다고 굳게 다짐했다. 그것은 완수하지 못한 청부의 연속 선상에서의 움직임이 아니라 한 여인과의 약속이었다.

"젠장, 조금만 잘생겼으면 좀 좋아."

막종오는 나직이 투덜거리며 걸음을 재촉했다.

막종오가 시야에서 완전히 사라지고 나서야 북궁설은 혈불에게 다가갔다.

"가요."

혈불이 가볍게 목례를 하며 말했다.

"협조해 주셔서 고맙소이다. 당장 북궁 낭자를 호위하여 돌아간다!"

혈불의 명령에 염왕구도가 그녀를 에워쌌다.

완벽한 보호망을 구축하여 일행은 움직이기 시작했다. 그때 혈불의 입술이 달싹거렸는데 입 밖으로 소리는 흘러나오지 않았다. 그러자 북궁설을 에워싸고 가던 염왕구도 중 한 사람이 조용히 일행 사이에서 떨어져 막종오가 간 곳을 향해 몸을 날렸다.

'놈은 불씨다!'

불씨는 언젠가는 되살아난다. 그래서 끌 때 확실히 꺼야 한다. 처음 마차를 곱게 내줄 때도 그랬고 지금도 그랬다. 자신이 힘들여 포획한 사냥감을 쉽게 내주기란 쉽지 않다.

오늘 같은 경우, 북궁설의 독촉이 있었다고는 하지만 막종오는 미련없이 돌아섰다. 현명하지 않으면 결코 취할 수 없는 행동이었다.

무서운 적은 힘센 놈보다 머리가 잘 돌아가는 놈이다. 나중에 다시 만났을 때는 힘까지 구비되어 있을 것이라고 확신했다. 그래서 지금 이때 죽여 없애야 한다고 마음먹은 것이다.

막종오의 뒤를 쫓아간 사내의 이름은 왕우새.

염왕구도 중 가장 나이가 어린, 올해 스물아홉이다. 하지만 실력까지 가장 아래에 있지는 않았다.

왕우새가 땅에 내려서서 주위를 휘둘러보았다.

조그만 계곡이었는데 앞뒤 정황과 시간을 계산해 볼 때 막종오의 모습이 이쯤에서 보여야 했다. 자신이 보는 막종오의 몸 상태는 말 그대로 움직이는 시체에 가까웠다. 결코 신법을 펼칠 수도 없고 걸음 또한 빠르지 못할 것이다.

팟!

왕우새의 눈이 빛을 뿌렸다. 전방 삼십여 장 밖에 커다란 바위가 있었고, 그 아래로 조그만 동굴 입구가 보였다.

왕우새는 볼 것도 없다는 듯 씨익 미소를 지으며 동굴을 향해 다가갔다. 필시 저 안에 들어가 운기조식으로 몸을 다스리고 있을 것이다. 부상이 깊어 완전하게 몸을 만들지는 못해도 일단 자신이 움직이는 데 조금 편하기 위해서라면 운기조식은 필수였다.

척!

동굴 입구에 닿은 왕우새는 조용히 입을 열어 말했다.

"나와라!"

아무리 보는 사람이 없다고 하지만 명문의 제자이다. 운기조식 중에 있는 사람을 공격하는 따위의 치졸한 행위를 하고 싶지 않았다.

"좋게 말할 때 나와."

조금 목청을 가다듬어 말했다. 하지만 동굴 속으로는 아무런 반응이 없었다.

왕우새의 인상이 찌푸려졌다.

"네놈이 숨어 있다고 내가 모를 줄 아느냐? 셋을 셀 동안에도 나오지 않으면 내가 들어가겠다. 하나!"

왕우새는 느긋한 표정으로 숫자를 세기 시작했다.

"두울!"

동굴로부터는 여전히 반응이 없었고, 이내 왕우새는 버럭 소릴 질렀다.

"이 멍청한 놈아! 세엣!"

큰 소리로 셋을 세었지만 여전히 반응이 없었다. 왕우새가 이를 갈아붙이며 동굴 안으로 들어갔다. 동굴 안은 한 치 앞도 보이지 않을 만큼 캄캄했다.

전신의 내공을 끌어올려 안력에 집중하자 희미하게 그 윤곽이 드러났다. 동굴은 그다지 넓지 않았다. 다만 천연 동굴이었고 바닥에 마른 풀이 깔려 있는 것이 사냥꾼들이 왕왕 휴식처로 삼았음을 알 수 있었다.

"어디 있느냐? 숨어 있으면 어서 나와라!"

막종오의 모습은 보이지 않았다. 그래서 왕우새는 그가 숨어 있다고 생각했다. 하지만 동굴은 복잡하지 않고 단순하여 숨을 곳도 마땅치 않았다.

꿈틀!

막종오의 흔적을 찾지 못하고 눈썹을 찌푸리고 있을 때 돌연 밖으로부터 지축을 울리는 굉음이 들려왔다.

쿠쿠쿵!

왕우새는 깜짝 놀라며 입구를 돌아보았다. 조금 전까지 훤히 뚫려 있던 입구가 거대한 바위로 막혀 있었다. 잽싸게 달려나가 입구를 막고 있는 바위를 밀어봤지만 꼼짝도 하지 않았다. 바위는 단 한 치의 틈도 없이 입구를 단단히 막아버렸다.

한편 동굴 밖에서는 막종오가 전신에 땀이 범벅이 되어 숨을 헐떡거리고 있었다.

막종오는 혈불을 믿지 않았다. 아니, 혈불뿐만 아니라 자신이 그의 입장이라도 결코 살려 보내지 않을 것이다. 일단 북궁설의 시야에서 벗어나기만 하면 곧바로 뒤를 쫓아올 것이라고 확신했다.

염왕구도 한 사람 한 사람은 절정의 도객이다. 단 한 사람의 칼도 막아낼 자신이 없었고 혈불에 의해 이미 인향탄과 칠망단에 대한 설명을 들었기 때문에 그것도 통하지 않을 것이다. 그래서 당장 시급한 것은 추적을 뿌리는 것이었는데 좋은 방법이 떠오르지 않았다.

그때 도착한 곳이 동굴 입구였다. 문득 동굴을 보자 운기조식을 취해 몸을 어느 정도 다스리고 싶어졌다. 하지만 입장을 바꿔 자신이 추적자라면 누가 보아도 동굴은 몸을 다스리기에 좋은 장소임이 분명했다. 그래서 생각을 바꾸어 동굴 입구를 처마처럼 내리덮고 있는 바위 위로 올라가 면밀하게 살폈다. 바위는 동굴 입구를 넉넉하게 덮을 만큼 앞으로 뻗어나가 있었다. 그래서 뒷부분의 흙을 조금만 파헤치면 바위를 앞으로 무너뜨릴 수 있을 것 같았다.

　적은 필시 동굴 안에 자신이 있을 것으로 믿고 들어갈 것이 뻔했지만 만약을 대비해 직접 안으로 들어가 자신의 체취까지 남겼다. 그리고 곧바로 바위 뒤쪽의 땅을 검으로 파기 시작했다. 이어 마지막 남은 힘을 쌍장에 모아 바위를 떠밀어 입구를 막아버린 것이다.

　퍼퍼퍽!

　안쪽으로부터 칼로 바위를 때리는 진동음이 들려왔다. 바위는 화강암이다. 제아무리 염왕구도 중 한 사람이라고 해도 바위를 부수고 나오기는 힘들 것이다. 필시 누군가 나타나 구해주기 전에는 아마 굶주림에 시달리다 아사하고 말 것이다.

　탁탁!

　막종오는 양손에 묻은 흙을 털어내고 비틀거리며 동굴 입구를 떠났다.

　고문은 벌써 닷새째 계속되고 있었다. 때리고 찌르고 심지어 불로 지지기까지 했지만 자신들이 원하는 대답은 흘러나오지 않았다. 그 방면에 일가로 이루고 있다는 전문가들을 모조리 데려와 돌아가면서 고문을 가했지만 막철봉의 입은 여전히 굳게 물려 있었다.

　촤악!

기절을 하자 또다시 물을 뿌려 깨웠다.

막철봉은 천장에 거꾸로 매달려 있었는데 어찌나 심한 고문을 받았는지 바닥에 피가 흥건했다.

거구의 두 사내가 몽둥이와 채찍을 쥐고 다그쳤다.

"임마, 이제 그만 고집 피우고 말해라. 네가 귀룡대인을 죽였지?"

"말하면 살려줄 뿐만 아니라 아가씨께서 적지 않은 보상금도 준다고 약속했다. 그러니까 솔직히 털어놔 봐."

"나… 나는 모르오."

찢어지고 부르터진 막철봉의 입술이 떨리며 말을 뱉었다.

"난 그저 응방이란 집단의 주인일 뿐 귀룡대인의 죽음과는 전혀 무관하외다."

자신 혼자만 관계된 일이라면 이미 토해 버렸을 것이다. 하지만 가문의 대를 이어야 하는 하나뿐인 핏줄이 관계되어 있었다. 그것은 결코 입을 열어서는 안 되는 일이었다. 차라리 자신이 고문을 받다 죽는 한이 있더라도 아들만큼은 보호해야 했다.

"이 개자식이 또 거부를 하네."

쇠몽둥이를 들고 있던 거구가 힘껏 앞가슴을 가격했다.

퍼억!

"아이고!"

"제발 말 좀 해라! 우리도 좀 살자! 응?"

퍼퍼퍽!

연거푸 앞가슴을 때렸고, 막철봉은 고통스러운 듯 요동을
쳤다.

좌라락!

그러자 양 발목을 묶고 있는 쇠줄이 거친 소음을 냈다.

"그만!"

채찍을 들고 있던 동료가 몽둥이질을 하는 사내를 말렸다.

"안 되겠어. 자넨 나가봐. 걸핏하면 몽둥이찜질인데 누가
말을 하겠나? 자넨 잠깐 나가 있어. 내가 얘기해 볼 테니까."

강제로 몽둥이를 든 사내를 밖으로 내보낸 채찍을 든 사내
가 막철봉 옆에 쭈그리고 앉았다.

그리고 입가에 묻은 피를 옷소매로 닦으며 점잖게 말했다.

"많이 아프지? 아주 괴로울 거야."

막철봉은 아무런 반응을 보이지 않았다.

"다른 건 몰라도 더 이상 이 땅에 고문 같은 비인간적인 행
위가 발붙여서는 안 된다고 생각하는 사람이 바로 나야. 고문
은 인간의 심성을 황폐화시킬 뿐 아니라 가장 야만적인 행위
이지."

그는 막철봉의 귀에다 속삭이듯 말했다.

"고문은 나쁘다. 어떤 일이 있어도 일어나서는 안 돼. 하지
만 정말이지, 너에게만큼은 어쩔 수가 없어. 그래서 고문을
해야 하는 나 또한 엄청 괴롭다구. 자, 우리 어서 끝내자. 너

도 빨리 끝내고 집으로 돌아가야 할 것 아냐. 네가 웅방의 방주라고 했지?"

"그… 그렇소."

"조상 대대로 자객 일을 해왔다고?"

"십 대가 넘었소이다."

"걸핏하면 직업을 바꾸는 요즘 세상에서 무려 십 대를 한 직업에 종사하며 내려왔다는 것은 정말 자랑스러운 일이지. 그런데 말이야, 얼마 전에 귀룡대인이라는 사람이 죽었어. 인간적으로 묻겠다. 너의 짓이지? 얼른 '내가 했습니다' 하고 말해."

막철봉은 단호히 고개를 저었다.

"아니오. 난 그가 누군지 모르오."

사내의 인상이 와락 찌푸려졌다.

"아, 이 자식 진짜 안 되겠네! 좋게 인간적으로 대우해 줬더니 끝까지 삐딱선이야! 진짜 마지막으로 묻겠다! 웅방에서 귀룡대인을 죽였지?"

"아니오."

벌떡!

사내가 일어나더니 팔소매를 걷어붙였다.

"좋다! 오늘 우리 끝장을 내자!"

잔뜩 흥분하여 채찍을 들어 막 때리려 할 때 석실 문이 열리더니 사마홍과 천수사 외에 또 한 명의 남자가 들어섰다.

채찍의 사내는 잽싸게 한쪽으로 비켜나며 허리를 숙여 예를 표했다.

"아직도 입을 닫고 있느냐?"

사마홍이 물었다.

사내를 고개를 끄덕였다.

"무척 질긴 놈입니다."

"됐다. 넌 그만 나가봐."

사내는 사마홍에게 꾸벅 예를 표한 뒤 물러나며 낯선 사내를 흘깃 쳐다보았다.

그때 사마홍이 사내를 향해 물었다.

"곧바로 시작해 주겠어요?"

흑의를 걸친 사내는 대략 오십가량 되어 보였는데 처음 보는 얼굴로 턱이 주걱처럼 무척 길었다. 사마홍이 공대를 하는 것을 보면 사마세가 사람이 아님이 분명했다. 워낙 가세가 크기 때문에 자신이 모르는 얼굴이 지천이지만 아닌 게 확실했다.

채찍을 든 사내의 고개가 갸웃했다.

사내의 몸에서 알 수 없는 기이한 기운이 풍겨 나왔기 때문이다. 한참 눈살을 찌푸리며 사내의 몸에서 풍겨 나온 기운이 뭘까 생각하던 채찍을 든 사내의 눈이 커졌다.

'피 냄새다!'

엄밀히 말하면 그것은 육식동물에게서 풍기는 사악한 음

기었다. 동물을 잡아먹는 맹수들에게는 특유의 냄새가 있다. 약간의 비린내와 눅눅한 아주 불쾌한 냄새인데 그것은 많은 피를 섭취하여 쌓인 피 냄새인 것이다.

도대체 누구이기에 사람의 몸에서 야수의 냄새가 난단 말인가. 채찍 든 사내가 한참 궁금해할 때 사내가 막철봉 곁으로 다가가더니 여기저기 몸을 살펴보았다.

찢어지고 짓이겨진 막철봉의 상처를 보며 이마를 찡그렸다.

"흐흐! 대단하군. 이 정도 두들겨 맞았으면 여느 사람들 같았으면 없는 말도 만들어 했을 텐데……."

사마홍이 말했다.

"입을 열게 할 수 있겠어요?"

사내가 히죽 웃었다.

"분령사라는 칭호를 그저 얻은 게 아니오."

흠칫!

채찍사내와 몽둥이를 들고 있는 두 사내가 동시에 기겁했다.

분령사(粉靈士) 골패(骨敗), 일명 죽음의 선비라고도 부른다. 좀 더 적나라하게 표현한다면 영혼까지 가루로 만들 만큼 뛰어난 고문 솜씨를 갖고 있는 사람이었다. 그가 마음먹어 입을 열지 못한 사람이 없다고 전해지며 그는 약 백여 가지의 고문 기예를 갖고 있다고 전해진다. 돌부처도 입을 열어 말하도록 만든다는 분령사가 눈앞에 와 있는 것이다.

"이 정도 상처라면 알려진 고문은 모두 시도해 봤다는 얘
긴데……."

다시 한 번 막철봉의 몸 주위를 돌며 상태를 점검한 골패가
뭔가 느꼈다는 듯 고개를 끄덕였다.

그러더니 오른손을 들어 명문혈을 탁 쳤다.

"욱!"

그러자 막철봉이 가벼운 신음을 흘리며 몸을 한차례 떨었
다. 이어 골패의 오른손이 빠르게 막철봉의 이곳저곳의 혈도
를 짚기 시작했고, 그때마다 막철봉은 거칠게 요동했다.

십여 곳의 혈도를 누르던 골패의 동작이 멈췄다.

그리고 가만히 막철봉을 지켜보았다. 막철봉은 혈도를 짚
을 때만 잠시 요동했을 뿐 조용히 있었다. 그런데 반 각쯤 지
나면서부터 몸을 떨기 시작하더니 격렬하게 뒤틀기 시작했
다.

촤라라랑!

천장의 쇠사슬이 끊어질 정도로 요동을 했고, 온몸에서 뼈
마디가 뒤틀리는 소리가 흘러나왔다.

우드득!

끼기기기!

"끄어어어!"

엄청난 고통이 밀려오는 듯 거품을 물며 막철봉은 발버둥
을 쳤다.

"어떤 고문인가요?"

사마홍이 물었다.

골패가 씨익 웃으며 대답했다.

"혹시 분근착골이라고 들어보셨는지요?"

"부… 분근착골!"

채찍과 쇠몽둥이를 든 사내가 기겁하며 외쳤다.

분근착골은 최악의 고문술이었다. 무인에게 어검술이 꿈에서조차 얻고자 하는 경지라면 고문을 한다는 사람들에게 분근착골은 반드시 익히고 싶어하는 수법이었다. 말로만 들었을 뿐 아직까지 단 한 번도 구경해 본 적이 없는 분근착골이 눈앞에서 벌어지고 있었으므로 두 사람은 눈을 크게 뜨고 쳐다보았다.

"어그그극!"

거품 속에서 피가 섞여 나왔고, 막철봉의 몸이 요란하게 뒤틀리며 꼬이기 시작했다. 마치 연체동물마냥 막철봉의 몸은 새끼처럼 이리저리 마구 꼬여 돌아갔다.

지켜보던 사마홍조차 눈썹을 찌푸렸다.

난생처음 보는 살인적인 고문이었고, 말로만 들어본 분근착골에 그저 아연할 따름이었다. 그러나 골패는 아무렇지도 않은 듯 입가에 약간의 미소까지 물고서 몸부림치는 막철봉을 지켜보고 있었다.

"크어어어억!"

비명이 메아리가 되어 지하실을 울렸다. 그것은 듣는 사람으로 하여금 모골이 송연토록 하기에 충분한 전율이었다.

의자에 앉아 팔짱을 끼고 있던 천수사가의 이마가 깊게 찌푸려져 있었다.

'무서운 끈기다.'

분근착골까지 당하는데도 막철봉의 입은 열리지 않고 있었다. 막철봉의 고통에 찬 비명은 더욱 사람들 귀청을 울렸고, 쇠사슬이 끊어질 듯 요동쳤다.

처음에는 느긋하게 자신감 넘치는 표정을 짓던 골패의 얼굴이 조금씩 굳어지기 시작했다. 아무리 끈기 넘치는 자라도 분근착골을 시작하면 반 각을 넘기지 못하고 죄다 토해놓는다. 그런데 막철봉은 이각 가까이 지나고 있는데도 비명만 지를 뿐 아무런 대답을 내놓지 않고 있었다.

분근착골은 고문술의 끝이다. 그 이상은 없다.

골패의 얼굴이 붉으락푸르락했다. 천하제일 고문술의 대가라는 명예도 중요하지만 무려 황금 백 냥을 받고 초대되어 온 것이다. 당연히 큰돈을 받았으므로 입을 열 자신이 있다고 큰소리쳤는데 상대는 요지부동이었다.

파팍!

골패가 소매를 걷어붙였다

"오늘 내가 네놈 입을 열지 못하면 골패가 아니라 개패다."

그러면서 혈도를 다시 깊숙이 눌렀다. 분근착골을 시행하는 혈도를 깊숙이 누를수록 고통은 배가된다.

"으으으!"

좌라랄!

거꾸로 매달린 막철봉이 미친 듯 요동을 쳤다.

주르르르!

막철봉의 칠공에서 피가 흘러내렸다. 온몸의 근육과 뼈마디가 뒤틀리며 힘줄과 신경이 끊어지며 흘러내리는 피다. 근육과 뼈마디가 뒤틀릴 때의 고통은 상상을 초월한다. 그런데도 막철봉은 거세게 몸부림만 칠 뿐 아무 말도 하지 않았다.

벌떡!

그때 문득 천수사가 의자에서 벌떡 일어나자 사마홍이 고개를 돌렸다. 무슨 일이냐는 의미의 시선이었다.

천수사가 요동을 치는 막철봉을 보며 말했다.

"오로지 한 가지로밖에 해석할 수 없습니다. 일반적으로 아무리 털어놓을 것이 없다고 해도 분근착골 같은 고문이 가해지면 없는 말이라도 꾸며서 해내지요. 물론 나중에 조사해 보면 너무 고통스러워 우선 살기 위해 꾸며대었다고 하는데 저렇게 분근착골 아래서도 버틴다는 것은 귀룡대인을 죽인 장본인일 가능성이 높습니다."

"하면 왜 털어놓지 않죠?"

천수사가 잠시 요동치는 막철봉을 쳐다보았다. 뭔가를 생각 하는 듯 두 눈이 날카로운 빛을 뿌렸다.

"저자에게 아들이 있다고 했지요?"

"알아본 결과 멀리 염초를 구입하러 떠났다더군요."

그때 골패의 목소리가 지하실을 울렸다.

"이제 그만 말해! 말하라니까!"

고통에 몸부림치는 막철봉에게 소리쳤지만 소용이 없었다.

천수사가 사마홍에게 말했다.

"아들을 잡아야겠습니다. 아들의 목숨을 위협하면 털어놓지 않을 수 없을 것입니다."

"목 대주."

"부르셨습니까?"

문이 열리고 목우량이 나타났다.

"칠채염방을 지키고 있다가 아들이 나타나면 끌고 오너라."

"존명!"

목우량이 밖으로 사라졌다.

사마홍의 시선이 천수사를 향했다. 그것은 확실히 자신보다 한 수 위라는 것을 인정하는 눈빛이었다. 자식을 고문하면 천하의 어떤 부모가 버티겠는가.

*　　　*　　　*

검은 휘장이 쳐진 한 대의 마차가 저잣거리를 가로질러 내려가고 있었다. 마부석에는 막종오가 타고 있었는데 한눈에 먼 길을 달려왔음이 느껴질 만큼 행색이 꾀죄죄했다.

"어찌 요즘 안 보인다 했더니 염초를 구하기 위해 갔던 모양이군."

"말이 힘들어하는 것이 이번에는 많이 구입했나 보군?"

길가 사람들이 알아보고는 아는 체를 하자 막종오는 그들을 향해 일일이 고개를 끄덕였다.

항시 시간을 길게 소비하는 청부를 마치고 돌아올 때는 이런 식으로 귀가한다. 마차를 구입해 여기저기 몇 곳의 저잣거리를 돌아다니며 염초를 구입해 싣고 돌아오는 것이다. 누구도 자신이 딴짓을 하고 돌아왔다는 것은 알지 못했다.

막종오는 느긋하게 마차를 몰았다. 아는 사람들이 끝없이 자신을 향해 손을 쳐들었고, 자신 또한 그들을 향해 손을 흔들어주었다. 이윽고 마차가 태화루 앞을 지나가는데 갑자기 누군가 벼락처럼 튀어나와 마차 앞을 가로막았다.

"억!"

막종오는 깜짝 놀라며 말고삐를 힘차게 잡아당겼다.

히히힝!

말이 급히 앞발을 쳐들며 미친 듯 울부짖었고, 다행히 아슬아슬하게 길을 가로막고 선 사람과의 충돌은 일어나지 않았다.

"다… 당신은?"

막종오의 인상이 대번에 구겨졌다.

길을 막고 선 사람은 다름 아닌 태화루의 매월이었다.

"제… 제발 그런 눈으로 보지 마."

막종오의 눈빛에 질린 듯 매월이 손을 내저었다.

막종오가 퉁명스럽게 말했다.

"왜 마차 앞을 가로막는 거요?"

"크… 큰일 났어. 아버지가 사라졌어."

막종오의 눈이 커졌고, 매월이 급히 말을 이었다.

"벌써 열흘 가까이 되었어. 집에도 가봤지만 없어."

막종오의 표정이 굳어졌다.

"자세히 말해보시오. 아버지가 어딜 갔단 말이오?"

"몰라. 온다 간다 말 한마디 없이 사라져 버렸어. 도대체 무슨 일이래? 아직까지 이렇게 말 한마디 남기지 않고 사라진 적이 없었는데."

막종오의 두 눈에서 섬광이 뻗었다.

뒷덜미가 섬뜩했다. 본능적으로 좋지 않은 사고가 일어났음을 직감했다. 딱딱하게 굳은 얼굴로 매월을 쳐다보던 막종오가 말고삐를 잡아당겼다.

일단 집으로 가봐야 했다.

"별일없겠지? 제발 아무 일 없어야 하는데."

지나가는 마차에 대고 매월이 걱정스럽게 말했다.

마차를 끌고 가는 막종오의 두 눈은 깊이 내려앉았다.

아버지의 실종이 단순하지 않다는 것이 막종오의 생각이었다. 물론 자신이 없는 사이에 간단한 청부가 들어왔고, 부친 혼자 힘으로 충분히 처리할 자신이 있어서 움직일 수도 있었다. 하지만 막종오는 이내 고개를 내저었다. 평소 부친의 성품으로 보아 함부로 경거망동하지 않는다. 아무리 자신이 있어도 본인은 이미 일선에서 물러났기 때문에 철저히 자신에게 모든 것을 맡기고 일임했다. 단 한 번의 과욕이나 실수가 가문은 물론 자신과 아들의 생명을 앗는다는 사실을 누구보다 잘 알기 때문이었다.

"음!"

막종오 입술을 비집고 신음이 흘러나왔다.

전혀 짚이는 곳이 없는 것은 아니었다. 마차가 방향을 꺾어 자신의 가게가 있는 골목으로 접어들었다. 오늘따라 골목은 조용했다.

잠시 후 마차는 가게 앞에 멈추자마자 옆집 목기전 주인이 부리나케 다가와 말했다.

"약초를 구해오는 모양이로군?"

옆집 목기전 주인도 칠채염방이 상구제일 자객 집단 응방인 줄은 전혀 모른다.

"그동안 별고없으셨습니까?"

"별고가 있네. 그것도 아주 크게 있네."

목기전 주인이 빠르게 말했다. 내용은 매월이 했던 것과 하나도 다르지 않았다.

막종오가 별로 놀라는 기색을 보이지 않자 목기전 주인이 이상하다는 듯 물었다.

"왜 아무렇지도 않는 얼굴인가? 아버지의 행방을 알고 있기라도 한 건가?"

"그건 아닙니다."

막종오는 이미 오면서 태화루의 매월로부터 대략의 얘기를 들었다고 말해주었다. 그제야 막종오가 별로 놀라지 않은 이유를 알겠다는 듯 목기전 주인은 고개를 끄덕였다.

막종오가 가게를 둘러보았다. 진열된 염천 위로 먼지가 수북이 쌓여 있었다.

그때 목기전 주인이 말했다.

"계속 닫아놓을 수가 없어서 내가 아침에는 열어주고 저녁 술시쯤 되면 닫고 있네."

진열된 염색된 천도 그대로였고 안쪽 마당과 안방의 살림살이 모두 깨끗하게 정돈되어 있었다. 다시 한 번 집 안을 휘둘러본 막종오의 눈앞으로 떠오르는 사람들이 있었다. 그들은 바로 자신의 집을 감시하던 자들이었다.

아마 감시하다 어떤 의심의 흔적이 발견되지 않자 부친을 끌고 가 고문으로 뜻을 이루려고 했을 것이 뻔했다.

조사한 바에 의하면 그들은 사마세가의 사람들이었고, 귀룡대인이 취급하는 단금한철의 최대 소비자였다. 귀룡대인이 죽자 그들은 경쟁 가문의 짓으로 판단하고 대대적인 추적 조사에 나섰고, 그 표적이 바로 자신의 가문, 응방이었다.

심증은 가지만 일체 물증이 발견되지 않자 급기야 부친을 끌고 갔음이 분명했다. 막종오의 두 눈에서 형형한 광채가 뿜어져 나왔다.

'곧 나까지 잡으러 오겠군.'

부친에게서는 결코 어떤 목적도 이루지 못할 것이다. 자객은 목숨이 끊어지는 한이 있어도 고객과의 비밀을 지켜야 한다. 그것은 이름있는 자객이든 무명이든 모두에게 통용되는 철칙이었다.

실패는 있어도 비밀이 누설되어서는 자객일 수 없다. 비록 천하에 알려진 자객 가문은 아니지만 선조 때부터 응방에 청부했다가 피해를 본 사람이 단 한 명도 발생하지 않았다는 것이 얼마만큼 비밀 유지에 목숨을 걸었는지 알 수 있었다. 비밀 유지 하나만큼은 어떤 명성있는 자객 집단과 비교해도 떨어지지 않음을 자부할 수 있었다.

언제 찾아오느냐가 문제일 뿐 자신을 잡으러 오는 것은 시간문제였다. 보나마나 자신을 붙잡아 가서 닫힌 아버지의 입을 열려 할 것이다.

막종오는 마차에 실린 염료를 집 안으로 나르기 시작했다.

'피하면 안 된다.'

찾아올 것을 알고 도망치거나 몸을 숨기면 더욱 의심을 받는다. 특히 붙잡힌 부친의 목숨이 더욱 위태로워진다. 또한 도망친다고 해서 모든 것이 해결되는 것이 아니다. 그들은 무슨 수를 써서라도 자신을 끝까지 잡으려 할 것이다.

사마세가와 같은 엄청난 문파의 추적 속에 잡히지 않고 버틴다는 것은 불가능한 일이었다. 어차피 닥쳐온 위험인 만큼 정면으로 맞서야 했다. 정면이란 피하지 않고 자신을 잡으러 오면 순순히 끌려가 부친과 다름없이 똑같이 고문을 당하는 것이었다. 자객 노릇을 하다 보면 이보다 더 험한 일도 자주 당한다. 그것이 자객들에게 씌워진 운명이고 숙명이다. 이런 위험 속에서도 버티고 이겨내느냐에 진정한 자객의 가치가 달려 있다.

'후후!'

돌연 염초를 한 아름 안고 가던 막종오의 입술이 뒤틀렸다.

콧구멍을 벌름거렸는데 익숙한 냄새가 뒷문 쪽에서 다가오고 있었다.

'벌써 왔군!'

자신을 잡기 위해 사마세가의 무사들이 왔다는 것을 알아차렸다.

하지만 막종오는 아무것도 모르는 사람처럼 태연하게 마차의 염초를 창고에 옮겨 쌓았다. 그러면서 자신의 품속에 있는 탈명비를 비롯해 인향탄과 칠망단은 물론 흑화초에서 추출한 미혼향과 백초거독환까지 모조리 염초 더미 속에 숨겼

다. 미혼향 같은 경우는 귀룡대인의 호위무사를 쓰러뜨리는
데 사용했기 때문에 확실한 증거가 된다.

어쩌면 아버지는 자신들에게 청부했던 의뢰자들의 신변에
대한 비밀은 끝까지 지켜줬을 것이다. 하지만 칠채염방이 웅
방이라는 사실은 이미 알려져 있는지도 모른다. 하지만 웅방
이라고 해서 귀룡대인의 죽음과 연결시킬 증거는 어디에도
없다.

집 안으로 들어선 그들은 곧바로 자신을 잡아가지 않고 숨
어서 지켜보고 있었다. 뭔가 의심스런 행동을 하지는 않는지
관찰하고 있는 것이다.

막종오는 부지런히 마차에 실린 염초를 창고에 가득 쌓은
다음 옷에 묻은 염초 부스러기들을 털어내었다. 이마에 묻은
땀을 소매춤으로 닦을 때서야 그들이 모습을 드러냈다.

저벅! 저벅!

반 각쯤 지나자 발자국 소리가 크게 들려왔다. 고개를 돌리
자 목우량을 비롯해 폭풍대의 무사들인 변사도와 원삼영이
다가왔다.

막종오는 아무것도 모르는 사람처럼 무뚝뚝한 표정으로
물었다.

"누구요? 손님이라면 정문으로 들어올 것이지 도둑놈처럼
뒷구멍으로 온단 말이오?"

지레 부친이 잡혀갔다는 사실에 소극적으로 나가면 의심

할 수도 있었다. 그래서 더욱 모르는 것처럼 당당하게 나가야
한다.

목우량이 나직이 말했다.

"끌고 가자!"

변사도와 원삼영이 달려들자 사정없이 팔을 뿌리치며 소
리쳤다.

"날 어디로 끌고 간단 말이오?!"

"시치미 떼도 소용없다. 이곳이 응방이라는 것은 다 알고
있어. 뭣 하느냐? 어서 데려가자!"

예상대로 적은 응방이라는 사실을 알고 있었다. 막종오는
증거물을 인멸하기를 잘했다는 생각을 하면서 적당히 버티며
끌려갔다. 이들이 자신을 잡으러 왔다는 것은 응방이라는 사
실만 알고 있을 뿐 귀룡대인을 죽인 장본인이라는 증거는 찾
지 못했다는 뜻이기도 했다.

'훗훗! 고생 좀 하겠군.'

고문이 두려운 것은 아니다. 자객 노릇을 하려면 이보다 더
험한 꼴을 당할 때도 있다. 그때를 대비해야 한다.

『삼류자객』 제2권 끝

입소문을 통해 아는 분은 다 알고 계십니다!
올 한해 공인중개사 최고의 화제작!

1~2권 합본 | 이용훈 지음
3~4권 합본 | 이용훈 지음
5~6권 합본 | 이용훈 지음
용어해설 | 이용훈 지음

수험생 기본 필독서
만화 공인중개사

제목 : 만화공인중개사 쓰신 분에게 감사드립니다.

학원을 두 달 다녔어요. 근데 과연 그 숫자 외우기 그런 게 몇 문제나 나올까 생각을 했어요.
아니라는 생각이 드네요. 학원강의를 뒤로하고 서점을 갔어요. 내 머리에 가장 이해될 수 있는
책이 없나 하구요. 거기서 만화를 발견했어요. 무조건 세 번 봤어요. 3개월 걸렸어요. 문제집을 보라고
했는데 그건 시행을 못했어요. 근데 합격을 했네요.
어떻게 감사의 말을 해야 될지……
도서관에서 만화책 들고 다니니까 사람들이 비웃더라구요. 만화책으로 공인중개사를 공부한다고
미친 사람처럼 보더라구요. 근데 그거 다 감수하고 했던 내가 자랑스럽습니다.
어떻게 감사의 말을 해야 할지… 정말 감사합니다.
부디 행복하세요. 제 나이 41살에 좋은 스승을 만난 것 같습니다.
엎드려 감사드립니다.

-본사 홈페이지에 독자분이 올린 메일 中에서 발췌-

당당하게 글을 쓰는 사람, 멋있게 포장하는 사람,
감동적으로 읽어주는 사람이 있다면
언제든 어디든 인더북이 함께 하겠습니다.

2008년 봄 그들이 온다!!

권왕무적의 초우, 궁귀검신의 조돈형, 삼류무사의 김석진, 태극검해의
한성수, 프라우슈 폰 진의 김광수, 흑사자의 김운영, 송백의 백준 등

총 20여 명에 이르는 호화군단의 인더북 이북 연재 확정!!
그 외에도 많은 정상급 작가들의 이북 연재 런칭 예정!!

**포도밭 그 사나이, 새빨간 여우 등의 로맨스 정상급 작가
김랑의 작품을 이북 연재로 만나다!!**

오직 인더북에서만 독점 연재!!

아쉬움을 남기고 1부에서 막을 내린 **권왕무적 시리즈의 2부** 등 인기 작가들의 수준 높은
미공개 작품들이 시중에 책으로 출간되지 않고, 오직 인더북에서만 연재됩니다.

COMING SOON! INTHEBOOK.NET

1. 인더북의 이북 유료연재는 2008년 1월 말 ~ 2월 중순경 오픈
2. 인더북에 연재되는 작품들은 시중에 출판되지 않은 작품들로 엄선

**이북 유료연재의 새로운 도전! 그리고 새로운 시작! 인더북!!
곧 새로운 모습의 이북 연재 사이트로 여러분께 다가가겠습니다.**